El día que descubras colores en la nieve

El día que descubras colores en la nieve

Dulcinea (Paola Calasanz)

Rocaeditorial

© 2023, Paola Calasanz

Primera edición: marzo de 2023
Segunda reimpresión: mayo de 2023

© de esta edición: 2023, Roca Editorial de Libros, S. L.
Av. Marquès de l'Argentera 17, pral.
08003 Barcelona
actualidad@rocaeditorial.com
www.rocalibros.com

© de la ilustración de cubierta: Ana Santos

Impreso por LIBERDÚPLEX, S.L.U.
Printed in Spain – Impreso en España

ISBN: 978-84-18870-40-8
Depósito legal: B. 2039-2023

RE70408

Quien bien te quiere no te hará llorar.

A todas las personas que sufren o han sufrido violencia dentro de sus relaciones. Porque aunque ahora no veáis la salida, la hay. Os aseguro que la hay.

Por tanto, esta novela también va dedicada a mí, que estuve ahí y salí.

Existen las relaciones sanas, el amor que no duele. Que esa sea vuestra dirección, vuestro faro en la tormenta.

Y también va dedicado a ti, que no has vivido nunca una relación así… Para que puedas identificarla a tiempo y no permitas jamás que nadie te arrastre a naufragar en aguas tan oscuras.

Por el amor que no duele. Por el amor de verdad. Por mi yo del pasado que tanto necesitó estas líneas.

1

*T*omo aire y trato de serenarme.

«Vamos, Mel, solo es entrar ahí dentro y soltarlo sin pensar», me digo mientras me dirijo al despacho de Jess. Lo he preparado mil veces —«Dimito», «Lo dejo», «Me voy»—, ¿cómo puede costarme tanto? La gente deja sus puestos de trabajo constantemente.

Jess me tiene cariño. Son once años trabajando para ella en la cafetería, y se alegrará por mí; sí, sin duda se alegrará. O quizá me mande a la mierda. Sea como fuere, hoy es el día. Estamos a principios de enero, la cafetería está tranquila y después de fiestas siempre hay un mes de calma hasta que la gente vuelve a la rutina y a los vicios dulces —por eso de la dieta y los excesos de Navidad—. Nuestros *coffees* de avellana y nuestras pastas de mermelada son un vicio adictivo. Y si alguien sabe de adicciones, esa soy yo, que llevo desde la adolescencia enganchada a parejas sin tener tiempo para mí. Para estar sola, para conocerme realmente como mujer, después del noviazgo y de la boda con Jake. Maldita sea, menuda montamos. Sonrío para mis adentros al recordarlo. Jake y yo, vaya historia. Aún es uno de los mejores tipos que conozco y uno de mis mejores amigos. Yo creía que no podría ser amiga de un ex, pero es que él no es un ex cualquiera, es como un hermano. Crecimos juntos, aprendimos mucho el uno del otro y tuvimos un final realmente de película; cómo le agradezco que se atreviera a detener la boda, porque yo jamás lo hubiera hecho, y la realidad era que ya no estaba enamorada, aunque lo quería con locura. Cuando recuerdo ese día, una mezcla de vergüenza y adrenalina se apodera de mí. Salimos de la mano justo antes de darnos el sí quiero, sin dar explicaciones a nadie, sin mirar atrás. Cometimos la locura de nuestras vidas: les dimos plantón a todos, pero nos fuimos fieles a nosotros mismos. Lo acabamos bien, nos abrazamos, lloramos y nos despedimos. Me dirigí al aeropuerto, me subí a un avión y disfruté de la luna de miel más rara e increíble de la historia.

Fue mi primera aventura a solas, y ahora, cuatro años después, tras tres de relación con Ben, un hijo de dos años y un final nefasto como padres —nada que ver con el «desenlace» con Jake—, me toca cometer mi segunda gran locura, así que allá voy. Llamo a la puerta de Jess, tomo aire y la abro antes de que conteste. Ella está atareada en su portátil como siempre y a mí se me corta la voz.

—Mel, cielo, dime. Estoy muy liada.

—¿Tienes un rato para charlar? —le pregunto con un hilo de voz.

—A menos que se esté incendiando el local o nos estén robando, ahora mismo, ¡NO!

—Disculpa. —Retrocedo para cerrar la puerta cuando Jess me detiene.

—¿Te pasa algo? —Me habrá notado rara.

—Bueno, tengo algo que decirte…

—Está bien. —Cierra el portátil y se quita las gafas—. Pasa, me irá bien un descanso. Estoy con la contabilidad del cuarto trimestre. Odio los números, ¿te lo he dicho alguna vez? —me pregunta con ironía.

—Bueno, unas cuatro veces al año, al final de cada trimestre justamente —le digo, y nos reímos juntas. Siempre ha sido una jefa guay.

Jess tiene sesenta años, es rubia teñida, con pechos operados y uñas postizas; podrías imaginar una mujer muy artificial, pero es un encanto y casi todo parece natural.

—¿De qué quieres charlar?

—Me voy.

—¿Cómo que te vas?

—Bueno, no ahora, me refiero a que dejo Wears Valley; que me marcho de Tennessee.

—¿Perdona? —Abre los ojos de par en par.

Y es normal, soy la típica chica que no deja su pueblo y mucho menos su estado, de las que se quedan toda la vida en su puesto de trabajo porque no tienen ovarios para salir de su zona de confort, pero esta vez… Voy a hacerlo, aunque cueste de creer. Aunque aún no lo haya ni decidido realmente, verbalizarlo ya es un paso.

—Necesito cambiar de aires. Después de mi relación con Ben, estoy algo saturada.

—Ben no fue nada al lado de lo de Jake —me suelta traviesa; en el pueblo somos la gran anécdota de los que abandonaron el altar y salieron corriendo. Volvemos a reírnos—. Aunque detesto a ese Ben. Bebe demasiado. ¿Te vas por él? ¿Y el pequeño Max?

—Lo mío con Ben ha llegado al límite. No puedo más —me sincero, y siento que voy a ponerme a llorar—. No puedo permitir ni aguantar más. También lo hago por Maxy, debo alejarlo de él. Y de paso me irá bien emprender algo por mi cuenta… En fin, es largo de explicar, no creo que sea el momento.

—¿Qué pinta Ben instalado aún en tu casa seis meses después de la ruptura?

—No sé…

11

—¿Y cuándo piensas irte y a dónde?

—No sé cuándo, quería hablar contigo, ayudarte a buscar a alguien y entonces planear el momento de irme. Me gustaría ir a Montana. Pero no puede enterarse nadie. Por favor.

—¡Cielo santo! Estás asustada. ¿Hay algo que no me hayas contado? Algo no me cuadra, Mel...

—No quiero que Ben sepa dónde vamos...

—¿Y qué piensas hacer, desaparecer de un día para otro?

—Pues sí, de momento solo te lo contaré a ti y a mi madre. Bueno, y a Jake y a Flor quizá...

—No puedes hacer eso, te va a demandar.

—O me matará. Me da igual, he de hacerlo.

—¿Le ha puesto la mano encima a Max?

Es la primera vez que hablamos de este tema. Aunque sé que Jess sabe perfectamente que ha habido episodios violentos con Ben, jamás se había atrevido a preguntarme.

—No, a Max nunca. Pero sé que llegará el día.

—Cielo, sé cómo es tu relación con Ben aunque nunca me haya entrometido. Reconozco a esa escoria de hombres en cuanto los veo entrar en el bar un lunes a las diez de la mañana y pedir una cerveza tras otra. Nunca me he querido meter, pero creo que ha llegado demasiado lejos. ¿Has pensado en denunciarle?

—Eso es justo lo que no quiero, que todo el mundo se entere, hundirle la vida. Ben tiene un problema, pero no es mal chico...

—No me vengas con ese rollo; mi cuñado ha maltratado a mi hermana toda la vida. Ese tipo de hombres están atormentados y el alcohol no les hace bien. Desde que lo dejasteis bebe más que nunca.

—Lo sé. Por eso me voy.

—Pero ¿a Montana? ¿Tan lejos? ¿Y sola? ¿Qué se te ha perdido a ti tan lejos? ¿No hay suficientes *cowboys* sureños en Tennessee que te has de ir a buscar uno del norte? —bromea para que no esté tan tensa.

—No seas tonta.

—No entiendo nada, Mel, pero… Sabes que te aprecio y te apoyo en todo lo que decidas.

—Gracias, Jess, si quieres te ayudo a buscar a alguien…

—No hace falta, me pongo a ello. Prométeme que denunciarás a Ben y acabarás con esto ya mismo.

—No es fácil, Jess…

—Tienes que hacerlo. Esto tiene que terminar. —Jess no da crédito—. ¿Me vas a contar qué harás en Montana?

—Mejor en otro momento. Hay gente fuera, ya te lo explicaré.

En realidad no tengo ni idea y todo está en el aire, pero no quiero confesar tanto.

—Ella y sus misterios. Anda, ve, ve. Ya me contarás…

—Sí, gracias. Guárdame el secreto.

—Esto nos costará caro… Estoy preocupada, te quiero y adoro al pequeño Max. Sabes que no puedes llevártelo legalmente sin que el padre lo sepa, ¿verdad?

—Gracias, Jess.

Le sonrío y sé que me entiende, en el fondo. Ella misma dejó hace veinte años su Nueva Jersey natal, en el estado de Nueva York, para instalarse en este pueblecito, así que, aunque alucine con mi decisión, reconoce la ilusión que me recorre las entrañas. Mi nueva oportunidad. Ser libres de esta relación tan tóxica con Ben, tanto mi hijo como yo, es todo lo que necesitamos. Con el tiempo ya iré ordenando las cosas, pero ahora necesito tomar distancia.

Se me escapa una lágrima y corro al servicio a recomponerme el maquillaje. Empieza la jornada, debo dar mi

13

mejor cara. Solo rezo para que Ben no aparezca hoy y siga durmiendo la mona.

Lo que pasó ayer superó todos los límites. Podría haber lastimado a Max, y eso sí que no lo voy a permitir. Mientras retoco el maquillaje de la pequeña cicatriz de mi mejilla me vienen *flashes* de anoche. Llegó tan pedo, tan inestable, tan eufórico que me abrazó y trató de besarme, a pesar de haberlo dejado hace seis meses y haberlo hablado mil veces. Al apartarle y rechazarlo mientras estaba durmiendo a Max en mi regazo, se cabreó y empezó a chillarme. Le supliqué que bajara la voz, que despertaría al niño, que últimamente le cuesta mucho conciliar el sueño, pero no le importó. No era capaz de razonar nada, solo quería sexo, y chilló y chilló hasta que Max empezó a llorar desconsolado. Para colmo, no quería que le atendiera, quería que le besara a él, me manoseaba, me decía que dejara a Max en su habitación. Por primera vez sentí miedo por mi hijo, me di cuenta de que no sabía hasta dónde sería Ben capaz de llegar. En cuanto me levanté para irme a encerrar a la habitación con Max, lanzó un jarrón hacia mi cabeza que por suerte estalló en la pared y se hizo mil pedazos, cortándome la mejilla con uno de ellos. Abracé tan fuerte a Max para protegerlo que se calló de golpe del susto, pero en cuanto entramos en el dormitorio, sentados en el suelo, su llanto se mezcló con el mío. Cerré con el pestillo, el que instalé para huir de días así, para cuando llega borracho. Al poco rato Ben debió de caer rendido en el sofá porque no lo volvimos a oír. Y esta mañana aún estaba allí tirado con la misma ropa y la peste a alcohol.

Dos lágrimas tímidas asoman a mis ojos, pero logro retenerlas. Pienso en cuando conocí a Ben. Era increíble, dulce, romántico y encantador, la pasión nos incendiaba... ¿En qué momento se convirtió en este monstruo?

¿Siempre lo fue y no supe verlo? ¿Cómo he llegado a pasar de una relación supersana con Jake a esto? No entiendo qué diablos se supone que debo aprender de esta historia. Dicen que este tipo de relaciones tóxicas nos enseña algo, pero me parece una patraña de libro de autoayuda barato. Me siento frustrada y agotada. La maternidad ya es suficientemente dura como para lidiar con un padre así. Necesito ayuda profesional, un psicólogo o alguien que me apoye, que me ayude a entender, a salir de esto. Quiero chillar, llorar, golpear el espejo hasta que se rompa en mil pedazos. Sin embargo, trago saliva y trato de respirar con serenidad mientras mi interior grita desbocado. No pienso aguantarlo ni un día más.

Los malos tratos empezaron como si nada, con simples contestaciones fuera de tono, algún insulto cuando se cabreaba, el tono de voz más alto de lo normal. Al principio solo parecía que el estrés le jugaba malas pasadas, que tenía una mala racha, siempre había una excusa e incluso yo le justificaba: problemas económicos, una mala infancia… Y él siempre volvía a ser el tipo dulce del que me enamoré, el que me cuidaba y protegía, pero al cabo de unos días pasaba otra vez, y de las malas palabras pasó a destrozar cosas. Daba puñetazos en la pared, rompía objetos valiosos para mí… y aun así yo creía que la cosa no iba a ir a más. Se arrepentía, me pedía disculpas, se excusaba con que de pequeño había sido maltratado y a mí siempre me daba pena y me sentía parte de su solución. Yo podría ayudarle. Debía hacerlo, juntos superaríamos sus traumas y nuestra relación mejoraría. Pero al final volvía a ocurrir, y cuando entraban en juego los celos o el alcohol era dinamita… El día que me dio la primera bofetada fue tan irreal que a veces pienso que me la imaginé. Me lo merecía tan poco… No quiero decir con esto que alguien se lo merezca, pero es que fue realmente muy injusto. Dudo si lo que digo tiene algún sentido, estoy confundida. Vuelvo al instante en que ocurrió por primera vez. Se puso celoso por un cliente de la cafetería que era muy amable conmigo y, cuando vino a recogerme, me monté en el coche y me preguntó quién era ese tipo al que había despedido con tantas sonrisas. Juro que jamás he coqueteado con ese hombre ni con nadie, pero Ben ve cosas donde no las hay. Sonreí y le dije que solo era un cliente, a lo que él replicó enfurecido que de qué me reía. Me dio más risa la situación, no sé si por los nervios o por el miedo a sus celos, y sin darme cuenta me soltó un guantazo que me ardió la cara. Un guantazo que partió en dos mi corazón en un instante. Acto seguido me arrancó el móvil de las manos, lo estalló contra el cristal del coche, se bajó y se fue andando. Me dejó allí sola, con la cara del revés y sin móvil.

Esa fue la primera vez que me puso la mano encima. La bofetada en sí no fue fuerte, pero el hecho marcó un antes y un después en la relación. Quise dejarlo, pero estaba Max. Ben se disculpó hasta la saciedad, me compensó con unas semanas posteriores maravillosas e incluso encontró trabajo, cosa rara en él, y trajo dinero a casa. Parecía que estaba cambiando, pero no, aquella fue solo la primera de muchas… Siempre siempre es así. Un maltratador no empieza dándote una paliza… Jamás. Comienza con una mala contestación, un pequeño enfado que se va de madre, un insulto… Y ese es el principio del fin.

Me miro en el espejo y me repito lo que llevo diciéndome semanas: «Se acabó. Me largo de aquí».

Salgo por la puerta hacia el salón de la cafetería, parece una mañana tranquila. Apenas hay dos mesas llenas, ancianos tomando un desayuno poco saludable, pero que les da la vida; extraña contradicción. Me concentro en las tareas del día, en preparar las mesas para la hora del almuerzo y en limpiar un poco la barra de la cafetería. Hoy Max se queda a comer en la escuela, así que aprovecharé para hacer alguna hora extra más y planear la ruta hacia Montana en coche. Son treinta horas, por lo que tendremos que ir parando, calculo que tardaremos una semana en llegar. De primeras me parece una tortura para Max, que odia ir sentado en su sillita del coche, pero si cogemos un avión Ben nos rastreará y no tengo ninguna intención de que sepa dónde vamos. Se lo diré cuando estemos instalados y estables.

No puedo dejar de pensar en la cabaña para huéspedes que está a la venta delante de las grandes montañas nevadas en Big Timber, Montana, a solo tres horas del increíble parque nacional de Yellowstone, donde siempre he querido viajar. Mi mente vuela sin poder evitarlo. Me imagino desayunando con Max en el porche acristalado viendo caer la nieve. Me imagino creando un espacio agradable para los huéspedes, con comida casera —mi incipiente interés por la cocina ayudará—. Me imagino decorando la cabaña a mi gusto, con una vajilla de cerámica con flores pintadas a mano hecha por algún artesano local y cortinas afelpadas. Me imagino avistando alces desde la ventana y ganando dinero con las personas que se hospeden. Quiero vivir una vida más tranquila y conectada a nuestros ritmos naturales. Cultivar un pequeño huerto, tener algunas gallinas y disfrutar de sus huevos. Sin horarios estrictos como el que tengo ahora en la cafetería, que apenas me permite estar con Max, pues cuando llego a casa tengo tantas tareas por hacer —Ben no hace nada en casa— que no me queda tiempo de calidad para dedicárselo al niño. Cuán idealizada tenía la maternidad antes de parir. Ahora apenas llego a nada, vivo agotada y siento que no estoy a la altura. Me convenzo de que este cambio es por Max, de que él es el motor para llevarlo a cabo, pero en realidad es por mí. Necesito un proyecto propio con el que emocionarme. Trabajar desde casa, disfrutar con Max de la naturaleza sin la presión de cumplir un horario y satisfacer a mi jefa... Un sueño hecho realidad. Incluso me planteo hacer *homeschooling* y educarlo yo misma.

No creo que haga falta mucha inversión para la cabaña, que en el anuncio se veía bastante entera. Parece que necesita una pequeña reforma —«un lavado de cara», como diría mi madre— y poco más para empezar a trabajar y poder vivir de ello. Quiero ver qué escuelas hay cerca de la cabaña, que está algo aislada, pues la idea del *homeschooling* me queda aún un poco lejos. Me da miedo, aunque cuando veo familias que lo practican siento un cosquilleo extraño. Es maravillosa la idea de que los niños puedan ser niños, jugar, saltar y moverse con libertad en vez de estar sentados en una silla casi ocho horas diarias, guardando silencio y sin poder apenas moverse o jugar. Eso no es natural para un niño que está en pleno desarrollo físico, creativo y emocional. Siento que quedan mil cabos sueltos y que no podré irme hasta que esté todo atado, pero a la vez sé que quiero hacerlo. Solo debo lanzarme a viajar hasta allí, conocer el lugar, instalarnos y empezar. No nos queda otra. No será fácil sola con Max y sin ayuda, por ello necesito que lo admitan cuanto antes en alguna escuela para poder trabajar al máximo en la reforma. Cuando todo esté más instaurado ya me plantearé si lo desescolarizo.

En todo caso, llevo meses haciendo horas extra para completar mis ahorros y comprar esa casita tan bonita. Debo atreverme a llamar y preguntar; quizá cuando me decida sea demasiado tarde y esté vendida. Parece un superprecio, por lo que he podido chafardear por la zona.

Acabo la jornada exhausta, pero aún falta media horita para que Max salga de la escuela, y voy a aprovechar para preguntar a la inmobiliaria. Tomo aire y me aclaro la voz. Mierda, estoy muerta de miedo. Marco el número y en menos de tres tonos me atiende una voz de mujer mayor encantadora.

—Inmobiliaria Big Timber, ¿en qué puedo ayudarle?

—Buenas tardes, soy Melissa Joy.

—Buenas tardes, Melissa, ¿en qué puedo ayudarte?

—Puede llamarme Mel. Quería saber si sigue a la venta la cabaña.

—Tenemos varias cabañas, tendrás que ser un poco más precisa.

—Sí, disculpe. La que está bastante aislada frente a las grandes montañas, la que era un antiguo hostal.

—Ya sé cuál me dices. Buen gusto. Es un diamante en bruto.

—Sí, se ve preciosa.

—¿Quieres venir a visitarla? Sigue a la venta por el momento, aunque tiene muchos pretendientes. —Suelta una risita sincera y tímida.

—Oh, vivo lejos, muy lejos de hecho. Estoy en Tennessee. Quizá podría mandarme algo más de información por *email*...

—No hay mucho más que contar. Todas las fotos son las que has visto en nuestra web. La cabaña está en bastante buen estado, salvo alguna humedad, alguna ventana que no cierra; ya sabes, muchacha, cosas de las casas de montaña.

Se ríe. Sé a lo que se refiere. Mi exsuegra, Joan, lleva en una casa así desde siempre, y lo he vivido desde la adolescencia: cuando no es una cosa estropeada es otra. Una mano de pintura por aquí y otra por allá, el jardín... Perfecto para no aburrirte nunca.

19

—¿Tiene idea del precio que puede tener la reforma?

—Pues no, pero tenemos la mejor empresa de reformas del estado aquí en el pueblo y estoy segura de que podrían hacerte un presupuesto rápido si tienes claro lo que quieres. Aunque, claro, sin verla es complicado. Tengo una pareja de interesados que viene hoy. Si no la vendo, te llamo de vuelta y te doy el contacto de nuestro contratista de confianza. Así le cuentas tu idea y quizá te pueda dar un presupuesto aproximado. ¿Te parece?

—Sí, claro. Es muy amable.

—Puedes tutearme, así me siento más joven —bromea sincera—. Apunto tu número, pues.

—Sí. Gracias de nuevo, y encantada.

—Hasta pronto.

Cuelgo y me siento muy estúpida. No tengo ni idea de lo que estoy haciendo. ¿Cómo voy a pedir el precio de la reforma de una casa que ni siquiera he visto? Resoplo y me pongo en marcha para recoger a Max. Me da pereza y miedo volver a casa después de lo de ayer. Nunca había ido tan lejos una disputa con Ben delante del niño, normalmente acaban con un puñetazo en la pared o algo roto contra el suelo; en la peor de las situaciones, una bofetada o un empujón. Me avergüenza reconocer que he aguantado tanto. Pero lo cierto es que desde que lo dejamos hace seis meses no me había vuelto a poner la mano encima, hasta ayer. Sé que no debería decirme que no hay para tanto, porque sí lo hay, pero estoy confundida. Jamás he visto hacer estas cosas en mi familia. No entiendo por qué he de soportar esto. Quizá debería hablar con alguien… Aunque no tengo ganas en absoluto de volver a casa, es mi casa. Es un sinsentido, yo soy un sinsentido. Lo que debería hacer es echarle, pero no me veo con valor. ¿Me da miedo? Ya ni sé…

Mientras mi cabeza da vueltas y vueltas, llego al parking de la escuela de Max. Al bajar del coche lo veo a través del cristal, esperando junto a su amiga Layla.

—Cariño, mami está aquí —le digo nada más cruzar la puerta.

—¡Mami! —balbucea aún con un poco de esfuerzo, se le ve contento y cansado.

—¿Cómo ha ido el día, mi amor? —le pregunto esperando que su maestra me cuente. Max se abalanza a mis piernas y las abraza con fuerza para que no vuelva a irme. Le acaricio su melena rubia rizada.

—Genial, Mel, hemos pintado con ceras y jugado mucho rato en el patio. Pero está algo revuelto, no ha querido hacer siesta ni ha comido mucho y se ha quejado más de lo normal. ¿Se encuentra bien? ¿Duerme bien en casa? —me pregunta la maestra.

Ante sus preguntas me siento culpable, es obvio que aunque sea pequeño la situación familiar le afecta.

—Eh, bueno... —dudo—. No están siendo semanas fáciles en casa...

—Recuerda que si estás estresada él lo absorbe.

—Sí, sí, lo sé. Gracias por la ayuda.

—Ánimo, Mel.

—Buenas tardes, Linda. Que vaya bien.

—¡Hasta mañana, Max! —se despide la joven eufórica con el típico timbre infantil de maestra.

Abrazo a Max y le alzo en brazos hasta el coche. Se frota los ojitos y me pide teta sin parar.

—Ya mismo hacemos teta, cariño, cuando lleguemos a casa.

—Teta, teta. —Rompe a llorar apoyando su manita en mi pecho. Me siento en el coche y, con paciencia y cariño, trato de zafarme de todas las capas de ropa para darle un poco de pecho a mi hijo.

21

Llevo dos años de lactancia maravillosos, aunque el primer mes fue un infierno. Me costó mucho que se prendiera bien, su boquita era demasiado pequeña y mi nula experiencia, la horrible cesárea y la falta de información no ayudaron. Hasta se me hicieron heridas en los pezones. Estuve a punto de abandonar, pero resistí. ¿Por qué nadie te avisa de lo complicado que puede llegar a ser algo tan idealizado como dar el pecho? ¿No lo hacen todas las mamíferas? En mi caso de verdad fue desesperante, pero gracias a la ayuda de profesionales del sector pudimos superar y lograr un buen amarre de su pequeña boquita a mi pezón. Ahora, con dos añitos recién cumplidos, sigo dándole el pecho a demanda siempre que estamos juntos, sobre todo por las noches y cuando lo recojo de la escuela. Es agotador, pero es un vínculo precioso que sin duda quería vivir. También es cómodo y práctico, no nos engañemos.

Miro a Max con detenimiento mientras mama con los ojos entreabiertos, totalmente exhausto por no haber hecho siesta, y no puedo dejar de sentir que todo lo que he vivido con Ben ha sido para que este maravilloso ser exista. El amor que siento por mi hijo es inconmensurable. Es tan difícil la maternidad, y tan potente. Es la mezcla perfecta para acabar cada día agotada y que a la vez no te pese porque merece la pena. Despierta mi lado más animal. Max es un niño muy demandante, como la gran mayoría, y no siempre ha sido fácil para mí. No he soportado nunca oírle llorar. No puedo entender cómo hay personas —incluso profesionales— que se atreven a decir que un bebé que llora lo hace para manipularte. Es obvio que es porque te necesita. Porque necesita el contacto de la piel que le ha sostenido por nueve meses en su vientre. Ese calor y cariño, esa caricia, ese consuelo. Sentirse protegido cuando aún es tan indefenso. Aún a día de hoy me gusta dormir piel con piel con él bajo el edredón y proporcionarle esa seguridad y calor con el que lo engendré en mis entrañas. Es una conexión tan bestia, el embarazo, que no se rompe con el nacimiento. Veinticuatro meses después, seguimos muy unidos. Cada día más.

Max va cerrando los ojitos y, como me temía, cae rendido en el pecho sin soltarlo. Hago malabares para separarlo de mí sin despertarlo y sentarlo en su sillita para poner rumbo a casa. Ojalá Ben no esté y no vuelva en unos días, como suele hacer cuando está en una «buena racha». Mientras me abrocho el cinturón pienso en lo desafortunados que somos Max y yo por no tener el apoyo y la presencia de un buen padre, en mi caso, pareja. Me entristece que un niño tan dulce como Max no tenga ese amor... Vuelven a venirme ganas de llorar y esta vez, sola y ya de camino a casa, me permito sacarlo todo. Lloro por cada instante que me ha dolido junto a Ben, lloro por la emoción de haber sido madre de un niño tan especial, por lo sano y feliz que está siempre y lo afortunada que soy por ello. Toda madre teme que su hijo al nacer tenga algún problema de salud, es un temor recurrente en las embarazadas. Lloro por no haber sabido hacerlo mejor. La culpa, un sentimiento muy familiar desde que nació Max, se apodera de mi ser y me hace llorar con desespero. Culpa por no tener más tiempo, culpa por no tener la casa mejor, culpa por no ganar suficiente dinero para pagar todo lo que quisiera, culpa por no tener los ovarios de mandar al carajo a Ben y echarlo de una vez de casa. Culpa por todo. En bucle. Sin fin.

Decido tomar el desvío para ir a ver a Jake y a Flor, no me siento con ánimo para volver a casa aún. Son las cuatro y media de la tarde, seguro que Flor está en casa con el

23

pequeño Lonan, quizá es hora de que hable con alguien, o me volveré loca. Así Max podrá jugar un rato con Lonan cuando despierte.

Justo cuando tomo el caminito de tierra que va a la cabaña de Flor y Jake veo a Lonan jugando en el jardín con unos cubos y arena. Ya tiene casi cuatro años, está enorme y precioso. Me ve enseguida, no se le escapa una a este niño, y sacude su brazo para saludarme.

—¡Hola, Lonan! —le digo con una gran sonrisa.

—¡Mamiiiii! —grita el crío para que Flor salga.

La veo salir poniéndose un abrigo. Este mes de enero es tremendo.

—Buenas tardes, Mel, ¿cómo estáis? —me saluda mientras bajo del coche.

En estos últimos años Flor y yo hemos forjado una bonita amistad. Yo siempre la he admirado, luego pasó lo que pasó y estuvimos unos meses distanciadas, pero poco a poco, de forma natural, nos hemos ido reencontrando y mi admiración por ella y su trabajo, todo lo que tenemos en común, se ha ido entrelazando hasta construir esta preciosa relación. Nos hemos confesado tantas cosas en estos últimos años... Incluso, tras algún episodio violento de Ben, más de una vez he venido llorando a esta casa. Cojo a Max con cuidado para que no se despierte y lo tapo con una manta. Abrazo a Flor con el brazo que me queda libre y entramos en su casa para dejar a Max acabar su siesta en el sofá.

—Cómo duerme, qué gusto —dice mi amiga mientras me ayuda a acomodarlo—. ¿Preparo té? ¿Café?

—Vodka, por favor —bromeo.

—¿Qué ha ocurrido ahora? —me devuelve la broma captando mi indirecta.

—No tengo ovarios para volver a casa —le confieso con tanta necesidad que asusta.

Su sonrisa se borra al instante.

—Pensé que bromeabas… —me dice entristecida—. ¿Ha vuelto a ocurrir?

Las lágrimas contenidas de todo el día escapan con furia de mis ojos otra vez. Quisiera venir a contarle cosas bonitas, como tantas veces he hecho. Pero hoy no puedo. Si no lo cuento, reviento. Tomo aire y le explico el episodio de anoche con todo lujo de detalles. Flor me mira atónita con los ojos abiertos de par en par sin apenas parpadear y se le escapa una lágrima que disimula enseguida.

—No llores, o me sentiré peor —le digo.

—Joder, Mel, esto tiene que acabar.

—Lo sé, y lo tengo todo planeado —le confieso con los ojos empapados.

—¿Qué tienes planeado? —Flor está confundida.

—Ahora no tengo ganas de contártelo…

—Tranquila. Desahógate tanto como necesites. No te sientas presionada a contarme nada que no quieras…

—Es solo que es largo…, pero tengo un plan para acabar con todo, te lo prometo. Pero hasta que no me atreva… No sé cómo volver a casa.

—Pero es tu casa, cielo, no puedes temer volver a tu casa… —Jake acaba de llegar y oye nuestras últimas palabras.

—Mel… —susurra antes de darme un fuerte abrazo.

—Hola, vaquero. —Trato de sonar divertida.

—¿Otra vez el puto Ben?

—Bueno… —No me gusta contarle estas cosas a Jake porque se enfurece y no quiero meterle en un lío.

—Tía, no puedes seguir así. ¿Miedo a volver a tu casa? Esto es lo último. Voy a hablar con Ben.

Jake se siente responsable y quiere ayudar, pero sé que aún empeoraría más las cosas.

—No, Jake, por favor. Se enfurece cuando hablo contigo.

—Esto es de locos. Somos amigos desde hace muchísimo tiempo, habéis estado aquí comiendo muchas veces. ¿Ahora te viene con estas? —Lo veo muy cabreado, siempre ha sido muy protector conmigo.

—Ahora todo es un detonante, sí.

—Pues se acabó ya, Mel, por Max. —Trata de no alzar la voz, pero le cuesta.

—Entiende que es delicado, Jake, no es fácil para ella.

—Flor intenta frenarle, tampoco quiere ponerme en un compromiso con Ben.

—Este tío se está aprovechando de ti y se tiene que acabar —insiste Jake, que no entra en razón.

—Tengo un plan de verdad —les digo.

—¿Me lo explicas? —pregunta Jake incrédulo.

—Jake, tranquilízate. No le hables así. —Flor sigue con su afán de calmarle.

—Os lo explico, pero juradme que no se lo contaréis a nadie —suelto.

—Obvio —dice Jake impaciente.

Les cuento toda mi búsqueda y hallazgos sobre Montana y mi plan de huida. Flor no expresa casi nada con su rostro, a Jake sé que no le hace gracia.

—Mel, no estás siendo sensata —me dice sin apenas dejarme acabar. Me saca de quicio, sabía que no tendría que habérselo contado.

—Gracias por tu apoyo, Jake —le digo abatida.

—No se trata de apoyo, se trata de temas legales. Este tío te va a demandar si te llevas a Max sin su permiso, y se te va a caer el pelo. Nunca le has denunciado por malos tratos, no tienes defensa. Te van a crujir.

—Joder. —Me frustra porque sé que es verdad—. Pero necesito hacerlo, necesito arriesgarme.

—Los tipos como Ben son tan mierdas que se aprovechan de sus hijos para joderle la vida a sus exparejas.

—Flor está de acuerdo con Jake.

—No lo sabemos, quizá se olvide de nosotros y se eche aún más a la bebida.

—Ni de coña… No será así. Conozco a ese capullo.

—Jake nunca ha apoyado mi relación con Ben, siempre me ha dicho que merezco un tipo mejor. Ellos se conocen desde hace años y Ben siempre fue problemático, él y toda su familia.

—Os lo he contado porque confío en vosotros. Agradezco los consejos, pero no los quiero.

Flor dedica una mirada asesina a Jake para que frene, pues hasta yo intuyo lo que quiere decirme.

—Porfa, ve con Lonan un rato fuera. Déjame hablar con Mel —le pide Flor forzándole a salir de casa.

—Estáis locas —le susurra Jake a Flor, por apoyarme.

—Sí, sí, es un tema hormonal —bromea ella para romper la tensión palpable en el aire.

Jake resopla y sale a jugar con Lonan. Es un padrazo, testarudo y cabezón como siempre, pero eso es parte de su encanto.

—Mel, tienes que valorarlo bien todo. Me parece una gran idea la casita de Montana, de corazón, sabes que yo lo hice en su día… Pero has de tener cuidado con la parte legal.

—Sí, es lo que más me agobia, pero…

—Sé que ahora mismo te sientes anulada e incapaz de hacer otra cosa, es normal… —Me interrumpe—. Solo piénsalo bien… por lo que pueda pasar.

—Flor, ahora mismo necesito huir. Que me trague la tierra —le digo mientras me sorbo las lágrimas y me sereno—. No puedo pensar con claridad.

—Deja que te ayudemos. Nosotros, tu madre…, alguien.

27

—No, no puedo. Lo siento…

—Valoro que me lo hayas contado, sé que ha sido muy difícil para ti. Haz lo que sientas; no seré yo quien te frene. Pero, por favor, pase lo que pase, cuenta con nosotros.

—Claro, por eso estoy aquí…

Flor me mira conteniendo tanta emoción que hasta me sabe mal. Sé que se cree culpable de que esté viviendo esto. ¿Qué sería de mi vida si ella no hubiera aparecido? Abandoné este pensamiento hace años, pero sé que ella aún lo piensa, con todo lo que está pasando. Me atrevo a detenerla.

—Ni se te ocurra sentir lástima por mí.

—No es eso… —me dice avergonzada—. Es solo que…

—Es solo que NADA —la interrumpo—. Soy dueña de todos mis actos, Flor. No tienes nada que ver.

—¿Puedes dejar de leerme la mente? —me suelta, y sonríe.

—Mira a mi Max. Sin todo esto, él no existiría, y es mi vida. Todo tiene un sentido profundo, lo sé. Incluso cuando no podemos comprenderlo.

Mi niño empieza a desvelarse y le acaricio con delicadeza.

—Eso es verdad. Tienes un niño precioso, sano y feliz.

—Mami, mami, quiero jugar con Max. —Lonan entra corriendo huyendo de Jake, que le persigue jugando, y se acerca a mi hijo.

—Despacito, que Max se está despertando de su siesta —le pide Flor.

—Hola, Max —lo saluda Lonan con energía. Ahora empiezan a jugar juntos y es toda una aventura—. ¿Te vienes al jardín con nosotros un rato?

Max se frota los ojos y camina hacia ellos, los conoce bien y es un niño muy sociable.

—Coge la chaqueta del coche, porfa, y pónsela —le pido a Jake.

—Hecho, jefa.

Nos quedamos prendadas viendo cómo nuestros pequeños salen corriendo a jugar al frío jardín y no necesitamos decir más.

—Eres importante para mí, Mel, sabes que siempre te estaré agradecida por todo. —Flor me acaricia el brazo.

—¿Vamos a ponernos melancólicas ahora?

—Yo creo que ya lo estamos, ¿no? —ríe.

—Ve a por el vodka —le sigo el rollo, y nos abrazamos—. Yo no me arrepiento de nada; ni de Ben, ni de haber abandonado mi boda... Estoy bien con todas las decisiones de mi vida. Pero ahora quiero tomar esta y me gustaría sentirme apoyada.

—Yo siempre voy a apoyarte. Para lo que necesites, lo sabes. Venga, quedaos a cenar...

—No, he de volver a casa y enfrentarme a la realidad.

—Pídele que se vaya hoy mismo.

—Lo he hecho cada día...

—Pues tendrás que cambiar el método.

—Sí...

—Vamos, preparo un poco de té.

Disfrutamos de un té caliente los tres mientras los pequeños van a jugar un rato a la habitación de Lonan. Convenzo a mis amigos para que confíen en mí. Creo que casi lo logro, y en una horita estamos de regreso a casa. Me siento más fuerte y segura después de habérselo contado a ellos. Sé que Jake haría lo que fuera para ayudarme, pero por ahora prefiero hacer las cosas sola.

2

*T*omo aire antes de aparcar enfrente de casa. Veo la camioneta de Ben en la puerta, por lo que es obvio que está. Siento mucha pereza de enfrentarme un día más a esta situación. Max pega un salto de su sillita en cuanto lo desabrocho y se dirige corriendo a casa. Al abrir la puerta, un agradable olor me sorprende y lo que ven mis ojos me deja atónita: todo está impecable, la cena está lista para ser servida y la mesa preparada. Max chilla un «Papiiii, qué rico» que me parte el alma en cachitos, y por un instante se me olvida todo lo malo y recuerdo al Ben detallista del que me enamoré. Así es él cuando no está borracho.

—Hola, pequeñajo, ¿cómo ha ido el cole hoy?

Un Ben agradable y apacible se dirige hacia nosotros, culpable y arrepentido. Abraza a Max con fuerza. Me hace pensar que es probable que me meta en un problema si me llevo a su hijo sin avisarle…

—He preparado la cena para vosotros. Perdóname por lo de ayer. No sé cómo pudo volverme a pasar. Estoy trabajando muy duro para dejarlo.

—Hola, Ben. —La mezcla de emociones en la que acabo de convertirme me rompe los esquemas. Esta es la imagen que siempre soñé de los tres: una familia, Max disfrutando de su padre y de su madre en paz—. Gracias.

—Te prometo que cambiaré. No está siendo fácil —me susurra realmente arrepentido—. Jamás me perdonaría si os hiriera.

—Pues lo hiciste. —Le señalo el rasguño de mi mejilla y Ben aprieta la mandíbula para contener sus emociones.

—Soy lo peor y no os merezco. Valoro muchísimo esta familia, le doy las gracias a Dios por ella y la voy a cuidar, te lo juro.

—No, no nos mereces y Dios no te ha dado nada. Nunca nos has cuidado, Ben —le suelto furiosa y, en esta ocasión, injusta. Pues cuando Max nació tras esa maldita cesárea Ben se dejó la piel con todo. Me ayudó, estuvo a mi lado todos los días sin fallar uno. Hasta que Max cumplió tres meses, cuando tuvo su segunda recaída y ya no remontamos... Pero lo cierto es que este hombre sí nos cuidó por un tiempo. Aun así estoy furiosa y quiero hacerle daño. A la vez siento una pena muy grande.

—Lo siento, Mel... Os dejo comer tranquilos. Lo he preparado para vosotros, no quiero molestar. Sé que ayer crucé un límite que no puedo volver a cruzar.

Cuando Ben está sobrio es un tipo genial, sensato, atento, atractivo. No puedo evitar sentir amor por este ser que reaparece entre borrachera y borrachera: el Ben del que me enamoré y al que aún quiero. Me estaría engañando si no lo admitiera. Lo miro con detenimiento: el pelo castaño rapado le da una apariencia muy dura, sus ojos son oscuros y tiene la mandíbula bien definida; lleva un tatuaje en su cuello, y tiene un cuerpo tan atlético que podría ser modelo de pantalones vaqueros si quisiera, pero el pobre no tiene suerte en la vida. Sé que desea que le pida que se quede con nosotros a cenar, y aunque me entran ganas de disfrutar de este Ben, no puedo hacerlo. No puedo volver a caer, volver a empezar. Llevamos muchos meses separados y no le será tan fácil reconquistarme.

—Gracias por la cena, de verdad. Ahora, quiero pedirte algo…

—¿Qué? —pregunta esperanzado y con cara de no haber roto un plato en su vida.

—¿Podrías buscar otro sitio para vivir?

—No puedo separarme de vosotros.

—No se trata de eso… Hace ya muchos meses que…

—le recuerdo. Me siento empoderada y con fuerzas para ser dura con él porque está muy sumiso por lo culpable que se siente, y me aprovecho de ello.

—Si me voy, recaeré… Lo sé y lo sabes. ¿Qué haré sin vosotros?

—Has recaído estando aquí, Ben, no me jodas.

—Estás muy cabreada y lo entiendo. Por hoy será mejor que me vaya y os deje cenar tranquilos. Os he preparado un guiso receta de mi abuela.

—Un detalle, gracias. Pero lo que te pido es serio.

—Ven aquí, pequeño, dale un abrazo a papá.

Ignora mi petición y cambia de tema. Siento que esto no terminará nunca y se me llenan los ojos de lágrimas que logro retener.

—No te vayas, papi.

Max lo abraza con fuerza, quiere estar y jugar con él y mi corazón se congela. ¿Estoy tomando la decisión correcta? En el fondo me apetece que se quede a cenar. Este es el Ben que yo quiero… La cabeza me dice una cosa, el corazón, otra; no sé qué hacer… Ben me mira con ojos de súplica. Lleva meses pidiendo una segunda oportunidad y diciéndome que recae porque no se la doy y eso le desestabiliza. Lo cierto es que me culpa de su alcoholismo, y no es justo. Soy consciente de la relación tóxica en la que estamos y de la que yo también formo parte, y soy culpable.

—Será mejor que no te quedes a dormir. Anoche fue muy duro y necesito estar tranquila.

Ben apoya su mano en mi hombro mientras sujeta en brazos a Max.

—Suéltame, por favor —le pido con calma, no quiero que el niño se entere de nada.

—Os dejaré tranquilos... Volveré, pequeño. —Le da un beso a Max, que llora porque no quiere que lo suelte—. Tranquila, cojo mis cosas y me voy unos días.

De nuevo me dan ganas de decirle que se quede, que lo arreglemos, por Max, por nuestra historia. ¿A dónde va a ir? ¿Será peor? Si lo dejo, Max tendrá un padre alcohólico a diario por mi culpa. Me siento tan confundida...

—Gracias. —Es todo lo que le digo mordiéndome la lengua para no añadir nada más.

En diez minutos Ben sale por la puerta sin decirme adiós con una bolsa llena de ropa. Ha sido fácil y tranquilo esta vez, pero esto no se ha acabado. Le conozco.

Disfrutamos de una cena deliciosa, hay que reconocerlo. Ben siempre ha sido muy bueno en la cocina, y se agradece un plato caliente cocinado a fuego lento. Observo a mi hijo disfrutar de la cena, sonriente, ajeno a toda esta realidad, y me esfuerzo por no pensar en nada más que en el instante presente. En cómo disfruta con cada bocado, en su sonrisa y en su mirada azul cielo.

Max se duerme con facilidad mientras le explico el cuento que tanto le gusta del volcán mágico. Yo aprovecho para chafardear por enésima vez la página web de la inmobiliaria de Montana. Mi cabeza no para de darle vueltas a la genial idea de crear una casita para huéspedes con el reclamo del parque de Yellowstone, sé que sería una buena oportunidad de negocio. Tecleo en Google Imágenes «Big Timber» para ver cómo es el pueblo y sus alrededores, y la verdad es que el despliegue de fotografías me ilumina la mirada. Me encantaría conocer ese lugar. El sonido lejano del teléfono me hace dar un salto y salir corriendo para silenciarlo. «Maldita sea, no quiero que despierte a Max, necesito un rato para mí sola.» Número desconocido. Dudo si cogerlo o no, son las ocho de la tarde y no espero ninguna llamada. Me temo que pueda haberle pasado algo a Ben y decido descolgar.

—¿Sí, diga?

—Buenas tardes. ¿Hablo con Mel?

—Sí. ¿Quién pregunta?

—Soy Fiona Claris.

—No conozco a ninguna Fiona.

—Discúlpame, creo que no me presenté. Soy la agente inmobiliaria de Big Timber.

—¡Oh!

Me siento para acomodarme y prestar más atención a la llamada.

—Te llamo, como quedamos, para contarte que, aunque tenía claro que iba a vender la casa a la familia que ha venido hoy a verla, resulta que han encontrado otra que les encaja más y no les interesa.

—Oh, vaya. ¿Es que hay algo que no les haya gustado? —pregunto curiosa, pues me parece una verdadera ganga esta cabaña, por precio, localización y tamaño.

—Cielo, ¡para gustos, los colores! —Suelta una risita—. Como te dije que haría, te voy a dar el teléfono de la empresa de obras del pueblo para que te pueda hacer un primer presupuesto.

—Qué bien, muchas gracias.

—¿Tienes para apuntar?

—Sí, dame un segundo.

Rebusco nerviosa en los cajones del comedor, Max me los ha revuelto todos y no encuentro nada. Siempre igual. Resoplo, me estoy poniendo nerviosa.

—Espera, que lo anotaré en el móvil. No encuentro papel ni boli, tengo un enano de dos años que lo revuelve todo.

—Oh, yo he tenido tres, sé lo que es.

—¿Tres? Madre mía, yo no puedo con uno. —Me río honesta—. Déjame que ponga el manos libres y abra las notas del móvil...

—Tranquila, tómate tu tiempo. —Me tranquiliza amablemente.

—Listo, dime.

—Apunta: 763 099 029.

—Lo tengo. Muy amable, les diré que voy de tu parte.

—Sí, diles que te ha pasado el teléfono Fiona. El nombre de la cabaña es Creekside Cabin, así sabrán cuál te interesa.

—Genial, gracias. La llamo pronto.

No esperaba noticias de la cabaña tan rápido, me alegro de que no la hayan comprado y las ganas de ir a visitarla crecen en mí. Mañana llamo, en cuanto tenga un rato. Sí, mañana, puedo esperar. Aunque me muero de ganas, y se hace difícil. ¿Y si mando un wasap? Poco profesional... Puedo esperar. Puedo esperar.

Recojo las cuatro cosas que quedan en la cocina —Ben la ha dejado impoluta— y me dirijo a darme un baño caliente, que necesito, y a acostarme después. Mañana será otro día.

Un fuerte ruido me despierta de golpe. Miro a Max, que duerme a mi lado, se retuerce al oír el estruendo pero rápidamente le toco la espalda para calmarlo y que no se despierte. Enciendo la lucecita de la mesilla de noche, oigo que algo se cae al suelo y risas. Maldita sea, ¿qué hora es? Alcanzo el móvil, que está en modo avión, y veo que son las 4.50. ¡No es posible que haya vuelto borracho! Por favor, no, otra vez no. Ahora vendrá a la cama, querrá que saque a Max. Uf, resoplo y me pongo la bata deprisa para salir a ver qué está pasando. Las risas me descolocan, ¿acaso está acompañado? Salgo sin hacer ruido para no despertar a Max y, nada más asomarme al comedor, la imagen que ven mis ojos hace que se me caiga el alma a los pies. Una chica a la que no conozco está sentada a horcajadas sobre Ben en mi sofá. Borrachos a más no poder, se besan y se ríen sin tener en cuenta que estamos durmiendo. Nunca nunca había hecho algo así. ¿Cómo se le ocurre? Es mi casa, ¿de qué va? Por un momento los celos y la culpa me invaden y siento la furia necesaria para abalanzarme sobre ellos, separarlos y echarlos de mi casa. Pero estoy paralizada, no doy crédito. Celos e ira son las emociones más potentes que me invaden, pero me trago el orgullo, doy media vuelta y pongo rumbo a la habitación junto a Max. Mi mente no puede asimilar lo que está pasando, es obvio que Ben está con otras mujeres desde que no estamos juntos. Es un hombre, pero... ¿cómo se atreve a esto? Apoyo la mano en el pomo tratando de no hacer ruido para meterme de nuevo en la cama cuando una nueva e inesperada ola de ira me posee y me da las fuerzas suficientes para detener esta situación. Me giro, tomo aire y avanzo rápidamente hacia el salón. Enciendo las luces de un golpe y los sorprendo ya desnudos.

—Fuera de mi casa ahora mismo. Tu hijo duerme. ¡FUERA!

La chica se gira con los ojos abiertos de par en par, como si no lo esperara; es joven, muy joven, demasiado joven incluso... Ben me ignora, sus ojos son otros, los que me aterran, los que se le ponen cuando va tan pedo que no es dueño de sus actos. Le muerde el cuello a la chica ignorándome y ella estalla a reír. Me enfurezco aún más y me siento impotente.

—¡¡Que os vayáis de mi puta casa!! —grito, y siento que estoy fuera de mí. Me acerco a la chica y la empujo. No respondo de mis actos. Jamás pensé que sería capaz de reaccionar así. Miro hacia la puerta de mi habitación por si Max aparece y ver que sigue durmiendo me da más fuerza.

—Tranquila, leona —me suelta Ben apestando a whisky—. Estás celosa, ¿quieres unirte?

—Antes me corto las venas. Eres un cerdo —le contesto perdiendo los papeles del todo y poniéndome a su altura. La chica empieza a vestirse, algo incómoda al fin.

—Nena, no te vayas. Que no nos corte el rollo esta loca.

—Esta loca va a llamar a la policía como no os vayáis de inmediato.

—Esta es mi casa, llama a la policía —tiene los huevos de balbucear Ben con una voz patética. ¿Cómo me puede estar pasando esto?

—Sería tu casa si no fueras un desgraciado y pagaras el alquiler.

—La impotencia y la rabia acumuladas durante tantos años me dan el valor para hacer lo que jamás he hecho antes. Saco el teléfono que llevo en el bolsillo de la bata y llamo al 911. Se acabó.

La voz calmada de la operadora me transmite paz.

—Mi exnovio se ha colado borracho en mi casa y tengo miedo, es agresivo.

Al oír mi llamada Ben se enfurece y apenas me da tiempo de dar mi dirección a toda prisa. Me arranca el móvil de las manos y se convierte en el monstruo que tanto me he acostumbrado a ver últimamente.

—¡Serás cerda mentirosa! —me grita tan cerca de la

cara que me escupe con cada palabra. Quiero vomitar, le mataría.

—¡VETE! ¡Antes de que llegue la policía!

—No me iré. Es tu palabra contra la mía.

—¿Ves el rasguño de mi cara, imbécil? Esto es una prueba. Se te caerá el pelo.

—Sigue siendo tu palabra contra la mía, cerda. —Que me llame así hace que me sienta tan miserable y ridícula que rompo a llorar sin poder evitarlo y toda la ira se convierte en frustración y pena—. Yo te quiero, Mel, y me abandonas cuando más te necesito.

Ben pasa de agresivo a víctima, la chica sale por la puerta aún abrochándose la camisa y yo siento de verdad ganas de vomitar, de abrazar a Max, de irme de aquí. Ben no nos dejará en paz.

—Es tu culpa, ¿me oyes? Tú haces que me folle a estas niñas pensando en ti. ¿Tienes idea de lo duro que es buscarte en otros coños? —me dice mientras me agarra del cuello y me golpea contra la pared. Me asusto.

—Suéltame, por favor, y vete. —Trato de zafarme entre lágrimas de su mano, que me aprieta cada vez más y más. Me cuesta respirar. Me mareo…

Alguien aporrea la puerta y me temo que es la policía. Sigo tratando de huir de sus manos, que me aprietan el cuello cada vez más hasta cortarme el aliento y las lágrimas.

—¡Abre la maldita puerta, hijo de puta!

La voz de Jake me hace sentir a salvo. Pero… ¿Jake? ¿Cómo se ha enterado de que…?

Abre la puerta de una patada —la chica no la debe de haber cerrado bien— y se abalanza sobre Ben, que aún me tiene cogida por el cuello. No doy crédito a lo que está pasando. Temo por Jake, pues Ben está tan ido que podría cometer una locura. Me suelta de repente y se dirige a él.

Caigo al suelo casi sin aliento, la cabeza me da vueltas. Solo puedo pensar en Max…

—Vaya, vaya, conque este es el motivo por el que esta putita no me quiere… Aún te quiere a ti, ¿no? —balbucea, quedando en completo ridículo y demostrando una vez más que no tiene ni idea de mi vida en realidad. Que piense eso es absurdo, surrealista. Necio.

Se abalanza sobre Jake para golpearle, pero va tan borracho que con un simple movimiento este lo esquiva y Ben cae de boca al suelo. Aprovecha para levantarlo y sacarlo fuera. Soy tan boba que lo primero que pienso es que no puede conducir en estas circunstancias, que podría tener un accidente. Mi mente empieza a visualizar a Ben en problemas, a Max sin padre. No puedo soportar más la situación. Vuelvo a llorar, completamente rota. Mientras Jake saca a Ben de casa sin violencia —pues este apenas se tiene en pie después de la agresión—, me dirijo a la habitación porque Max ha empezado a llorar. Me seco las lágrimas y me sorbo los mocos para que no se dé cuenta de que algo va mal y entro en silencio para mecerlo en mis brazos y dormirlo de nuevo. Tres minutos de caricias bastan para que vuelva a dormir plácidamente. Ya no se oye ningún ruido fuera, y aunque me apetecería acurrucarme con mi pequeño, dormir y olvidarlo todo, salgo de nuevo para ver cómo está la situación. Las luces de los coches de la policía se cuelan entre las cortinas del salón. Me asomo tímidamente a la ventana y veo cómo el agente Cristian, compañero mío del instituto, mete a Ben en la parte trasera del coche para llevárselo. Cuando ya está dentro del coche, veo que Jake y Cristian comparten un par de frases. Tocan suavemente a la puerta, me seco las lágrimas que vuelven a correr por mis mejillas y abro la puerta temblando. Jake pone su mano en mi hombro.

—Todo está bien. Tranquila. —Trata de serenarme—. Has de denunciar a Ben y ponerle una orden de alejamiento.

—Jake, no puedo… Max…

—Precisamente por Max has de hacerlo.

Me devuelve a la realidad con su cordura. Tiene razón. Jamás he visto a Jake meterse en un lío. Siempre ha sido un tipo sensato y tranquilo y no me perdono que por mi culpa se vea en toda esta mierda.

—¿Cómo has sabido…? ¿Qué haces aquí, Jake? —le pregunto confundida.

—Cristian me ha avisado en cuanto has contactado con la policía, porque estaba lejos y temía por ti. Recuerda que conoce a Ben más que tú y yo juntos.

Es cierto, Cristian y Ben eran inseparables en la secundaria. El agente sabe de lo que es capaz; aunque yo nunca he denunciado ni he hablado de cómo se pone Ben cuando bebe, la gente del pueblo lo sabe perfectamente. No soy su primera novia: ya ha tenido movidas en el pasado. Sobre todo en su época de camello. ¿Cómo acabé yo con este tipo?

—Has de dejar entrar a Cristian y declarar. ¿Estás preparada? —me pide Jake mientras sirve un vaso de agua y me lo tiende.

—Gracias por venir —balbuceo aún inestable y temblorosa.

—No tienes que dármelas, Mel. Siempre serás mi familia. Pero ya sabes lo que hemos hablado esta tarde: esto tiene que acabar.

Le suena el teléfono y se aleja para responder mientras entra Cristian pidiendo permiso. Me siento en el sofá y oigo que Jake murmura:

—Sí, sí, está bien. Está bien, tranquila, vuelve a dormir. No, Max no se ha enterado de nada. Vuelvo en cuan-

to declare. Vale, de tu parte. —Imagino que es Flor, preocupada.

—Con permiso, Mel. Buenas noches, ¿quieres denunciar lo ocurrido?

—Sí, quiere —responde Jake guardando el teléfono
móvil.

—Jake, por favor… —le suplico. Él me mira con esa
mirada tan suya de protector y bajo la cabeza—. Sí, de-
nunciaré.

—Cuéntame todo lo que ha ocurrido —me pide Cristian a la vez que saca un cuaderno con el logo de la Policía
de Wears Valley.

Le cuento todo lo ocurrido en los últimos meses. No
sé si se refería a lo de hoy o a nuestra relación, pero las
palabras salen de mí sin esfuerzo y no puedo frenarlas. Le
explico cómo empezó todo y cómo se ha comportado estos
últimos días.

—Gracias, Mel, sé que lo que estás haciendo no es sencillo. ¿Quieres solicitar una orden de alejamiento?

—¿En qué consiste eso?

—Una orden de alejamiento es una medida cautelar
por la que se prohíbe a un agresor acercarse o comunicar-
se con su víctima.

—¿Y Max?

—¿Quieres pedir una orden de alejamiento para él
también?

—No, no, por Dios, es su padre. No le haría daño jamás. Creo.

—En ese caso necesitaremos que alguien lleve a Max a
sus visitas con Ben, cuando le toque.

—No tengo a nadie… Mi madre trabaja mucho y no
está muy fina de salud.

—Yo lo haré —dice Jake.

—Pero Jake… No necesito… —Trato de frenarlo.

—Mel, no es molestia. Yo puedo encargarme. Max y Lonan se llevan genial, y pueden jugar un rato antes de las visitas con Ben, yo encantado. Pero bueno, no quiero entrometerme más.

—De acuerdo, por ahora está bien. Pero trataré de encontrar a otra persona

—Tú tranquila.

Agradezco a la vida tener la amistad de Jake y Flor. Desde que nos separamos parece que todo se ha torcido, y aunque no me arrepiento de la decisión, sí echo de menos la estabilidad emocional de una relación tan sana.

—Gracias, Jake, ahora vete para casa. Flor debe de estar preocupada.

—Sí, yo ya os dejo, es tarde y en nada he de ir a trabajar. Mel, cuídate y cualquier cosa me llamas.

—Hecho, vaquero —bromeo agradecida y triste a la vez.

43

Jake se marcha y Cristian me explica los pormenores de la situación.

—Bien, Mel, cuando la orden de alejamiento entre en vigor será un poco complicado acostumbrarse a la nueva rutina. Ben no podrá acercarse a menos de cien metros de ti. Si coincidís en un supermercado, tienda o similar, será él quien tendrá que irse, pero te aconsejo que, para evitar disputas, si lo ves y puedes, vete tú. A veces el orgullo de las personas denunciadas las empuja a cometer tonterías que solo complican las cosas.

—De acuerdo.

—Es necesario que mañana pases por el médico. Necesitamos un parte de esos rasguños en la cara y el cuello y de lo que ha ocurrido esta noche. Si no, a la hora de un juicio tienes las de perder.

—Ajá… —asiento desconcertada.

—Sin parte médico la denuncia puede no tirar adelante. Sé que es difícil. Pídele a una amiga que te acompañe, no lo dejes pasar y trae el informe a comisaría mañana mismo, ¿sí?

Trato de hacerme a la idea de cómo serán las cosas a partir de ahora y no logro más que sentirme culpable. Mi mente me juega una mala pasada. No puedo dejar de pensar que ha sido culpa mía. Ben se estaba esforzando de verdad, había preparado una cena deliciosa, se ha mostrado atento, detallista y cariñoso y yo le he echado como si de un desconocido se tratara. En su momento más delicado, más difícil, no he estado a su lado; cuando él sí estuvo cuando tanto lo necesité tras el nacimiento de nuestro hijo. Ha recaído y yo le he dado la espalda. Sabiendo lo inestable que es, tendría que haber imaginado que nada bueno ocurriría si después del gran esfuerzo de la cena lo echaba de casa. Me siento imbécil por sentir esto, además de culpable. Estoy hecha un lío y definitivamente creo que necesito terapia. También un cambio de aires, o me volveré loca. Me levanto mientras el policía se dirige hacia el coche y veo el reflejo de Ben en el asiento trasero del vehículo.

—¿A dónde vais a llevar a Ben?

—A comisaría. Vamos a formalizar la denuncia y a explicarle todo a Ben. Pasará la noche en el cuartel.

Estallo a llorar como una niña pequeña y desolada, y Cristian se acerca y me toma la mano.

—Todo saldrá bien. No es tu culpa, has hecho lo correcto. Podría haber acabado muy mal.

Tiene razón, mucha razón, hoy, por primera vez, he temido por mi vida.

Ya se ha ido todo el mundo. Necesito dormir, me arden los ojos y no tengo energía. En el lavabo, al mirarme al espejo, veo que tengo toda la zona del cuello enrojecida. Me asusto, pues apenas soy consciente de que hoy Ben ha tratado de estrangularme. ¿Por qué sigo excusándolo? ¿Por qué sigo culpándome? A pesar del miedo que he pasado y de lo preocupada que estoy por Max, no quiero que Ben se aleje de nuestras vidas. No deseo que Max pierda a su padre y a la vez necesito salir pitando cuanto antes de este maldito pueblo. Me acurruco en la cama junto al cuerpo blandito y cálido de mi pequeño y me duermo enseguida. Rendida y débil. Necesito descansar.

A pesar de lo ocurrido duermo de maravilla, como hacía meses. Solo han sido dos o tres horas, pero qué necesarias. Siento un poco de dolor en la zona del cuello y la cara algo hinchada de tanto llorar, debo de tener muy mal aspecto, pero he podido descansar y lo agradezco. Siento como si de alguna manera me hubiera sacado un gran peso de encima. Me desperezo mientras miro la hora. Siempre me despierto antes de que suene el despertador, y lo agradezco porque detesto que lo haga la musiquita del móvil. Así es más natural y no molesta a Max, que aún duerme al otro lado de la cama. Está tumbado boca arriba con los brazos abiertos en cruz, ocupando más que yo, con lo pequeño que es. Le dejo dormir un rato más y salgo de la cama sin hacer ruido. O lo intento, porque al mínimo crujir de la cama Max suele despertarse. Tiene una especie de radar que se activa cuando me levanto. Trato de ponerme de pie poco a poco para que no se despierte, así tengo tiempo de tomarme un café tranquila a solas y ordenar mis pensamientos y emociones. Ayer al acostarme creía que hoy me levantaría con un humor terrible, pero algo en mí está ligeramente distinto. Siento un tipo de paz interior que hace mucho tiempo no sentía. ¿Tiene que ver con la idea de que Ben ya no va a vivir más aquí y no podrá volver a hacerme daño? Probablemente

45

sea eso; a pesar de la pena por haber roto nuestra familia, siento mucha tranquilidad y sosiego. Como si me hubiera sacado un lastre de encima.

Me preparo un café con manteca de avellanas y aprovecho los primeros instantes del día, con los rayos de sol aún tímidos, para sentarme frente a la ventana a disfrutar de mi primera mañana sin Ben. El café está delicioso. Oigo el canto de los pájaros invernales que se posan por un instante en la ventana y vuelan hasta el gran roble que tenemos frente a casa. Sería ideal tener un porche bonito, una casa bonita, me digo mirando a mi alrededor. No me gusta quejarme, pero es verdad que no tiene nada que ver esta casa con las que estoy acostumbrada a frecuentar. La de mis padres, la de Jake y su familia..., esos sí son hogares bonitos. Esto no es más que un *mobil home* fijo en un terreno sin mucho encanto con una extensión mal construida en PVC y cristal. Típica vivienda de familias con pocos recursos en Estados Unidos, pero lo único a lo que he podido aspirar yo sola con mi sueldo y manteniendo a toda la familia. Si Ben hubiera trabajado, hubiéramos podido alquilar o quizá comprar una casa de verdad. Aunque no me gusta criticar este sitio, porque es nuestro hogar, nuestro refugio, y me siento agradecida por tener donde volver cada día al acabar la jornada. Max aún es pequeño para darse cuenta, pero las humedades y el frío que se cuela por las ventanas mal selladas empiezan a desesperarme. La cabaña vuelve a mis pensamientos y me decido a escribir al contratista para que me cuente un poco. Son las siete de la mañana, demasiado pronto para llamar, así que me decanto por un wasap.

Buenos días, mi nombre es Mel, escribo de parte de la inmobiliaria de Big Timber por la cabaña Creekside. Estoy interesada en comprarla y quisiera saber si usted conoce el estado en el que se encuentra y por qué cifra rondaría su reforma. Soy de Tennessee y estoy algo lejos para poder visitarla ahora mismo. Quedo a la espera de su respuesta. Gracias de antemano por su atención.

Debo hablar con mi madre, contarle mi idea y ponerme en marcha. Ahora tengo la ocasión y la excusa perfecta para tomarme unas vacaciones. A la par que mi mente da vueltas al asunto, Jess me llama por teléfono como si de telepatía se tratara.

—Buenos días, jefa.

—Hola, Mel. ¿Estás bien?

—Madre mía, con qué rapidez vuelan las noticias en este maldito pueblo —le digo con la certeza de que todo el mundo sabe ya del altercado de anoche.

—Ya sabes cómo funcionan las cosas aquí. Mel, tómate unos días. Los necesitas. Recapacita sobre todo, haz lo que te dé la gana, recupérate.

—Si estoy bien... —le miento.

—A mí no me engañes. No quiero verte esta semana por la cafetería. Tómate un respiro.

—Jess... —Trato de disuadirla porque no quiero ser un problema para ella, pero a tozuda me gana siempre.

—Jess, nada. ¿Ha quedado claro?

—Clarísimo, señora —me rindo. Y pienso que es lo mejor si tengo que ir al hospital a hacerme la revisión y llevar el parte a la comisaría—. Muchas gracias.

—Lo que necesites. Ya sabes dónde encontrarme, Mel. Dale un abrazo de mi parte a Max.

Doble alivio. No me apetece en absoluto ir a trabajar y que todo el mundo me mire con pena. Odio ser la pobre chica a la que su pareja maltrata. ¡Qué vergüenza! Aprovecho que no voy a ir a trabajar para dejar dormir a Max, no lo llevaré a la guardería hoy. Me pregunto cómo habrá pasado la noche Ben y al instante me obligo a no pensar más en él y empezar a pensar en mí y mi futuro. Ordeno un poco la habitación y me arreglo para ir a ver a mi madre y pedirle que me acompañe al médico en cuanto Max se despierte. De pronto, siento que vibra mi teléfono móvil y me pregunto si será otra llamada de alguien del pueblo que se ha enterado de lo ocurrido. Alcanzo el teléfono, pero el número que veo en pantalla no me suena en absoluto. Temo que sea Ben desde el calabozo. ¿Puedo recibir llamadas suyas con la orden de alejamiento? Esto no me lo han contado. Me siento patéticamente perdida con todo este asunto y prefiero pasar de la llamada, pero el teléfono vuelve a sonar y una mezcla de preocupación e intriga me empuja a cogerlo. Una voz masculina desconocida saluda al otro lado de la línea.

—Buenos días, mi nombre es Patrick. —Suena amable.

—Buenos días. ¿De dónde llama? —No quiero parecer grosera, pero no tengo ni idea de quién es Patrick.

—Patrick, de Big Timber. Me ha escrito esta mañana por la cabaña de Creekside.

—Oh, sí, disculpe. No sé dónde tengo la cabeza.

—Encima de los hombros, espero —bromea divertido, y se ríe con ganas. Río inevitablemente. Qué bien sienta un poco de humor de buena mañana.

—Sí, yo también. Menos mal que la llevo unida al cuerpo. —Le sigo la broma.

—Disculpe que no me haya presentado. Soy el contratista. Tiene usted muy buen gusto. Yo mismo estuve a punto de comprar esa cabaña.

—¿Y por qué no la compró?

—Porque valoro demasiado mi vida como para embarcarme en otro proyecto más.

—Entonces, ¿cree que es una mala idea comprarla?

—No, en absoluto. Es una ganga. Es solo que ya hago

demasiadas cosas como para responsabilizarme de otro proyecto personal más. Valoro mucho mi vida tal cual está y no quiero dejarme engañar por la avaricia. Cuando estamos tranquilos, asentados y en paz, nos entra la energía para hacer nuevas cosas, y si no calibras bien puedes verte sumergido en algo que te quite esa tranquilidad, sosiego y calma. En fin, cosas mías. Disculpe, que me enrollo.

—No, no. Si es una muy buena reflexión.

—*El poder de lo simple*. Un libro que le recomiendo encarecidamente —me dice con ternura.

—Oh, gracias. La verdad es que justo eso es lo que necesito ahora mismo... —respondo desconcertada. No entiendo muy bien a qué se refiere, pero su voz calmada y risueña me transmite buen rollo. Me imagino a un hombre con mucho tiempo libre para pasear por las montañas nevadas, disfrutar de un buen café ante su chimenea... Una vida calmada. No como la mía, del trabajo a casa y de casa al trabajo sin apenas tiempo para Max.

—A lo que íbamos. ¿Cuándo puede venir a ver la cabaña? Lo mejor es verla, sentirla... y según lo que le transmita miramos qué podemos hacer.

—No, no. Si estoy en Tennessee.

—Eso, si mal no recuerdo, forma parte del mismo planeta, ¿no? —La extraña pregunta me sorprende.

—Em... —dudo—. Sí...

—Entonces, todo es cuestión de hacerlo cuadrar. —Se ríe y me transmite esa energía tan positiva.

—Bueno...

—Sin que vea la cabaña yo no puedo hacerle un presupuesto porque no tengo idea de qué le gusta, cuánto está dispuesta a reformar...

—Ya entiendo. ¿Y no me puede dar una cifra aproximada para dejarla habitable?

—Habitable ya está. La cifra será lo que se gaste en gasolina para venir a instalarse.

—¿En serio?

—No hay nada que un buen fuego no arregle y esta cabaña tiene una de las mejores chimeneas de todo el condado. La construyó mi padre.

—¿La cabaña?

—Sí, de arriba abajo.

—Ahora entiendo que la quisiera comprar.

—Valor sentimental lo llaman —me dice tranquilamente—. ¿Organizamos una reunión junto a la inmobiliaria y así sale usted de dudas? Este lugar es mágico, si no lo ve, no lo comprará, y si lo ve…, estará usted perdida y condenada a vivir cerca de la nieve y lejos del sudeste. Este lugar engancha.

50   «Qué tipo más extraño y curioso», pienso para mis adentros.

—Está bien. ¿Hablo con Fiona y quedo con ella?

—O quede conmigo y hablo yo con Fiona, lo que le sea más cómodo.

—También. —A este señor le está todo bien, ¡qué gusto!—. Es usted muy amable.

—Puede tutearme.

—Gracias, Patrick. Pues ahora tengo unos días libres, así que quizá podría escaparme… —Trato de pensar qué día podría montármelo…

—… esta misma semana —Me ayuda a terminar la frase.

—Pues también es verdad, je, je, je. —Me río, este señor me saca el buen humor. Es tan optimista.

—Me escribe cuando tenga fecha, ¿vale?

—Gracias por tu atención y facilidades.

—Lo tengo fácil, vivo cerca de Creekside. No se preocupe.

—Puedes tutearme tú también, Patrick.

—Fantástico, Mel. Que tengas un buen día.

—Igual. Un saludo.

Colgamos y un soplo de frescor y esperanza sacude mis huesos. Le mando un mensaje a mi madre para que prepare el almuerzo; Max y yo nos presentaremos en un rato.

Llegamos a casa de mi madre antes de lo planeado. Como siempre, su jardín de invierno está repleto de flores. Nunca entenderé cómo tiene la paciencia y el tiempo, trabajando todos los días en el supermercado, de cambiar cada temporada todas las macetas para que siempre haya plantas en flor. Envidiable. ¿Podré yo algún día sacar tiempo para algo así? Me encantaría.

—Ya están aquí mis personas favoritas. —Veo a mi madre sonriente en su día de descanso y una emoción que no sé de dónde sale me conmueve y estallo a llorar. Ella se sobresalta, pues parece que las noticias no han llegado tan lejos—. Cariño, ¿qué te ocurre? —me pregunta como haría cualquier madre protectora.

—No sé ni por dónde empezar... Necesito que me acompañes al hospital.

—¿Ha ocurrido algo con Ben?

—Sí, mamá...

—¿Discusiones como de costumbre? ¿O ha ocurrido algo más? ¿Es grave? —me pregunta mientras me acaricia las mejillas—. ¿Al hospital para qué?

—¿Qué es grave para ti? —le pregunto para que me ayude.

—Para que tú llores así, tiene que ser serio. Max, cariño, ve a ver los dibujos un ratito y luego comemos tarta de la abuela —le dice para distraer al pequeño y que podamos hablar tranquilamente. Max está encantado y para mí es un alivio poder compartir con mi madre todo lo ocurrido y contarle mi idea de marcharme al norte.

51

Cuando logramos que elija unos dibujos, preparamos un buen termo de café y nos sentamos en su porche invernadero, lleno de todas sus brillantes y fragantes flores de temporada, dispuestas a mantener una larga conversación. Le cuento los últimos altercados con Ben, y aunque ella está un poco al caso de cómo es, no da crédito a cómo de terribles se han tornado los últimos días. Al contarle el incidente de ayer, mi madre abre la boca de par en par y una lágrima asoma a su mirada azul.

—Cariño, ¿cómo no me has contado esto antes?

—No quería preocuparte, o no me atrevía… O no sé. No hay excusa, sencillamente no lo he hecho.

—Tranquila, no pasa nada. ¿Y ahora con esta orden qué piensas hacer?

—Verás, mamá, tengo ganas de irme lejos un tiempo, cambiar de aires. Desde que lo dejé con Jake poca cosa me ata a este pueblo. Tú sabes que desde pequeña he tenido ganas de salir y conocer mundo, pero como mi relación con Jake era muy estable nunca di el paso. No obstante, cuando nos separamos, mi gran viaje a solas de luna de miel me dio ganas de seguir viajando, de emprender…

—Y entonces te liaste con Ben.

—Sí… —admito.

—Escúchame, ¿de acuerdo? Yo tengo a papá. Tú eres mi tesoro más preciado, pero ante todo quiero que estés a salvo y feliz. Vete, no lo dudes. Idos ahora que tenéis esto de la orden. ¿Hay algún sitio donde te apetezca viajar con Max? O si quieres irte sola, podemos cuidar del niño unos días.

—No, mamá, no es que me apetezca solo viajar, es que me apetece cambiar de casa, de estado… Quiero mudarme a Montana.

—¿A Montana? —Mi madre ni siquiera sabe dónde cae exactamente. Estoy segura de que si le doy un mapa no es capaz de ubicarlo con exactitud—. Pero eso está muy lejos, hacia el norte, ¿no?

Es la típica mujer americana para la que las fronteras están al salir de su pueblo natal. Jamás ha querido salir ni conocer mundo. Solo en una ocasión viajamos a Alabama y para ella ya fue toda una aventura. No me puedo imaginar que viniera a visitarme a Montana.

—Sí, mamá. Quiero comprar una cabaña y convertirla en una casita rural para huéspedes. Que Max se críe en un entorno diferente.

—Mira, Mel, en otra ocasión Dios sabe que te hubiera hecho cambiar de opinión por mis inseguridades y mi apego a ti. Pero no puedo ser egoísta y, con todo lo que me has contado, sé que debes volar, probar cosas nuevas… Yo siempre te voy a apoyar, aunque tus decisiones me parezcan una verdadera locura.

—Gracias, mamá, no pensé que fuera a ser tan fácil —le digo sincera y aliviada. Mi madre siempre ha sido una mujer insegura y estar atada a su pueblo, su casa, marido e hijos es lo que la hace sentirse a salvo. No debe ser sencillo para ella—. Hoy he hablado con un constructor que quiere que miremos la cabaña para hacerme un presupuesto y valorar la compra.

—Pero ¿tú tienes dinero para todo esto?

—Algo… Y luego están los bancos, que para eso sirven, ¿no?

—Sí, bueno, bueno… No sabía que tenías dinero ahorrado.

—No tengo mucho pero sí para la entrada, creo…

—Pues hija, haz lo que necesites.

Por suerte mi madre es tan ingenua que no cae en lo ilegal que es llevarme a Max a otro estado sin el permiso de su padre, pero tal cual están las cosas ahora mismo creo que es la ocasión perfecta para hacerme la tonta y, si

53

me dicen algo, alegar que con todo el tema de la orden no tenía ni idea de que se tuviera que proceder de otra forma.

—Pues creo que nos escaparemos a Montana a conocer esa cabaña; luego, ya se verá.

—¿Quieres que me quede con Max?

—Bueno…, en coche no puedo ir con él. Son demasiadas horas. Déjame que mire opciones y te digo algo.

—Yaya, se ha acabado. —Max nos interrumpe con sus ojitos vidriosos, la televisión siempre le da sueño. Miro a mi madre y le sonrío, dándole las gracias sin palabras.

—Yo ya le contaré a tu padre. Organízate para conocer ese lugar y cuéntamelo todo. Lo que sea para que te alejes de ese maldito hombre.

—Voy a sentarme un ratito en el porche para ver posibles rutas de viaje. Ya luego vamos al hospital.

—Claro, cariño, pasemos el día juntas. Voy a acabar de preparar la comida, que la tengo a medias. Al acabar la visita del médico, volveremos y comeremos juntos, ¿verdad?

—Sí, mamá. Gracias.

Sé que en el fondo todo es para que me aleje definitivamente de Ben, aun si eso comporta alejarme de ella también. Mi madre y Max desaparecen hacia la cocina y yo me quedo contemplando la ventana de su porche acristalado con vistas al jardín. Amo este lugar, está igual desde que yo era pequeña. Mamá quiso cerrar todo el porche con cristal para convertirlo en su propio invernadero y tener flores todo el año, sea cual sea la temporada, aunque el jardín también lo tiene todo florecido siempre. Parece que estemos en un taller de botánica, lleno de macetas en tonos terracota, esquejes que empiezan a brotar, bandejas de semillas todas germinadas con brotes tiernos y verdes, ella hace sus propias semillas del huerto, las flores… Es su pasión cuando no está trabajando. Todos los días le dedica un buen rato y sin duda tiene su recompensa. Me detengo a oler con conciencia este espacio, cada vez huele distinto, es obvio porque según el día hay unas plantas que tienen más flor u otras. Ahora mismo las begonias, los narcisos y los crisantemos están en su máximo esplendor, y el de la begonia es mi aroma favorito. Recuerdo de pequeña cómo me gustaba saber que pasadas las fiestas navideñas el porche de mamá —así le llamamos todos porque hay más normas en este lugar que en cualquier parte de la casa— se llenaba de olor a begonias. Dulce y cautivador. Pasaba horas estudiando y haciendo deberes en el porche y la ropa siempre me acababa oliendo a flores.

Saco el portátil de mi bolsa y me dispongo a investigar sobre la mejor forma de llegar a Montana. Desde Wears Valley en coche hay veintiocho horas sin parar, lo cual supone varios días de viaje y yo odio conducir, así que mi búsqueda se deriva hacia vuelos. Veamos qué encuentro por ahí. Busco vuelos directos, pero no encuentro nada de último minuto. Maldita sea, ¿ocho horas de avión? ¿Tan lejos está Montana? Empiezo a arrepentirme de todo, y a sentir miedo, pereza, todas las emociones necesarias para cancelar mi gran aventura. Si me mudo allí, ¿cómo podrá Max ver a su padre? ¿Hago bien separándole de él? No me parece justo para Max tener que cargar con mis problemas y condenarle a una vida sin padre; con él siempre se ha portado bien y sé lo mucho que se quieren y lo bien que lo pasan juntos. Creo que es mejor que abandone esta idea…

—Cielo, ¿todo bien? Te veo muy pensativa. —Mi madre se asoma al porche y me arranca de mis oscuros pensamientos.

—Mamá, no me siento capaz. Montana está demasiado lejos…

Mi madre se acerca sigilosa y me acaricia la cara.

—Sí, está muy lejos, hija. ¿Por qué no te vas como un pequeño viaje, una escapada sin planear, sin presiones? Si te apetece, visitas la casa, si no, no... Yo me quedo a Max, ve sola, toma aire fresco. Te irá bien.

—La verdad es que sí...

Estoy tan agotada últimamente, con Max, con Ben, el trabajo... Las noches son largas, Max no para de despertarse y yo me desvelo y no puedo dormir a partir de las cuatro de la madrugada.

—Sé lo agotador que es ser una buena madre —dice sonriendo, pues ella fue la mejor. Jamás la oí quejarse, siempre tenía una sonrisa, paciencia y comida casera todos los días. Ella es mi mejor ejemplo.

—¿No crees que soy una madre horrible si me voy sin Max?

—No, en absoluto, solo serán unos días.

—Ya, pero aún toma el pecho algunas noches.

—Bueno, pues haremos biberones el abuelo y yo... No busques excusas, cariño. ¿Te apetece?

—Sí... La verdad es que sí.

—Pues no se hable más. Miremos esos vuelos. A ver, enséñame.

Le muestro a mi madre los vuelos que he encontrado de último minuto para irme esta misma semana. Lo más económico son 267 dólares con parada en Salt Lake, Utah, y de ahí a Montana. Llegaría a la ciudad de Bozeman y, si Google Maps no falla, tendría una hora en coche hasta Big Timber. Podría alquilar un vehículo para desplazarme por allí. Le enseño las fotos de la cabaña y las montañas a mamá y queda prendada como yo.

—Es realmente hermoso —me dice acompañando sus dulces palabras con un beso en la mejilla.

—No tenemos mucho que envidiar aquí en Wears Valley.

—Cierto, esto es precioso también. No es tan distinto, así que te sentirás como en casa, cariño. —Amo que mi madre siempre tenga palabras positivas, pase lo que pase. Creo que eso me ha ayudado tremendamente en la vida a ver las cosas siempre desde la perspectiva correcta.

—Te quiero muchísimo, mamá —le confieso de nuevo al borde de las lágrimas.

—Me vas a hacer llorar, Mel.

Nos fundimos en un abrazo al que se une Max por sorpresa con un salto mortal que casi me deja huella.

—Tengo hambre, abuelita.

Quiere tarta, pues no olvida la invitación que le ha hecho mi madre nada más llegar.

—Claro que sí, vamos a traerla aquí y la comemos juntos en el porche. Después salimos para el hospital.

—¡Yupiii! —Max salta a los brazos de su abuela y ella lo carga hasta la cocina. Espero que sea tarta de queso, le queda deliciosa.

Vuelvo la vista a la pantalla y me armo de valor para mirar fechas en firme, pues antes debería escribir a Fiona o a Patrick para confirmar la visita. Si voy hasta ahí, aunque esté muerta de miedo, quiero visitar la cabaña. No deseo quedarme con esa espinita clavada. Patrick se ha ofrecido a ayudarme y parecía muy entusiasmado, así que no pienso esperar más, porque sé que, si no lo hago ya, me echaré atrás. Veo que el próximo viernes sale un vuelo a las cinco de la mañana, lo que significa que llegaría a Bozeman a las once; por suerte, este vuelo solo tiene media hora de escala. Envío un wasap a Patrick para saber si en algún momento del viernes, sábado o domingo podría enseñarme la cabaña, ya que mi idea es regresar el mismo lunes. Así puedo hacer también algo de turismo rural. Doy vueltas de nuevo a la idea de ir con o sin Max y no logro decidirme, así que prefiero preguntarle a Patrick a ver qué disponibilidad tiene.

Patrick me lee y contesta al instante.

Estaré encantado de mostrarte la reliquia, Mel. Me va bien cualquier día y hora. Ya me dirás.

Madre mía qué gusto de hombre, qué fácil lo pone todo. No tengo excusa, he de reservar ya los vuelos. Mamá y Max vienen con un delicioso *cheesecake* de anacardos que sé que estará para chuparse los dedos.

—Mamá, ¿qué hago con Max? ¿Crees que es mucho tute para él?

—Bueno, cariño, sí, sí lo es, porque para solo tres días, el *jet lag*, los vuelos… No sé yo… ¿Tú te irías tranquila si se queda aquí conmigo?

—Tranquila sí, pero nunca ha pasado una noche sin mí.

—Lo sé… Me pondría en la cama con él, como haces tú.

Sonrío y agradezco a la vida por tener una madre así.

—Pues probémoslo. Creo que me irá bien también ir sola. Poder pensar con claridad, parar y no hacer nada…

—Claro. Yo la primera vez que os dejé con la abuela una noche entera al principio no sabía muy bien ni qué hacer, pero menuda noche de descanso pasé.

Se ríe y me da un abrazo.

—Gracias, mamá —le digo honestamente entre sus brazos y con los ojos húmedos de la emoción.

—No hay nada que agradecer, para eso estamos las madres, ¿verdad?

—Verdad, mamá, y para hacer los mejores *cheesecakes* del mundo.

Nos reímos juntas mientras observamos a Max ponerse perdido de tarta.

3

$\mathcal{H}$a llegado el día, son las cinco de la mañana y trato de no hacer ruido para no despertar a Max mientras acabo de cerrar la pequeña maleta que me he preparado. Estamos en pleno invierno, así que el frío allí arriba debe de ser demoledor. Compruebo el tiempo en Montana antes de salir para asegurarme de que no vaya a haber ventisca o similar y necesite más ropa de abrigo. Pero por lo que veo brillará un sol frío pero seco. Miro el reloj nerviosa, mamá debe de estar al caer. Finalmente quedamos en que vendría ella a casa para no tener que despertar al pequeño; me da pena no despedirme, pero ayer ya le conté lo de la cabaña y nuestra nueva aventura si todo va bien, y pareció entender que voy unos días sin él para preparar las cosas. Le entusiasmó la idea de dormir con la abuela.

No he tenido noticias de Ben, ni lo he visto por el pueblo. Es probable que se haya ido a casa de su hermano, que vive lejos de aquí; eso explicaría que no haya pasado por el bar. La verdad es que no es que me haya interesado mucho por él —desde el último día ya no me apetece saber nada, estoy mucho más tranquila así—, pero este pueblo es pequeño y, cada vez que entro en una tienda o un supermercado, alguien me da el parte de sus sospechas. Que si se ha ido a Nashville, que si lo han visto en un club de *striptease* de las afueras, que si seguro que se ha mudado de estado… En fin, esta es la parte negativa de vivir en un sitio pequeño donde todos nos conocemos.

Dejo anotados en un pósit al lado del teléfono los números de Fiona y Patrick por si mamá necesitara contactarme y mi móvil estuviera sin cobertura o señal. No sé si allí podré llamar con mi tarifa o si me van a cobrar un dineral por usar mis datos. Sea como sea, no me importa, necesitaré estar todo el tiempo conectada a Max, así que por si acaso le dejo sus teléfonos.

Empiezo a llevar el equipaje, el termo con el café y el bolso hacia la puerta, doy un vistazo a la casa y suspiro. ¿Será este el principio del fin? ¿Dejará de ser nuestro hogar Wears Valley? Siento un temor y una nostalgia que me sacuden levemente y trato de no darle más vueltas. Las luces de los faros del coche de mamá me ayudan a desconectar de mis pensamientos y abro la puerta para recibirla.

—Buenos días, cielo. ¿Lo tienes todo listo?

—Sí, mamá. Estoy nerviosa.

—Dame un abrazo, y venga, vete ya. Está el taxi ahí detrás.

Me asomo a la puerta y veo el taxi esperar tras el coche de mi madre, le hago un gesto para indicarle que ya voy y la abrazo con fuerza.

—Por favor llamadme a todas horas, mándame fotos y vídeos de Max, de todo lo que hagáis. Os quiero. —Le doy un fugaz beso y me escapo un segundo al cuarto de Max a darle el octavo beso de despedida.

—Vuelvo pronto, pequeño. Ya verás qué bonita se nos torna la vida en breve… —susurro para no despertarle, y hundo mis labios en su cabello para retener su olor, está calentito, suspira y le beso con suavidad su preciosa cabeza—. Te quiero infinito, bebé.

Cierro la puerta con sigilo y, ahora sí, ha llegado el momento de partir.

—Buen viaje, cielo. Aprovéchalo para lo que sea que te depare esta pequeña aventura.

—Así lo haré, mamá.

Subo al taxi segura de mí misma, sin mota de culpa, con un toque de nostalgia y muchas ganas. Estos tres días son para mí. En menos que canta un gallo estoy en la puerta de embarque del aeropuerto. La espera es breve, el avión está a punto de abrir y ni siquiera me da tiempo de sacar el libro que he traído para la espera, empezamos a embarcar. Me siento empoderada y capaz. Me acabo el último sorbo de café del termo y lo guardo antes de acomodar mi equipaje encima de mi asiento.

Me siento cómodamente al lado de una agradable señora que me cede el asiento de la ventana, con la excusa de que prefiere el pasillo para ir al baño siempre que lo necesite sin molestar. Me parece estupendo, siempre me ha gustado más ir del lado de la ventanilla.

El vuelo es largo pero tranquilo, y aprovecho para leer un poquito la guía de Montana que he comprado y para anotar algunos pensamientos en mi cuaderno. La amable señora se da cuenta de mi lectura y señalándola me dice:

—¿Primera vez en Montana?

—¡Sí! Tengo muchas ganas.

—Es un gran estado, si te gusta la nieve, claro. —Se ríe.

—Bueno, en mi pueblo suele nevar unas tres semanas al año, nieve ligera que no da muchos problemas. En realidad solo cuaja en las altas montañas, en el pueblo ni la pisamos apenas.

—Nada que ver con Montana, pues; allí la temporada de nieve dura más de seis meses y es intensa. Pero estamos acostumbrados y preparados, para nosotros es un modo de vida.

—Sí, eso estaba leyendo ahora mismo. —Le señalo la guía—. ¿Os dificulta mucho la vida?

—Nos la cambia. —Sonríe—. Fuego todos los días, café caliente y recolectar leña. Es otro ritmo de vida. El frío te empuja a vivir lento; a coger una manta y acurrucarte con un buen libro cerca del fuego. Podrás acostumbrarte.

—Oh. —Me sorprende que dé por hecho que me mudo—. ¿Cómo sabe que estoy pensando en mudarme?

—Querida, tu guía se titula *Nueva vida en Montana*. —Lo leo y ambas reímos.

—Sí, es cierto, vengo a conocer Big Timber, a ver si me veo mudándome allí.

—Ojalá te guste…

—Gracias.

—Voy a tratar de dormir un ratito, te dejo con la guía —se despide la dulce señora antes de cerrar los ojos.

No sé yo si tanta nieve será para mí. Espero llevar la ropa adecuada, aunque no estoy segura.

Tras un vuelo tranquilo y algo pesado aterrizamos en Bozeman antes de la hora de comer. Está todo nublado y blanco, no es un paisaje muy alegre que se diga… Me muero de hambre porque me he negado a comprar comida cara y precocinada en el avión. Comeré algo cuando llegue al pueblo. Me acerco al mostrador de una tienda de bocadillos, me pido un *croissant* que tiene una pinta increíble y lo devoro de camino al estand de coches de alquiler.

—Señora, recuerde que no puede meterse por pistas de montaña con este vehículo, no está incluido en el precio y no hay servicio de grúa si se ve en apuros.

—Oh… —Me sorprende no haber caído en eso—. ¿No tienen un 4x4?

—No, no tenemos disponibilidad ahora, tendría que haberlo indicado en la reserva.

«Maldita sea, ¿y ahora qué hago? ¿Cómo llegaré a la cabaña?»

—Espere, que voy a hacer una llamada.

Me alejo del mostrador y busco el móvil para llamar a Patrick, no quiero incordiar ni ser una carga.

—Buenos días, Mel. ¿Ya estás por Montana?

—¡Hola! ¡Sí! Quería hacerte una pregunta rápida, perdona que te moleste.

—No me molestas. Dime, ¿en qué te puedo ayudar?

—Estoy alquilando un vehículo pero no tienen 4x4 y no estoy muy segura de cómo llegar a la cabaña.

Patrick suelta una risa burlona.

—No llegarías ni con un 4x4. Tranquila, vendrás conmigo.

—Oh, um... —Dudo cómo no había caído en el detalle de que la cabaña puede tener un mal acceso—. ¿A qué te refieres?

—El camino está abandonado y no se puede acceder en 4x4.

—¿Y entonces? ¿Iremos a caballo? —bromeo algo molesta.

—No a menos que quieras matarlo de frío. —«Dónde me he metido»—. Te llevaré en moto de nieve.

—Ostras...

—Pero tranquila, solo hay que arreglar el camino. Se podrá acceder en 4x4 cuando te instales aquí.

Me sorprende que dé por hecho que me mudaré aquí. Cada instante que pasa lo tengo menos claro...

—¿Vienes directa para Big Timber en cuanto te den el coche?

—Si la nieve me lo permite, sí.

—Más que la nieve, el frío. ¿Llevas ropa de abrigo suficiente? Hoy pega mucho, estamos a seis grados bajo cero y sin sol.

63

—Oh, estupendo —suelto con sarcasmo—. Sí, creo que sí. Aunque agradecería que saliera el sol.

—Pues ya le bailaremos a los dioses alrededor de la hoguera para que salga mañana —bromea, y me tranquiliza.

—Gracias, Patrick —le digo ruborizada y algo más animada—. Aprovecho para preguntarte cuándo te va bien quedar. Estaré hasta el lunes, como te comenté.

—¡En cuanto llegues! ¿En qué hostal te alojas? Te recojo ahí en un par de horas o tres, para que puedas descansar del vuelo…

—Oh, no hace falta, estoy cansada de estar sentada, y aún me queda una hora de coche. En cuanto deje las maletas en el hotel te llamo, si te va bien.

—Hecho. Ya te espero. Conduce con cuidado. Hay temporal hoy.

—Gracias y hasta ahora.

Siempre que hablo con este señor me alegra el día. Qué suerte que haya gente así aún. Tengo ganas de conocerle. Vuelvo al mostrador y completo el formulario de alquiler. Salgo a la calle para buscar la plaza de parking en la que se encuentra el coche que me han asignado y me doy cuenta de que la chaqueta que he elegido no es suficiente para este frío helado. Que salga el sol, por Dios.

Empiezo la ruta hacia Big Timber con ganas a pesar del mal tiempo, he hecho una llamada exprés a mamá para saludar a Max y me he quedado más tranquila al oír lo bien que está.

Tras media hora de conducción me alejo de las ciudades y el paisaje empieza a convertirse en amplias y extensas praderas nevadas con montañas altas a lo lejos; en dos ocasiones me he cruzado con una pequeña manada de ciervos hurgando en la nieve buscando algo de comida. Un paraje aparentemente solitario en esta época del año, pero también apacible. Gélido y conmovedor. ¿Estoy preparada para esto? Me voy acercando al pueblo y el ambiente cada vez se ve más acogedor a pesar del frío y la nieve. Las cabañas de madera con humo en sus chimeneas, las luces de los comercios... Llego al hostal de Big Timber, una gran construcción de madera típica de alta montaña, necesito una ducha y estirar las piernas. Me embarga una mezcla de sentimientos. La nostalgia destaca entre todos ellos: echo de menos a Max, nuestro hogar, acurrucarnos en el sofá y ver una peli arropados con una buena manta y comer palomitas... A la vez siento paz de estar tan sola y con tanto silencio. La idea de Ben se me antoja lejana, extraña... No le añoro nada, cada día me importa menos qué será de él y a la vez me apena que Max crezca sin su padre.

Saco las maletas del coche y me congelo al contacto con el aire helado de este pueblo. Tomo aire con conciencia y dejo que el frío me cale los huesos. Dicen que el frío es una experiencia sanadora. Ojalá sea cierto, este sería un lugar idóneo pues. Tras unos instantes me pongo el abrigo, cojo la maleta y me dirijo hacia la recepción.

Un amable señor me toma los datos y me da las llaves de la que será mi habitación por estos días. Con un atisbo de curiosidad e ilusión subo las escaleras de madera color caoba como si fuera a descubrir algo maravilloso. Al abrir la puerta de la habitación observo todo lo que no quiero si algún día llego a montar un hostal. La habitación es correcta, pero no tiene encanto; la pared de madera está pintada de color azul pálido que no pega nada con la apariencia cálida que desprende la madera. No hay cortinas, lo que convierte la estancia en un lugar poco acogedor. La ropa de cama es sosa y está puesta con mal gusto. Todo lo contrario al hostal de Joan, la mamá de Jake, me digo a mí misma. Esa señora sí que tiene gusto.

Pero al menos está limpia y la temperatura es correcta. Para unos días no está mal. Apoyo la maleta en la cama y empiezo a desarmarla para poner cada cosa en su sitio, no puedo evitarlo. Aunque fuera por un solo día, lo haría. Cojo el teléfono y hago videollamada a mamá y a Max, que me lo cogen enseguida.

—¡Mamiiiiii!

—¡Cariño, hola! ¿Qué haces?

—Bien —balbucea con esfuerzo Max en el regazo de su abuela—. Jugar.

—¿Jugar? ¿Estás jugando, cielo? —le pregunto mientras saboreo esa sonrisa tan bonita.

—Sííí —responde, y se zafa de su abuela para volver a sus juegos.

—Ya ves que no te echa nada de menos —bromea mi madre—. ¿Cómo ha ido el vuelo?

—Bien, mamá, se me ha pasado bastante ligero. Ya estoy en el hostal.

—¿Hace mucho frío?

—Pues un poco. —Me río y le muestro el paisaje nevado por la ventana.

—A disfrutar, cariño.

—Sí, eso haré. Llamadme cuando hayáis cenado.

—Sí, descuida. Hasta luego.

—Hasta luego, familia.

Mi madre siempre tan seca por teléfono, las tecnologías no son lo suyo. Voy a comer algo, que estoy muerta de hambre, pero antes llamo a Patrick.

—Buenas tardes, Mel. ¿Ya estás por estas tierras?

—Aquí estoy, a punto de ir a comer algo.

—Oh, ¿no has comido aún?

—Nada de nada.

—¡Fantástico! Pues te recojo y te llevo a un lugar entrañable, así vas haciéndote con el pueblo.

—Oh. —Dudo, me sorprende su exceso de confianza, pero no me incomoda—. Está bien, gracias, muy amable.

—Te recojo en quince minutos. Comemos algo y, si te atreves, cogemos la moto de nieve y vamos a dar un paseo hasta la cabaña.

—El plan suena genial. He venido a vivir una aventura, así que ¡tú mandas!

—Así me gusta.

Patrick cuelga sin decir adiós con su característico buen rollo contagioso. Aunque no nos conocemos, este hombre me hace sentir a gusto.

Me doy una ducha rápida y dudo si vestirme con ropa técnica de montaña o más bien con unos tejanos. Me decanto por la ropa de nieve, ya que hemos de ir en moto. ¿Cómo se me ocurrió dudarlo? El frío y yo no somos muy buenos amigos. Bajo las escaleras de dos en dos como una niña emocionada y salgo animada del hotel echando un vistazo a ver si veo al señor Patrick. Parece que se retrasa. Aparte de una mujer sacando el perro y un guaperas apoyado en un 4x4 antiguo, ni rastro del señor Patrick. Saco el móvil para ver si me ha llamado o si ha habido algún contratiempo, pero apenas me da tiempo a abrirlo cuando una voz familiar me sobresalta.

—¿Mel? —Alzo la vista visiblemente abrumada por el susto y no me cuadra esa voz con el chico joven y guapo que tengo enfrente, el que hace unos instantes se apoyaba en el viejo 4x4.

—Sí, soy yo, tú eres… —titubeo sorprendida.

—Patrick.

Pongo los ojos como naranjas sin poder evitarlo.

—¿Ocurre algo?

—Ostras, pues esperaba a un señor mayor.

Mi honestidad me sorprende, pero por suerte él se lo toma a broma.

—No sé si es bueno o malo eso. —Se ríe y me contagia la risa.

—Bueno, bueno —digo tratando de arreglarlo.

Ahora que lo oigo en persona, su voz grave y masculina le pega a un tipo como él, y le da un aire seductor y contundente.

—Vamos a comer. —Me indica que le siga—. Iremos andando. Mi tía tiene una cafetería que sirve platos preparados deliciosos, por si no sabes qué comer estos días, comida casera con auténticas recetas de Montana.

—Me muero de hambre.

Le sigo y me permito echarle un vistazo. Viste unos pantalones marrones oscuros de montaña y un polar caqui con un gorro de lana a conjunto con sus ojos color miel. Unos mechones castaño claro asoman por debajo del gorro, y su nariz, boca y barbilla lucen una armonía casi perfecta. No lleva barba, pero tampoco va recién afeitado. Tiene pinta de monitor de esquí o similar. No le pega nada tener una constructora.

—Hemos llegado, al ladito del hostal. Más cerca imposible. —Me abre la puerta y me invita a pasar. Algo anticuado para mi gusto, pero dulce.

—Gracias, Patrick.

—Buenos días, tía Anita, traigo a una forastera a probar tus caldos y cocidos —saluda con un beso intenso en la mejilla a la rolliza mujer del aparador.

—Así me gusta, haciéndome siempre buena prensa. Bienvenida, señorita. Sentaos donde queráis.

—Al lado de la ventana, es mi favorita. —Me señala la que es sin duda la mejor mesa del local, con vistas a la acera nevada—. Y bien, ¿intrigada con la cabaña?

—Sí, la verdad —contesto tímida.

—¿Cómo alguien de Tennessee acaba interesándose por una cabaña en la otra punta del país?

—Eso mismo me pregunto yo —admito—. Necesito un cambio de aires.

—¡Qué bien sienta a veces, eh!

—Y que lo digas —le reafirmo—. Muy necesario.

Se acerca la dueña del restaurante.

—Bien, jovenzuelos, os canto el menú de hoy: de primeros, crema de verduras del día, caldo con albóndigas, ensalada con frutos secos y miel o patatas con judías estofadas.

—Yo quiero crema de verduras, por favor —me avanzo.

—Yo el caldo, tía —pide Patrick.

—Bien. De segundo tenemos quiche de patata, puerros y brócoli, estofado de ternera, hamburguesa de reno o pasta al estilo Montana.

—¿Hamburguesa de reno? —me extraño.

—Sí, muy rica. ¿Quieres probarla?

—Huy, no, no soy tan atrevida. Probaré la pasta de Montana.

—¿Y tú, Patrick?

—Estofado.

—De postre solo tenemos el obligado y típico pastel de moras negras. ¿Dos raciones por aquí?

—No sé si me quedará hambre... ¿Puedo decírselo luego?

—Claro, bella. Una ración de momento para el caballero —dice la señora con cariño.

Cuando se va, le pregunto a Patrick:

—Y tú ¿eres nacido en Montana?

—Sí, señora, de pura cepa. Muchas generaciones ya en estas gélidas tierras.

—Cierto. Me comentaste que la cabaña era de un familiar tuyo, ¿no? —le pregunto, pues no recuerdo muy bien los detalles de nuestra primera conversación.

—No, qué va, ojalá. Te dije que la había construido mi

padre. Por eso le tengo un cariño especial. Falleció hace unos meses y siempre vivió enamorado de esa cabaña. De hecho trató de comprarla hace unos años, pero aún no estaba en venta. Por ese motivo me planteé hacerlo yo… Pero es demasiado trabajo.

—Sí, sí, ya lo recuerdo. —Me avergüenza no haberte prestado atención—. ¿Una espinita clavada, pues?

—Si te la quedas tú, no. —Me suelta atrevido y con una sonrisa que alumbra. Me quedo cortada sin saber qué decir—. Entiéndeme, hay muchos ojeadores, no quisiera que cualquiera la destrozara o la convirtiera en lo que no es. Me gustaría que la tuviera alguien delicado que mantuviera el trabajo de mi padre. Pero eso son cosas mías. Al final quien la compre hará lo que quiera.

—Sí, imagino…

Patrick me parece un tipo con un lado sensible sin caer en ñoñería que le da un aire bonachón.

Nos sirven la comida y la disfrutamos sin charlar mucho, pues estamos hambrientos y ambos comemos con deleite. En alguna ocasión me suelta algún comentario del tipo que da gusto verme comer así y yo obvio la respuesta por tener la boca llena. La crema es realmente deliciosa, muy especiada con algo que parece una mezcla de anís y eneldo, a los que no estoy muy acostumbrada, pero que la hacen sencillamente especial y única.

—Qué bueno haber descubierto este lugar. Ya sé dónde comeré todos los días —digo muy en serio.

Anita trae la cuenta y, antes de darle tiempo a Patrick a sacar la cartera, coloco un billete de cincuenta dólares encima de la mesa.

—Yo invito —digo tan convencida y firme que no doy espacio a réplica.

—Muy amable, valoro tu iniciativa, pero mi tía Anita invita hoy.

Lo miro con cara extraña, pues nos acaba de traer la cuenta y Patrick me indica que dé la vuelta a la nota. Así lo hago y veo una cara sonriente que dice: «Vuelve pronto, a esta invita Anita». Me parece un detalle tierno y de mucho valor y lo agradezco con una generosa propina en monedas. Anita me despide con una cajita de pastel de moras negras para llevar, afirmando que no puedo salir del local sin probarlo. Es algo supertradicional. No me niego y seguramente lo tomaré cuando me baje un poco la comida.

—Y ahora, ¿preparada para descubrir la Creekside Cabin? —pregunta Patrick.

—A tope —le contesto mientras nos dirigimos a su coche.

—Tengo un gorro y guantes en el coche si quieres que te los deje.

—Pues sería genial porque no he traído, la verdad.

—Te harán falta, a la que baje el sol matarás por ellos.

Le creo, el clima se torna cada vez más húmedo y frío. Nos montamos en su 4x4 y conduce quince minutos hasta una encrucijada en la que se intuye un camino lleno de nieve. Patrick aparca el coche a un lado y me señala un pequeño cobertizo escondido entre unos abetos donde hay dos motos de nieve.

—Vamos allá —me dice alegre.

Parece como si la vida fuera maravillosa para Patrick; se le ve un chico joven, guapo y sin muchos problemas. Con un buen trabajo. Seguro que tiene un montón de amigos y una novia guapa a rabiar. Eso explicaría ese humor tan afable y benévolo.

Me alcanza un casco que me coloco por encima del gorro de lana y le pregunto cuánto rato en moto es.

—Iré despacio, pues dudo que te guste correr. Unos quince minutos.

—Guau, está lejos…

71

—Sí, está bastante aislada. Fue un refugio de montaña para excursionistas. Si se arreglara la pista y se pudiera acceder en coche, seguramente serían cinco minutos. Pero por ahora tenemos suerte de tener esta moto. Y de que sea más nueva que mi viejo trasto —dice risueño señalando su 4x4—. Sube y agárrate a mí.

Me subo y, aunque me sorprendo a mí misma, no siento atisbo de duda, miedo ni inseguridad. Confío en este hombre. Arranca la moto y se alza camino arriba, me ciño a su cintura y me resulta agradable a pesar de ser un desconocido. El paisaje que antes lucía carreteras, faros y comercios, ahora se torna salvaje. Grandes abetos nos rodean, el sol está cada vez más tapado y la apariencia gris que adquiere el paisaje me hace sentir triste. Me reafirma en que este no es mi lugar y me dan ganas de volver al calor de mi casa y estado natal.

Patrick se gira y me guiña el ojo a la par que me dedica una gran sonrisa para asegurarse de que voy bien. Le sonrío de vuelta, pero mi sonrisa no es tan amplia como la suya. Patrick frena en seco y no me da tiempo a evitar el choque de mi cuerpo contra el suyo.

—Disculpa, Mel —me susurra mientras me señala algo al otro lado de la montaña.

Giro la cabeza y una manada de cinco renos a menos de cinco metros me sorprende. Patrick se saca el casco y yo le imito, sin hacer ruido. Todos se han percatado de que estamos allí y han detenido su búsqueda de musgo bajo la nieve para mirarnos y decidir si huyen o confían.

—Nunca dejará de asombrarme la fauna salvaje —susurra Patrick—. Mira qué belleza.

—Sí, es increíble —digo asombrada. Estoy muy acostumbrada a ver animales en cautividad con Jake, pero esto es otra cosa. Estos animales exhalan poder, sus cuerpos son anchos y musculados. Miro a Patrick de reojo, que sigue perplejo con la estampa, como si fuera la primera vez que los ve.

—¿Los osos son fáciles de ver?

—Qué va, para nada. No tienes de qué preocuparte. No vas a cruzarte con un oso aquí. Son muy cautos ellos. Muchos de los habitantes de este pueblo no han visto uno en su vida.

—¿Y tú?

—Bueno, yo sí. Pero es que una de mis aficiones es la fotografía de paisajes y animales. De vez en cuando me calzo mi lente zoom y me voy de caza.

—¿Cazas? —pregunto confusa.

—Con la cámara.

—Ah, vale...

Qué susto.

—¿Seguimos? Ya no queda nada.

—Sí, sí.

Patrick reanuda la marcha con cuidado y los renos siguen con su rutina sin perturbarse. Se nota que está acostumbrado a cohabitar con ellos. Si condujera yo, seguro que los habría espantado.

Pasamos una casa de madera grande con dos plantas y agradezco algo habitado al fin. En menos de cinco minutos veo la cabaña a lo lejos y es como en las fotos. Está tan llena de nieve que apenas se puede intuir el estado de la madera exterior, cosa normal si nadie se ocupa de ella.

—Aquí estamos. La casa que has visto atrás es de un matrimonio muy afable que lleva toda la vida aquí. Si tuvieran algo más de dinero, arreglarían la pista, sin duda, pero ya sabes, uno se acostumbra a todo, y esta gente lleva toda la vida desplazándose con moto de nieve. Y aquí la joya de la corona. No la juzgues por su estado —me dice señalando la cabaña.

Me concentro en lo que ven mis ojos. Se trata de una construcción de una sola planta con un porche en el centro. No muy grande, aunque más de lo que parecía en las fotos; con ventanales grandes, rectangulares y las típicas divisiones en madera que hacen que parezcan pequeños cristales. Hay una explanada frente al porche bastante extensa, abetos alrededor y a lo lejos se alzan unas altas montañas típicas del norte. El silencio es ensordecedor y la nieve oculta la belleza del paisaje que esconde debajo, aunque la estampa blanca también es digna de inmortalizar. Huele a abetos y a humedad, sopla una brisa fría pero con la ropa de nieve se torna agradable. Mis ojos echan un vistazo de 360° y la verdad es que la quietud de la zona me hace preguntarme si tendría valor para vivir aquí sola.

—¿Es una zona segura?

—Sí que lo es. Lo peor que puede pasarte es que te visite un coyote hambriento, inofensivo.

—No sé si eso me deja más tranquila.

—Pero ¿piensas mudarte tú sola?

Me doy cuenta de que no le he contado nada sobre mi vida ni mi idea de negocio, quizá va siendo hora.

—Entremos, enciendo algo de fuego y me cuentas.

Me sorprende su hospitalidad, pues al fin y al cabo, ¿qué gana él si yo compro la cabaña? Podría contratar a cualquier constructor.

—Sí, mejor dentro… Hace frío.

—No juzgues la casa por su estado, hace casi una década que nadie vive aquí. Yo mismo la vacié y limpié hace unos meses, cuando pensaba comprarla.

—¿Estás seguro de no querer hacerlo?

—Seguro no hay nada en esta vida, Mel.

—Pues también tienes razón.

Nos miramos con complicidad e intuyo que quizá su vida no es tan idílica como parece.

—No es sencillo para mí. Como te dije, trato de simplificar mi vida, me va mejor así. Antes estaba en mil proyectos, mil asuntos, sin tiempo para familia o amigos.

—Sé lo que es. Trabajo largos turnos para llegar a todo.

—La vida es algo más. Este lugar, vivir aislado, conectado con la naturaleza salvaje, te lo enseña. Los ciclos naturales son lentos, pacientes, todo llega a su debido tiempo. Como dice mi hija: «Despacito es mejor». —Me sorprende que tenga una hija, lo imaginaba con menos ataduras.

—¿Qué edad tiene tu hija?

—Acaba de cumplir tres años. Y es por ella que no me he atrevido con este proyecto. Quiero dedicarle el tiempo que merece cuando está conmigo.

Oh, vaya, por su manera de hablar parece que está separado, pero no me atrevo a entrar ahí.

—Sí, los niños son lo primero. Yo tengo un pequeñajo de dos años y, respondiendo a tu pregunta de antes, mi idea es hacer un cambio de aire los dos solos.

—Pues eso sí es valiente. Pasa tú primero —me dice mientras me abre la puerta.

—Empiezo a acostumbrarme a esta caballerosidad anticuada.

—Mi madre siempre me hacía abrirle la puerta para dejarla pasar antes, y al final me acostumbré. ¿Te sientes mejor si paso yo primero? —me dice cerrándome el paso en broma.

—Pues sí, la verdad. Venga, pasa tú primero, también te lo mereces.

Le guiño un ojo y le hago un gesto para que pase.

Pasa y enciende los plomos. Debo admitir que esperaba que no tuviera electricidad. Me sorprende gratamente, empieza a atardecer fuera y sería muy lúgubre sin luz. Entro y miro a mi alrededor. La verdad es que necesita una buena reforma, pero la base se ve sólida y bien construida. Patrick se dirige a la parte trasera y entra con unos troncos secos que debe de guardar en algún cobertizo.

—Enciendo el fuego un rato, así puedes apreciar mejor la cabaña.

—Gracias por las molestias, Patrick, de veras.

—No hay de qué, lo hago con mucho gusto. ¿Cómo se llama tu hijo?

—Max.

—La mía se llama Blue.

—Ostras, qué original. Seguro que es una niña muy especial.

—Sí, lo es.

—La verdad es que la cabaña tiene potencial… Mi idea era montar una pequeña casa para huéspedes en la que vivir Max y yo. Pero viendo este lugar… Siento que no me atrevo. ¿Cómo podría hacer algo así sola? Es demasiado inhóspito.

—Me apena oír eso, pero entiendo perfectamente que lo veas así. No eres de la zona, has venido en pleno invierno… La verdad es que esto en verano no tiene nada que ver. Hay extensos pastos verdes y montañas llenas de abetos y riachuelos que te regalan unas vistas de ensueño. Tendrías que verlo en unos meses. Mira, tengo alguna foto.

Patrick rebusca en su móvil y tras unos instantes me muestra una instantánea que nada tiene que ver con la cabaña que estamos pisando. En la foto luce la casa sin nieve, con una gran extensión verde repleta de flores rosas y violetas alrededor, las montañas lucen mucho más y es cierto que los abetos le dan ese aspecto típico de Montana en verano.

—Si te gusta ir en canoa, es un plan genial en verano.

—La verdad es que nunca he ido en canoa.

—No te creo. Hay que ponerle remedio a eso —bromea.

Lo cierto es que se ve muy distinto en verano. Sigo ojeando habitación por habitación e imagino lo que podría ser, pero no me acabo de ver. ¿Qué me esperaba?

—No tienes muy buena cara… —Me pilla Patrick.

—Es que no me veo. No sé en qué momento se me ocurrió tal locura.

—Eres valiente solo por imaginarlo. Tranquila, tienes que respirar la idea. Ayúdame, ¿me alcanzas ese tronco? —Señala un tronco grande ahora que ya ha logrado arrancar el fuego. La verdad es que bajo la luz cálida del fuego, con el crujir de la madera y las chispitas, la cabaña inhóspita se torna más acogedora.

—Con una chimenea la vida es mejor. —Patrick sonríe.

—Sí, me estás convenciendo.

—Esta cabaña lo que quiere en esta época del año es una vida calmada, tranquila, una buena lectura, quemar la leña recolectada el verano anterior, hacer una salida con raquetas de nieve por la mañana cuando el sol pega fuerte. Una bañera caliente, un tocadiscos… Volver a esas vidas de antaño, desconectadas de tanta tecnología.

—Está hecho un romántico, señor Patrick —le digo con gusto.

—Soy un tipo anticuado, me lo han dicho hoy —me suelta, y me guiña un ojo.

—Sí, eso sin duda —le sigo la broma—. Y qué agradable.

—Ven, siéntate aquí. —Señala para que me siente a su lado en el suelo, cerca del fuego.

—Tú quieres esta cabaña, Patrick, lo veo en tu aura. Lo exhalas.

Patrick estalla a reír como si hubiera contado un buen chiste.

—No te rías, esto lo haces más por ti que por mí —le digo cariñosamente—. Eso, o Fiona te va a dar una buena cantidad de comisión si consigues endosármela.

—¡Anda ya! —contesta sincero—. No es eso. Mi padre le tenía mucha estima a esta casa, era un buen hombre y le echo de menos. Lo hago más por lo que siento por él, o sentía. Aún no sé muy bien cómo referirme a un muerto.

Nos sumimos en un cómodo silencio mirando el fuego, y la verdad es que para una temporada sí me vendría a un lugar así. Para huir de todo lo ocurrido con Ben, para sanar.

—En el caso de que me decidiera, ¿tú me harías la reforma?

—Es todo lo que quiero, por eso ayudo a Fiona a venderla y soy tan majo con sus posibles compradores. Quiero ser el constructor que rehabilite esta casa.

—Seguro que lo harás mejor que nadie —le digo haciendo honor a su historia.

—Tengo ganas.

—Pero ¿no decías que estabas tan ocupado y querías sacarte cosas de encima?

—Sí, la verdad es que, desde que tengo a mi hija, veo la vida desde otro prisma. Disfruto de las pequeñas cosas, por las noches en vez de encender la televisión me quedo en el sofá mirando cómo juega, cómo se mueve, cómo se ríe. Saboreo cada instante que paso con ella porque no va a volver. La gente vive su vida como si fueran inmortales Y no lo somos. Por eso con ella me obligo a vivir así. Despacio. Y el trabajo es la gran mentira de nuestra sociedad actual para no parar, para no tener momentos de calma, para vivir sumidos en el estrés. Pero a tu pregunta, te aseguro que no es lo mismo rehabilitar esta cabaña como un trabajo, con un horario y un sueldo, que si lo hiciera para mí... Me volvería loco, pasaría demasiadas horas, demasiada implicación...

—Te doy toda la razón en lo de ver la vida desde otra perspectiva. Tengo un trabajo en el que hago mil horas extras para llegar a todo económicamente, y llevo a mi hijo a la escuela infantil cuando lo que realmente desearía es pasar los días con él haciéndole de mamá.

—Sí, las mujeres os lleváis la peor parte con la maternidad. Ojalá os ofrecieran más ayudas para maternar como os diera la gana.

—Eres un revolucionario, Patrick.

—Ya ves tú. Un revolucionario que propone mandar las tecnologías al garete, no sé si tendría muchos seguidores.

—Yo te seguiría. Suenas muy coherente.

Patrick me dedica una mueca nostálgica, intuyo que poca gente le da la razón, pues todo el mundo vive vidas frenéticas sin plantearse las cosas.

—¿Y qué hay de ti? ¿Cómo imaginas tu vida ideal?

La pregunta me deja pensativa unos instantes.

—Pues mira, a estas alturas, yo solo pido una familia unida, feliz, que se respete, se cuide, se ame y disfrute de lo bello de la vida. He pasado unos años muy complicados y ahora lo que más valoro es la paz. He estado luchando durante años para llevar la razón, demostrar que mi punto de vista es el correcto; ahora prefiero tener paz a tener razón. Creo que es la clave de la felicidad.

—Coincido contigo, Mel. Tendríamos que habernos conocido antes —me suelta en un tono de voz que suena a flirteo y me deja muda. La verdad es que Patrick me parece muy majo y atractivo..., pero ¿estamos tonteando? Hace demasiados años que no sé lo que es eso.

—Pues tal vez me hubiera ido mejor si te hubiera conocido antes —le suelto, poniendo mi respuesta a la altu-

79

ra de su comentario. Patrick me mira con seguridad directamente a los ojos y sé que se calla lo que está pensando ahora mismo. Siento un leve cosquilleo en una parte muy dormida de mi interior ante la fuerza de esa mirada.

—Creo que sea quien sea el tipo que te ha dejado escapar no sabe lo que hace.

—No me conoces, Patrick…

—Lo sé, pero a veces me dejo guiar por mi intuición. —Me sonríe.

—Bueno…

No sé muy bien qué decir pero me complace su comentario y aunque es un completo desconocido para mí siento una conexión extraña, como si ya nos conociéramos. Esa clase de sentimiento cuando hay un flechazo a primera vista. Aunque estoy muy lejos ahora mismo de sentir algo real por otra persona, la química es algo inexplicable e incontrolable. Y no puedo mentirme a mí misma: me siento atraída por él.

Me quedo pendiente del fuego en silencio unos instantes, al igual que Patrick, y empiezo a imaginar cómo sería vivir aquí. Por un momento puedo visibilizar la casa recién restaurada: huele a tostadas recién hechas, una familia disfruta del pan y la mermelada en el porche mientras siente la frescura matinal del verano de Montana. Max corretea por el jardín detrás de un gato, al que llamaríamos Abeto, y yo me siento segura. Lejos de Ben. Cuidando de mi hijo y de mi negocio desde la seguridad de un nuevo hogar. Saldríamos a pasear y a recoger flores y decoraríamos la cabaña según las temporadas. Mi favorita sin duda es el otoño: esos colores a juego con la madera, las calabazas, las tartas caseras que con el inicio del frío apetecen más que nunca.

Suspiro y la verdad es que me entran ganas. Miro a Patrick de reojo y me pregunto en qué estará pensando.

Fuera ha caído el sol y yo me siento tan a gusto que no se me ocurre un lugar mejor donde estar ahora mismo. Nos quedamos un ratito más cerca del fuego, me siento cómoda aquí a su lado, en este lugar. Necesitaba sentirme así de nuevo.

Pasado un rato Patrick me lleva de vuelta al hotel. Ya ha anochecido y la calma inunda las montañas. Y a mí.

81

4

El sonido del móvil me distrae de mis pensamientos, seguro que es mamá. Me levanto de un salto de la cama y saco el móvil del bolso. Pero al leer el nombre en la pantalla el estómago se me encoge. Es Ben. Dudo. Nadie me ha enseñado a llevar este tema. ¿Puedo cogerle el teléfono? ¿Incumple esto las normas de la orden de alejamiento? ¿Me meteré en un problema si hablo con él? Lo último que quiero es infringir la orden, pero es el padre de Max. ¿Y si pasa algo con el niño? No, no, en ese caso me hubiera llamado mi madre. Mierda, ¿qué hago? El teléfono no para de sonar y yo divago en un mar de dudas. Trato de pensar en qué me apetece realmente y una parte muy profunda de mi ser quiere saber de Ben. Siendo práctica, estoy muy lejos de él, así que no estaré incumpliendo ninguna ley por responder a una llamada. Siempre puedo decir que borré su número de la lista de contactos y que no sabía que era él y por ello atendí la llamada.

Menudo montón de tonterías. Quiero cogerlo. Voy a cogerlo. Justo cuando tomo la decisión, la llamada termina. Mierda. ¿Qué querría? Ahora estoy con la intriga. ¿Le llamo yo? No, no, no... ¿Qué me pasa? Vuelven los pensamientos tóxicos y las dudas. Siempre que tiene que ver con Ben es así. El teléfono vuelve a sonar y esta vez no dudo. A tomar por saco. Atiendo la llamada en el primer tono.

—¿Sí?

—Hola, Mel... —Su voz suena avergonzada. Eso me alivia, pues pensé que estaría molesto por la orden.

—Hola... ¿Cómo estás? —pregunto realmente interesada.

—Bueno, bien... Sé que no debería llamarte, disculpa. —Mierda, pues si lo dice él, será verdad que no se puede—. Es que echo de menos a Max. Me gustaría verlo...

—Entiendo...

—¿Crees que podríamos quedar de alguna manera para que mañana lo lleve a desayunar tortitas?

—¿Dónde? ¿Dónde estás viviendo?

—Bueno, estoy en casa de mi madre hasta que pueda encontrar una habitación.

Dios santo, Ben odia a su madre... No quiero que Max vaya a esa casa.

—No quiero que Max vaya a esa casa.

—Es su abuela también... —replica Ben.

—No voy a discutir esto por teléfono ahora... Si quieres, mi madre puede llevarte a Max a alguna cafetería, vais al parque y luego lo recoge. Pero, por favor, no vayáis a casa de tu madre.

—Bueno, no quiero discutir, como tú veas.

Ben puede ser muy complaciente cuando quiere.

—Te lo agradezco. Ya hablaremos, supongo...

—¿Dónde estás?

Mierda. ¿Dónde debería estar? ¿Cómo sabe que no estoy en casa?

—He salido a tomar el aire —suelto improvisando. Lo último que quiero es que sepa dónde estoy.

—Necesito recoger algunas cosas de casa. ¿Puedo pasar en algún momento?

—Si quieres, puedes pasar mañana a partir de las diez.

Qué situación tan ridícula, nunca he mentido a una pareja antes. ¿Es Ben aún mi pareja? Estoy confusa.

—Gracias.

—Vale, Ben, cuídate. Adiós.

—Mel… —Hace una pausa y toma aire. Yo guardo silencio, no quiero seguir hablando con él porque sé que me confundirá—. A ti también te echo de menos.

No, otra vez no. Nostalgia, pena, añoranza, mi familia, el papá de Max, nuestro proyecto, nuestros tiempos felices. ¿Y si le hubiera ayudado de verdad? ¿Y si no hubiera trabajado tanto y hubiera estado más por él, por su terapia? ¿Y si no hubiéramos tenido a Max y yo me hubiera podido centrar en ayudarle? Hay tantas dudas en mi cabeza… ¿Es todo esto mi culpa? No, no puede serlo. Pero una parte de mí siente que es así, la misma parte que lo intentaría una vez más, la misma parte a la que intento cargarme mudándonos a este rincón nevado del mundo.

—Ben, buenas noches —digo tratando de cambiar de tema y cerrando la conversación.

—Te juro que me rehabilitaré por Max. Él es todo lo que me queda.

—Espero de corazón que así sea. Tú mejor que nadie sabes lo que es tener unos padres con tus mismos problemas. Siempre te he animado y he creído en ti.

—Nadie como tú lo ha hecho. Te quiero, Mel. Joder, te quiero con locura.

—Basta, Ben. Mi madre te llamará mañana por la mañana. Descansa.

Cuelgo. Respiro muy fuerte, no quiero llorar. Me sorbo, una, dos, tres veces… Pero no puedo evitarlo. Estallo a llorar. Siento tanta pena, le quiero. Deseo que sea diferente. Necesito ir a un psicólogo, necesito ayuda, sola no

85

puedo, siento que tengo la mente envenenada. No paran de venirme instantes felices a su lado. Y a lo malo, todo lo malo, que no es poco, es como si le buscara excusas; le defiendo, le protejo. ¿Quién me protege a mí? El teléfono vuelve a sonar, esta vez es una notificación de wasap. No quiero ni verlo, seguro que es él, he abierto la veda atendiendo a su llamada. Miro de reojo sin poder evitarlo, no vaya a ser mamá. Al ver el nombre de Patrick en la pantalla me siento aliviada.

> Hey, forastera, espero que hayas disfrutado del día y de la cabaña. Yo no dejo de pensar en tu proyecto, sé que da vértigo pero solo quería animarte a que valores bien todos los puntos a favor. Este pueblo necesita aire fresco. Aunque parezca una ironía, je, je. Buenas noches, descansa. :)

Una sonrisa se atreve a visitar mis labios, una sonrisa que me sorprende entre las lágrimas. Patrick me cae bien. Me recuerda a Jake. A la pureza de lo que tuvimos, a esa amistad por encima de todo. A su buen humor, a su tozudez, a su manera de vivir tan conectado a las cosas de verdad. Cuando estuve junto a Jake yo era muy joven y quizá no fui capaz de asimilar todo lo bueno que él me transmitía. Ahora sin duda lo veo distinto. Ahora valoro mucho cosas que antes daba por sentadas. Como las rutinas, el respeto, la serenidad. Cosas que me han faltado en estos últimos años. Cómo añoro a Max... Quiero abrazarle, seguro que está a punto de dormirse si no ha caído ya rendido. Escribo a mi madre, pues no me apetece ahora hablar por teléfono con nadie más. Le cuento lo de Ben y lo bien que ha ido mi primer día. No tengo ni idea de lo que haré mañana, pero no quiero irme a dormir con el mal sabor de boca que tengo ahora mismo y con esta nostalgia terrible. Así que, antes de soltar el móvil y ducharme para acostarme, contesto el mensaje de Patrick. Y lo hago como si fuera un amigo y no solo un constructor.

> Patrick, buenas noches. Ojalá pudiera transmitir en palabras todo lo que estoy viviendo. Es una locura. Hay veces en la vida en las que estás tan perdido que ni siquiera crees que exista una salida. Cuando parece haber un poco de coherencia, de pronto ocurre algo que le quita el sentido. Y te sumes en un mar de dudas que parece infinito... En estas estoy. Je, je. Voy a intentar descansar.

No tarda ni un instante en leerlo y ponerse a escribir. Quiero ducharme, pero antes espero su respuesta.

> Mel... Yo he estado ahí. Por eso sé que no hay nada que pueda escribirte ahora que te vaya a ayudar. Pero quiero que sepas que estoy aquí. Sé que puede parecer extraño porque no nos conocemos de nada, pero cuando yo estuve en tu piel me faltó alguien dispuesto a escucharme. A veces todo lo que necesitamos es compartir lo que nos pasa en voz alta. Cuando me quedé solo con mi hija fue un infierno personal. Se sale. Imagino que lo sabes. Pero es real: se sale. Ánimo... Sea lo que sea que estés viviendo.

Guau, no esperaba un mensaje así, esperaba un: «Ánimo, todo saldrá bien, compra la cabaña». Pero esto es mucho más profundo. Esto es una mano amiga, es alguien que me tiende un puente para salir de aquí. Sin preguntarme qué ocurre, cosa que agradezco. Sin presionarme a recuperarme rápido. Simplemente un «estoy aquí». Joder... No sé qué contestar, ni siquiera si contestar. Pero no puedo dejarlo así.

> Gracias, de VERDAD.

Es todo lo que puedo teclear ahora que las lágrimas me invaden de nuevo. Pero esta vez nacen de un lugar muy distinto, muy nuevo. Nacen de un agradecimiento puro.

Paso de la ducha, lo haré mañana. Espero unos instantes a que mi madre me conteste que todo está bien, y cuando lo hace y me envía una foto de Max ya dormido, me tiendo en la cama desnuda, me arropo con las mantas y desaparezco por hoy. Mañana será otro día. Esperemos que más soleado. Cierro los ojos y me preparo para desaparecer de este plano de conciencia.

5

*M*e despierto de forma natural con un atisbo de rayo de sol que se cuela entre las cortinas. Sol. Oh, Dios, no puedo creerlo, cómo necesito un poco de sol. Me desperezo y estiro el brazo para alcanzar mi ropa, y me visto como puedo debajo de las mantas para no salir desnuda a la fría habitación. Ayer me olvidé de poner la calefacción, aunque con esta cantidad de mantas he dormido de lujo, se nota que la gente de por aquí vive preparada. Me visto y me acerco a la ventana. Se ve el cielo despejado y unos rayos tímidos asoman por el horizonte en un tono tan suave que dudo si será un día realmente soleado. Cierro los ojos sintiendo la luz a través de mis párpados, tomo aire profundamente tratando de conectar con mi interior y me siento a gusto de estar aquí viviendo este viaje. Más serena que ayer. Abro los ojos, disfruto unos instantes del paisaje que puedo ver desde mi ventana y me dispongo a preparar el día de hoy. Quiero visitar algún sitio que valga la pena, así que me decido a bajar a desayunar algo a la cafetería.

El espacio es sorprendentemente acogedor, una estufa de leña en el centro quema madera sin parar y me transporta a la entrañable tarde que viví ayer junto con Patrick. Sin duda, el fuego es un planazo. Me acerco al calor del rojo vivo de la estufa y disfruto de cómo calienta mi cuerpo. Solo hay dos parejas desayunando y el amable señor me pregunta qué quiero tomar.

—Por ahora un café con leche de avena si es posible.

—Por supuesto, ahora mismo. Siéntese donde quiera, ahí tiene el desayuno si le apetece comer algo sólido.

—Muy amable.

Qué gusto de lugar, todo en madera, manteles de cuadros de color crema y verde musgo, la estufa de leña, las vistas a las montañas nevadas. Decoraciones con motivos de alces y osos; nada que ver con la habitación, más sencilla y monótona. Me alegro de haber bajado a desayunar. Abro el portátil para investigar qué puedo hacer hoy por la zona y al instante me doy cuenta de que es mucho mejor preguntarle al dueño. Desconecto de la tecnología. ¿Quién mejor que alguien del lugar para aconsejarme? Saboreo el café, delicioso por cierto, que me han servido con un toque de canela, y contemplo las vistas de nuevo desde una calma desconocida para mí, típica de unas vacaciones merecidas. Me pregunto si vivir aquí es siempre así. Me sirvo unas tostadas con mermelada casera de arándanos típicos de la zona y le pregunto al señor si esta calma es normal.

—Oh, sin duda, con este frío hay que tomarse la vida con calma. Un buen fuego, un buen café, un buen jersey. —Ríe.

—¡Qué suerte!

— Bueno, aquí la gente es muy campechana, no hay prisas porque tampoco hay mucho que hacer más que disfrutar del día a día.

Cuánta razón, yo en mi día a día sufro porque no llego a nada, porque no me da la vida, la casa. En fin.

—¿Qué me aconseja visitar hoy por la zona?

—Ostras, déjeme pensar, en verano hay mil opciones, pero en invierno no hay tanta oferta, puesto que la mayoría de los parajes están inaccesibles por la nieve... ¿Tiene algún interés en particular?

—No, bueno, conocer más la zona.

—¡Pues yo tengo una gran idea!

La voz de Patrick me sorprende. No le esperaba para nada.

—Buenos días, Patrick —digo, y el modo en que me alegra su presencia me extraña.

—Buenos días. ¿Qué te parece visitar el Crazy Mountain Museum?

—¿Eso qué es...? —pregunto intrigada.

—Un museo superchulo sobre la historia de la zona. Muy original. Tiene razón Tom con que en invierno no hay tanto que visitar como no sea en moto de nieve o raquetas. Y tengo las dos cosas, por si te decides por un plan más aventurero.

Este chico lo tiene todo. Es una caja de sorpresas.

—El museo es muy buena opción sin duda, señorita Mel —recomienda Tom, ahora sé su nombre—. Y con Patrick de guía aún mejor.

—Me habéis convencido. Hecho. —Tom se aleja y yo le dedico una mirada a Patrick—. Y tú ¿qué haces por aquí?

—No me dio muy buen rollo tu mensaje de anoche... Y veo que convencerte para mudarte al pueblo no va a ser tan fácil como creía —bromea y es encantador.

—¿Estas horas extras te las paga Fiona? —Le sigo la broma. Es más fácil así.

—Sí, y a muy buen precio.

Nos reímos y le agradezco inmensamente la seguridad en sí mismo para presentarse sin preguntar y no dudar en planear otro día juntos.

—Tengo a Blue en el cole hasta la una. Si te apetece, en cuanto te acabes el desayuno, nos vamos.

91

—¡Pero si es sábado!

—Sí, pero hoy hace una actividad extraescolar de música. Y abren para las familias que quieren acudir.

—Ostras, qué extraño.

—¿Por?

—No sé, siendo sábado... Bueno, ya estoy, podemos irnos.

De camino al museo, Patrick me cuenta curiosidades sobre la escuela infantil a la que va su hija y lo contento que está con la decisión.

—¿Dónde está la mamá de Blue? —le pregunto esperando no meter la pata.

—Vive en el pueblo de al lado, tenemos buen rollo y una custodia compartida que me putea bastante, pues echo de menos a Blue cuando está con ella. Pero un hijo es de dos, ¿verdad?

—Sí..., por desgracia.

—Vaya, hemos tocado fibra sensible —dice Patrick con tacto.

—Mi relación con el padre de Max ahora mismo no es muy buena, más bien muy complicada. Pero no tengo ganas de hablarlo.

—Tranquila. Parece reciente.

—Demasiado.

—Cambiemos de tema, pues.

Llegamos al museo enseguida y tengo curiosidad por descubrir la historia de este lugar. Paseamos por las distintas estancias y observamos cómo era la vida de los ancestros de esta comunidad, nativos americanos del norte de diversas tribus, como los cheyenne, los crow y los pies negros entre muchas otras. También hay exposiciones de armas clásicas, vestuarios, carruajes, fotos originales, incluso una parte de arqueología, una maravilla. Lo paso superbién recorriendo las diferentes épocas, pues siempre me han encantado los museos y tengo ganas de que Max tenga edad para empezar a ir con él a ver si le gustan. Patrick está en su salsa, se nota que es un tipo conectado a sus raíces y orgulloso de ello, familiar y anclado a una historia. Es tierno ver cómo se distrae con los detalles y los disfruta, otro gesto típico de su estilo de vida pausado.

—¿Tu familia lleva muchas generaciones en Montana?

—Las suficientes como para haber olvidado otras raíces. Aunque mi tatarabuelo era originario de un pueblo de Alaska.

—¿Esquimal?

—Sí, señorita.

—Pues no te queda ni un rasgo de eso.

—Lo sé. —Sonríe—. Te diré que Blue tiene un aire más que yo. Pero claro, su madre es morena, también puede ser eso.

—También. —Le sonrío y me gusta que hable tanto de Blue, me surge la curiosidad por conocerla.

93

Tomamos un chocolate caliente en la cafetería del museo y le pregunto si le importa que lo acompañe a buscar a Blue. Así podré ver la escuela infantil, pues, si me decidiera, ese es el lugar donde Max pasaría parte del día. Le parece muy buena idea y ya es casi la hora, así que nos disponemos a salir a por el coche cuando Patrick, para mi sorpresa, se detiene y me pregunta:

—¿Te lo estás planteando de verdad?

Suspiro y trato de ser sincera.

—Quisiera hacerlo. Necesito hacerlo. Pero sigo sin verme allí sola con Max…

Un halo de tristeza nubla mi mirada y Patrick lo nota.

—Lo entiendo perfectamente… No sé por qué situación estás pasando, o cómo es tu vida actual, pero lanzarse a una aventura así es muy valiente, Mel. Solo imaginarlo ya me parece de admirar.

—¿A qué viene la pregunta? —digo curiosa, y lo miro con detenimiento. Sus ojos color miel brillan ligeramente.

—A que me acabo de dar cuenta de que realmente quiero que lo hagas tú.

Sus palabras me dejan en silencio un instante porque sé, aunque me quiera hacer la tonta, que esta vez no lo dice por la cabaña ni por restaurarla. Lo dice por mí. Pero no me atrevo a seguir ahondando ahí. Conectamos desde el primer instante en que lo llamé por teléfono, su presencia me crea mucho bienestar y seguridad y es atractivo de narices, pero… no estoy ahora ni de lejos para sentir algo por otra persona. Sé que podríamos ser muy buenos amigos.

—Te has quedado muda —me dice una vez más, segurísimo de sí mismo.

—Me ha gustado tu honestidad. No he creído necesario añadir nada más.

—Gracias. Sí, soy honesto.

Subimos al coche y de camino a la escuela de Blue contemplamos el paisaje callados mientras suena una radio local con una selección musical exquisita. No resulta incómodo, sino agradable. Siempre he pensado que poder estar en silencio al lado de alguien y no sentirte a disgusto es la clave para cualquier relación. Relaciones de todo tipo. E intuyo que, si me lanzara a esta locura, Patrick sería un buen amigo con el que contar.

Llegamos a la escuela infantil y la verdad es que no la imaginaba así para nada. Un gran patio al que le han retirado la mayor parte de nieve me sorprende gratamente. Las aulas están acristaladas y desde fuera podemos ver todo lo que ocurre dentro. Patrick me señala a Blue, que es preciosa y risueña, y juega con otra niña y unas muñecas en el interior de una sala con paredes coloreadas preciosas, con altas montañas, flores y osos. Es tierno ver centros para niños así, cuidados al detalle. El de Max no es tan bonito, pero no tengo queja alguna tampoco. Patrick entra a por la niña y contemplo la escena desde fuera. Su sonrisa de oreja a oreja rápidamente se le contagia a Blue, que se lanza a sus brazos como si se tratara de un reencuentro de años.

Hacen un equipo increíble, y me gusta verle en esta faceta. Protector, cariñoso... Me pregunto por qué no fui capaz de encontrar un padre así para Max, una pena. Y mi mirada se debe de tornar oscura porque al salir Patrick me mira frunciendo el ceño.

—¿Va todo bien, Mel?

—¿Tienes un detector de emociones o qué? —le suelto.

—Esta es Blue —me dice obviando mi indirecta—. Saluda a mi nueva amiga, se llama Mel.

—¡Hola, Mel! —me dice sonriendo sin ápice de timidez. Se nota ese año de más que tiene con Max. De pronto le extraño mucho, quiero llamarle.

—Hola, Blue, encantada.

Patrick le acomoda la mochila en la espalda y la baja de sus brazos.

—Bueno, nosotros vamos a ir a preparar la comida, Blue sale con un hambre voraz de la escuela. Si quieres...

Le interrumpo enseguida, me parece demasiado pasar tanto tiempo con él.

—Sí, yo también, tengo una reunión en media hora —miento—. Y ya llego tarde.

—Te acerco, pues.

—No, no, iré andando. Ya he visto que estamos cerca del hostal. Gracias, Patrick, id a comer.

—Como prefieras.

Hay un halo de tensión en esta despedida, pero lo cierto es que me acabo de sentir muy fuera de lugar y no estoy entendiendo mucho qué estoy haciendo.

—Gracias por la visita, Patrick. Estamos en contacto —me despido injustamente fría y distante. Como si quisiera protegerme del calor que siento junto a él.

—Lo que necesites, aquí estamos —me dice a la vez que besa la mejilla de Blue.

—Adiós, Blue, un placer —contesto, y le acaricio el bracito—. Eres preciosa.

—¡Adiós, Mel! A comer, papi —le dice, y Patrick centra toda su atención en ella.

Camino hacia el hostal hambrienta y aprovecho para hacer una videollamada a mi madre. Se me había olvidado por completo que hoy Max pasa la mañana con Ben. Maldita sea. ¿Cómo les habrá ido?

Veo la carita de Max en primer plano al descolgar la videollamada y siento un alivio tremendo de saber que ya está con mi madre. En Tennessee es una hora más que aquí, caigo en la cuenta.

—Mi niño, ¡holaaaa! —le saludo eufórica.

—Mamiiii, ¿dónde estás?

—Mami vuelve enseguida, cariño. ¿Cómo ha ido con papá?

—Hola, cielo, ¿cómo va? —me saluda mi madre, alegre.

—Bien, mamá. ¿Cómo ha ido con Ben?

—Bueno, pues no se ha presentado, la verdad…

—¿Qué me dices? —Me sorprende realmente y me parte el corazón.

—Mejor, mejor —dice mi madre, que no tiene ningunas ganas de verlo—. Pero cuéntame, ¿cómo van esas vacaciones?

—Mezcla de emociones, uf… Pero bien.

—Me alegro, cielo. Ya no queda nada para tu regreso.

—Sí, pasado mañana ya estoy con vosotros. Te extraño, Max, ¿cómo estás? Cuéntame cositas.

Max empieza a contarme cosas en su peculiar idioma, que por teléfono me cuesta más descifrar, pero solo con verlo ya soy feliz. A su lado cualquier lugar del mundo podría ser un hogar. Tras media hora con ellos cuelgo y me dirijo al hostal a comer algo.

Cerca de esa cálida estufa en la que no para de arder madera, el mundo es un lugar mejor. Decido pasar por la inmobiliaria después de comer para conocer a Fiona, a la que ni siquiera le he dicho que estoy en Montana; aunque seguro que Patrick la ha puesto al día de todo.

Cuando llego a la inmobiliaria me sorprende la cara de asombro que pone Fiona, pues no tenía ni idea de nada, ni siquiera de que yo estaba aquí, y mucho menos de que había visto ya la cabaña. No se extraña de que Patrick no le haya contado nada y yo me doy cuenta de que realmente él no debe de tener ningún interés económico con la venta de la cabaña. Lo ha hecho como algo personal. Todo ha sido muy cercano, cero profesional, y me siento mal por haberme puesto tan tensa en nuestra despedida después de todo lo que ha hecho por mí estos dos días. Pensará que estoy loca. Quedo con Fiona en decirle algo en un plazo máximo de un mes. Le pido papeles de la propiedad y trato de negociar el precio, que, aunque ya está muy ajustado, logro bajar un poco. Fiona es agradable pero no en exceso, se nota que lo fuerza por su trabajo, lo justo para un buen trato. Es delgada, de tez blanca, pelo oscuro, con nariz y labios finos; de unos sesenta años. Nos despedimos y noto que no tiene mucha fe en que sea yo la compradora de la cabaña.

Amanece nublado de nuevo, unas motitas de nieve visitan mi ventana y siento que será un día especialmente frío. Tengo ganas de volver a casa, sin Max esto no tiene sentido. Miro la pantalla del teléfono esperando un mensaje de Patrick, que no llega. No sé por qué creía que me escribiría con alguna cosa entrañable como ha hecho estos días, pero parece que no. Está con Blue, y yo me comporté como una imbécil. ¿Debería disculparme? Tampoco hay para tanto, ¿no? No sé muy bien qué hacer hoy con este tiempo. He visto un panfleto en el hostal de excursiones guiadas con raquetas de nieve y creo que puede ser una buena idea si deja de nevar. Me apetece hacer algo de deporte antes de volver a casa. Mañana al mediodía sale mi vuelo de regreso. No quiero pensar en nada que no sea disfrutar de mi último día aquí. Escribo a mis padres para ver cómo van las noches con Max y o bien me mienten para que no me preocupe o parece que todo marcha sobre ruedas.

Menos mal que me decidí a hacer la excursión, finalmente ha sido un día soleado increíble y he disfrutado de un buen paseo con un grupo de gente que me ha hecho sentir muy bien. Por suerte, la zona por donde hemos hecho el recorrido estaba un poco menos nevada que la zona de la cabaña y he podido disfrutar del verde de algunos abetos cuyas copas estaban sin cubrir. Me ha despertado el interés por conocer este paraje en primavera y verano, y una parte de mí se queda con ese anhelo anclado en algún lugar de mi interior. Ya ha caído el día y me apetece disfrutar de un buen baño en el jacuzzi del hostal y una buena sauna, un poquito de cuidado personal antes de mi regreso.

Tras el día de ayer me levanto con una sensación muy agradable y estoy muy a gusto aquí. Me sorprendo a mí misma con esta sensación mientras hago la maleta y el buen humor me empuja a llamar a Patrick, después de todo lo que ha hecho por mí es lo mínimo. Pero tras dos intentos fallidos, desisto. Debe de estar trabajando o no quiere hablar conmigo. Me sobrecoge una sensación extraña que no esperaba, pero decido ignorarla. Estoy feliz de volver a casa y ver a mi niño.

Ya en el aeropuerto, me relajo con una infusión antes de coger mi vuelo cuando empieza a sonar el teléfono. Es Patrick. El estómago me da un vuelco y me pongo nerviosa. ¿Cómo puedo estar así por este chico ahora mismo con todo lo que tengo?

—Hola, Patrick.

—Hey, Mel, perdona. He tenido a Blue enferma. Acabamos de salir del hospital ahora mismo y he visto tu llamada.

Me quedo muda por un instante, cómo he podido ser tan imbécil y mal pensada.

—¿Qué me dices? No tenía ni idea, podrías haberme escrito, os hubiera acompañado.

Al instante me doy cuenta de que no soy nadie para decirle eso y me siento estúpida. Él tiene a toda su gente ahí.

—No, mujer, que son tus vacaciones. Todo está bien, una bronquitis pasajera sin importancia.

—Ah, sí, en casa también hemos pasado por eso.

—Perdona que no te haya dicho nada más, hubiera estado genial acompañarte en alguna otra aventura. Espero que pasaras un buen día ayer. ¿Planes para hoy? Yo estoy llevando a Blue con su madre.

—Pues… Coger un vuelo en veinte minutos —respondo.

—¡Oh! No me acordaba de que ya volvías para Tennessee… —Su voz suena a decepción y una parte de mí se alegra.

—Sí…

—Vaya, me hubiera gustado despedirme. Pues nada, que tengas un buen vuelo y un buen reencuentro con Max.

—Gracias, Patrick. Has sido muy amable, no hubiera sido lo mismo sin ti.

—¡Anda ya!

—Ya hablaremos, ¿vale?

No sé muy bien qué decir, noto que ambos queremos seguir hablando pero a la vez hay una tensión algo incómoda por primera vez. En persona esto no nos había pasado.

—Claro, lo que necesites. Ya sabes dónde encontrarme —me suelta a modo de indirecta.

—Sí, arriba del todo en el mapa —bromeo.

—Justo. —Hace una pausa y suelta con toda la intención—: Aquí estoy.

Y una parte de mí sabe que así es, que está para lo que necesite. Que hemos creado una buena conexión y que, si la vida dispone que nos reencontremos, seguro que esto evoluciona en una bonita relación.

—Gracias. —Es todo lo que puedo pronunciar antes de despedirme y colgar.

Me voy con el corazón lleno, con más paz de la que llegué y con un rinconcito para la esperanza de que una nueva vida, un nuevo comienzo, es posible.

6

*L*a llegada a casa fue genial. Un buen vuelo, una grata sorpresa en el aeropuerto con mis padres y Max esperándome.

Ahora llevo una semana tranquila en casa. He vuelto al trabajo con normalidad, Max, a su rutina. Ben se ha quedado una tarde entera con el niño y ha ido bien; como mi madre se ha encargado de llevarlo y recogerlo, yo ya hace bastantes días que no sé nada de él. El asistente social me llamó para sugerirme que fuese mi madre quien llevara las negociaciones hasta que saliera el juicio. Tras mi denuncia y nuestra separación oficial, ahora hay que dictar sentencia de régimen de custodia. Esto me aterra, pues Ben ha sido buen padre, pero sin responsabilidades, sin aporte económico y siempre con mi presencia; no sé si será capaz de ser padre a tiempo completo sin mí.

Mis recuerdos de Montana van quedando atrás con el paso de los días, y aunque las llamas de la cabaña siguen emanando calor en mi interior cada vez que las recuerdo, no he vuelto a saber de Patrick ni he podido dedicar mucho tiempo a tomar una decisión. Sé que no puedo dejar pasar mucho, pero es que no siento una respuesta clara, es mucho dinero para mí y la verdad es que no tengo suficiente valor. Aunque me encantaría. Pero sola, no lo veo.

Van pasando los días sin pena ni gloria, la cafetería está abarrotada de nuevo y con el comienzo del mes de febrero la rutina ha vuelto a aposentarse en la vida de todos. Jess sigue a la espera de que tome una decisión, mi madre igual, y mi cabeza va del SÍ al NO por instantes. Hay noches en las que añoro a Ben, le añoro físicamente, tenerle cerca, vivir con él, que me cuide como se suponía que debería haberlo hecho, que juegue con Max, que esté en casa al fin y al cabo. No sé nada de él y esa falta de información va haciendo mella en mí. Hubiéramos podido ser tan felices si yo le hubiera ayudado más a salir de su adicción... Sí, siento la culpa en todos los poros de mi piel. Al final, él también es una víctima. Ben siempre me ha atraído mucho físicamente, desde el primer día. Esa apariencia de malote herido fue la parte magnética de nuestra relación. Y eso, por más malos momentos que haya vivido con él, no desaparece, y por desgracia la mente humana borra las cosas malas para anclar solo las buenas. Mi vida sigue siendo monótona y la apacible sensación de calma que experimenté esos días en Montana ya forma parte del olvido. Ahora, las prisas y el estrés del día a día de una madre soltera y trabajadora vuelven a ser mi única vivencia real. Como si ya no existiera otro tipo de vida para mí. Frustrada en este trabajo que ya ni me gusta, en este pueblo en el que me siento triste y sola. Y no por falta de amigos o familia; más bien por un tema sentimental, de pareja. He oído voces de que Ben tiene una nueva novia y eso me ha revuelto hasta el tuétano. ¿Cómo es posible que tenga una nueva relación formal tan pronto? Un montón de sentimientos tóxicos que había intentado enterrar vuelven a mí cada vez que lo pienso.

Estoy sentada enfrente de la escuela de Max esperando a que sea la hora de recogerle, pues hoy he acabado un poco antes de trabajar porque estaba el servicio muy flojo. Justo cuando alzo la vista para mirar la puerta de la escuela veo a Ben junto a una chica mirando por los barrotes del patio. No puedo dar crédito a lo que ven mis ojos. Hace más de un mes que no lo veía, desde el terrible altercado. ¿Qué coño pinta Ben aquí con esta tía? Me fijo detenidamente en ella, obviando el hecho de que tenemos una orden de alejamiento, y me doy cuenta de que es la misma chica que Ben trajo a casa la última vez. ¿Qué coño hace Ben presentándole a esa niñata a nuestro hijo? ¿Qué pretende? Me lleno de valor para enfrentarme a ellos y decirle que se vaya, que está incumpliendo la orden y que llamaré a la policía, pero justo cuando me levanto la chica me ve y avisa a Ben, que con disimulo y rapidez se da la vuelta, le toma la mano y siguen su marcha como si yo no fuera más que un mero fantasma. La ira, la impotencia y el vacío se apoderan de mi pecho y siento una energía muy oscura recorriendo todo mi ser. Me duele, me duele encarnecidamente que tenga el valor de ir con otra de la mano, que Max lo pueda ver, que yo lo haya visto. Le odio, le odio y le echo de menos con todas mis fuerzas juntas. Me muerdo el labio para no llorar y decido ir a buscar a Max aunque aún no sea la hora para irnos a casa. No quiero estar más aquí, no quiero cruzármelos de nuevo. Los odio. Los odio mucho.

103

Todo el camino de regreso a casa le doy vueltas a la duda de qué ha pretendido Ben con todo esto. ¿Provocarme? En realidad ha ido media hora antes de la salida de Max, intuyo que sin ninguna intención de cruzarse conmigo, pues sabe que mis horarios en la cafetería son fijos. No podía intuir que yo estaría allí y le vería y ha evitado el contacto en todo momento. Pero ¿por qué estaba enseñándole mi hijo a esa tipa? ¿Qué coño pretende? ¿Está enamorado de ella? ¿Ya no piensa en mí? ¿En nosotros?

No es posible, hace demasiado poco que lo hemos dejado. Mierda, quizá ya eran amantes, quizá lleva tiempo engañándome, por eso ese día se atrevió a traerla a casa. No tiene sentido, no es una infidelidad, llevamos meses separados. Quizá quiera la custodia de Max y que ella sea su nueva madre. Miro a mi hijo por el retrovisor y me amarga la vida pensar en todo esto. Le dedico una sonrisa forzada, por suerte él no se entera de nada, o eso espero. Veo cómo la vibración del coche le relaja hasta cerrar sus ojitos y caer rendido.

Lloro sin poder evitarlo de regreso a casa y la pena me sume en un pozo muy negro, muy hondo y muy feo. ¿Qué he hecho yo para merecer esta vida? Yo solo quería formar una familia bonita y feliz, y ahora siento que le voy a arruinar la vida a mi hijo.

Con el paso de los días nada mejora. Echo cada día más de menos a Ben y me putea reconocerlo porque sé que es tóxico. No soy estúpida, sé que no tiene sentido, pero es lo que siento. Le imagino con la otra y me muero de rabia y celos. Es como un síndrome de abstinencia a una droga Ben, que aunque sé que es dañina, ahora la estoy necesitando. Llevo muchas noches evitando llamarle o escribirle, pero hoy, ahora mismo, con una copa de vino en la mano y mucho dolor en el pecho me decido a hacerlo mientras Max duerme. Bebo y tecleo. Presa de la melancolía y con una vida sin rumbo que va a la deriva.

No entiendo cómo puedes estar con otra. Cómo puedes haber olvidado todo lo que fuimos. Cómo has podido luchar tan poco por nosotros, por tu hijo. Cómo puedes ser tan gilipollas y cómo puedo echarte tanto de menos.

Le doy a enviar aunque sé que está mal, aunque sé que soy idiota, y a la vez me alivia. Bebo otro sorbo de vino para olvidar, ahora que Max ya duerme todas las noches del tirón, mientras lloro y trato de pasar el duelo rápido. No sé cuánto tiempo transcurre, pero estoy segura de que no más de quince minutos desde que he escrito el mensaje, cuando oigo unos golpes suaves en la puerta y me quedo extrañada. Miro el reloj, son las once pasadas. Me acerco a la mirilla para ver quién es y la imagen de Ben, sereno, guapo y calmado, me sorprende y, para ser honesta, me alivia. Abro la puerta con sigilo, justo después de secarme las lágrimas y fingir estar bien. Mi mensaje y su presencia han sido casi inmediatos. Mierda.

—No puedes estar aquí, Ben —le digo.

Me fijo en su ropa, viste una chaqueta tejana oscura, con una camiseta básica blanca debajo y unos tejanos negros desgastados. Está guapo, muy guapo, y no me da nada de miedo. Es Ben, mi Ben.

Ben no responde, solo me mira fijamente a los ojos con una fuerza tan grande que podrían saltar chispas. Da un paso adelante, sin titubear, y me acaricia la mejilla derecha. Yo suelto un suspiro lento y suave y todo el dolor que me perforaba el pecho se desvanece, él debe de sentirlo, porque noto cómo posa su otra mano en mi otra mejilla y en cuestión de segundos nuestros labios se funden en un beso tan apasionado que vuelvo a sentir cosquillas en el estómago. Ben empuja mi cuerpo hacia el interior de la casa y cierro la puerta como puedo sin pensar en nada más que en su cuerpo, su lengua y el calor que emana su piel. Nos dirigimos al sofá entre besos desesperados y caricias mientras Ben me quita la ropa y, acto seguido, se desprende de su chaqueta y camiseta. Su piel es cálida y siento la necesidad de contacto que llevo experimentando tantos meses; necesitaba que me abrazaran, que me besaran, que me hicieran el amor. Quiero, quiero hacer el amor, aquí y ahora, y él también quiere, y bloqueo todo pensamiento que vaya en contra de este instante. Y fluyo y me dejo llevar, y las mariposas se transforman en océanos en mi interior que lo remueven todo. Es confuso, pero intento no hacer caso a los pensamientos sensatos, ahora no. Y en menos de diez minutos de besos y jadeos de deseo, me siento sobre Ben y hacemos el amor como solíamos hacer antes de tener a Max, con un hambre voraz y el deseo nublándonos la vista. Le deseo, le quiero, le necesito. Le odio. Ben conoce cada parte de mi cuerpo, sabe cómo me gusta que me toquen, que me besen, tiene esa ventaja ante cualquier otro, y eso me ofrece un amplio abanico de placeres que no tenía ni idea de anhelar tanto. Hace demasiado tiempo que nadie me toca así. Acabamos con un orgasmo al unísono y al estallido de placer y éxtasis le sigue una extraña sensación de bajón y vacío; en cuanto la dopamina y la serotonina abandonan mi torrente sanguíneo, paso del éxtasis a la culpa en cuestión de minutos. Aún con nuestras respiraciones entrecortadas y los brazos entrelazados empiezo a sentirme pequeña, culpable y estúpida. Justo como un drogadicto cuando después de una larga abstinencia se chuta y, una vez pasa el efecto, siente el vacío y el peso de su dañina adicción. ¿Qué coño acabo de hacer?

106

Ben no siente lo mismo, lo sé, no me suelta, me abraza, me acaricia. Yo ya no quiero.

—Lo siento, Mel, lo siento todo. Te juro que lo arreglaré, seré el mejor padre, el mejor marido.

No, no, no, ¿qué acabo de hacer? No quiero una reconciliación, solo estoy herida, solo me sentía sola, solo quiero que se vaya. Pero no puedo echarle ahora, podría acabar muy mal la cosa. Trato de salir del tema como puedo. Necesito estar sola.

—Ben, no quiero hablar de esto ahora, por favor.

—Yo también te echo de menos, nena.

—Pues no lo parece —le suelto dolida, y sé que está totalmente fuera de lugar, pues me refiero a la chica con la que le vi el otro día.

—Todo lo que hago es para tratar de olvidarte. A mí solo me importas tú.

Le creo, le conozco y sé que hace las cosas por inercia la mayor parte de las veces.

—De verdad, necesito dormir ahora, no quiero hablarlo…

—¿Quieres que me vaya?

«Sí, sí quiero, por favor, vete.» Lo tengo claro pero las palabras que salen de mi boca son otras:

—Tranquilo, es tarde, puedes quedarte por hoy.

Sé que Ben nota que me siento incómoda y veo cómo se acomoda en el sofá para dormir ahí; se lo agradezco y le acaricio el brazo con los restos de la ternura que aún me quedan y me voy a la cama.

Por algún motivo que desconozco la imagen de Montana vuelve a mis recuerdos, la cabaña. Lo que podría llegar a ser, Patrick y su compañía. Siento que esto es un paso atrás brutal en todo lo que llevo semanas trabajando. Me he dejado llevar y lo he removido todo. Necesito dormir, Max se despierta temprano.

Por la mañana, Max salta sobre mi cama gritando: «Papi, papi». Y la realidad me golpea con dureza. Ben aún debe de estar en casa y Max está muy contento. Puñalada. Y yo quiero irme a Montana más que nunca, hoy me arrepiento de todo lo sucedido anoche al cien por cien y no sé qué cara ponerle a Ben.

—Buenos días, pequeño —le dice a Max cuando entramos en la cocina. Está preparando un café tranquilamente, como si nada.

—Ben, no puedes estar aquí, se nos puede caer el pelo —le digo calmada, tratando de ser amable.

—Solo quería un café, ya me voy. ¿Podemos hablar más tarde?

—No me siento preparada para hablar, lo siento.

—No puedes jugar así conmigo. Lo sabes, ¿verdad? —Noto un halo de cabreo en su voz y le temo.

—Ben, por favor, está Max aquí. No quiero discutir.

—Yo tampoco, solo que no juegues conmigo, suficientemente jodido estoy.

—Creo que es mejor que te vayas.

Ahora sí fría y distante le abro la puerta de la cocina.

—Estás loca. Eres tú la que no me quieres.

Su reproche me duele en el alma porque justamente siento que soy yo la que siempre le he querido más de lo que debía, pero no voy a discutir. No quiero que la cosa vaya a más.

—Tranquila que ya me voy.

Sale de la cocina sin decir adiós a Max, que contempla la escena en silencio entre mis brazos. Cierra con un portazo.

Uf. Alivio, tranquilidad y armonía de nuevo. No puedo ser más estúpida.

Pican a la puerta y abro enfurecida para ver qué más quiere cuando la imagen de Flor descolocada en la puerta me alivia.

—Ni se te ocurra preguntar —le digo, segura de que ha visto a Ben salir—. ¿Qué haces aquí?

—Pues quería ver cómo estabas y proponerte ir juntas a dejar a los niños en la escuela, pero claro, no imaginaba…

—Ha sido un error.

—Desde luego —dice fría y tajante. Sé que se preocupa por mí—. ¿Quieres hablarlo?

—Ahora no —le digo—. Vamos, pasa, te hago un café y nos vamos.

Apenas tenemos tiempo de hablar porque tras dejar a los niños yo tengo que entrar a trabajar, pero la breve conversación que tenemos me sirve para sacar en claro que necesito ayuda profesional, o no saldré de esta y la situación se repetirá. Estoy dando falsas esperanzas a Ben porque sí, le añoro muchas veces, pero sé que no quiero estar con él y hoy más que nunca tengo ganas de intentar lo de Montana. Necesito aprender a estar sola por primera vez en mi vida.

Los días pasan rápidos y sin darme cuenta entramos en el mes de marzo, el frío parece que nos da tregua y el sol es cada día más brillante y nos deja ratitos de calor muy agradables. Dentro de poco será primavera y eso me invita a soñar con Big Timber. Algún día me sorprendo pensando en Patrick y me pregunto cómo estará, si ya habrán vendido la cabaña a alguien con menos dudas que yo o si seguirá a la venta.

Pero nunca me atrevo a preguntar. Como si de una invocación se tratara leo el nombre de Fiona en la llamada entrante de mi móvil, que vibra en silencio. Justo ahora que estaba pensando en ello. Qué casualidad. ¿O no?

—Hola, Fiona.

—Hola, Mel. ¿Cómo estás? —pregunta amablemente.

—Bien, tirando… —contesto sin saber muy bien qué decir. Si tuviera que contarle cómo estoy realmente, necesitaríamos un café doble.

—Te llamo para comentarte algo sobre la cabaña.

—Ajá —digo curiosa. Tengo claro que ya la ha vendido y quiere avisarme.

—El dueño acaba de bajar el precio treinta mil dólares.

Por un momento me quedo muda. Eso es una rebaja muy grande y cambia mucho las cosas. No logro balbucear palabra.

—Solo he querido avisarte antes de poner el nuevo precio en la web por el esfuerzo que hiciste en venir hasta aquí.

—Oh, gracias, Fiona. Esto cambia las cosas. Me está costando mucho decidirme.

—Ya lo veo. Tranquila, es normal. Mi idea es actualizar la web el lunes, tienes todo el fin de semana para pensártelo. Porque con este precio no creo que tardemos en venderla.

—Gracias por pensar en mí.

—Faltaría más. Cuídate, Mel.

—Igualmente. Buenas tardes.

Cuelgo y, como si de una señal se tratara, tomo la decisión más complicada de toda mi vida. Voy a hacerlo, aunque no lo tengo claro, aunque tengo miedo, aunque no sé ni por dónde empezar…

Llamo a mi madre, que está en el parque con Max, y le pido que cenemos juntos. Necesito hablar con ella y mi padre para organizarlo todo. He de hacerlo. La monotonía de estas últimas semanas está siendo terrible. No quiero que mi vida siga siendo así.

Cenamos en mi casa plácida y amigablemente los cuatro, y cuando Max se acuesta, les cuento que he tomado la decisión de hacerlo. Ahora que se acerca la primavera es buena época para empezar la reforma y con el nuevo precio puedo pagar la cabaña con mis ahorros y pedir un préstamo para la reforma; así es mucho más sencillo y coherente.

Mi padre parece más convencido que mi madre, pero ambos quieren lo mejor para mí. Se ofrecen a venir una temporada en primavera a echarme una mano cuando tengan vacaciones, y lo que peor llevan es la idea de no ver a Max todas las semanas. Sé que eso es un golpe muy bajo para ellos, pero peor es para mí seguir atrapada en esta vida con Ben. Antes de ayer me llamó y empezó de nuevo a pedirme perdón y a decirme que se pasaría por casa, que necesita verme a mí y a Max y que le da igual la orden. Se me hace un mundo lidiar con esto. Les pido a mis padres que no digan nada de mi marcha a nadie porque mi idea es que solo lo sepan ellos, Jake, Flor y Jess.

No les entusiasma la idea de hacerlo a espaldas de Ben, por desconocimiento legal respecto a Max, pero tampoco tratan de hacerme cambiar de opinión.

—No quiero hablar más del tema —les pido—. Necesito organizar bien todo antes.

—Pero, hija, al menos saber para cuándo este cambio —dice mi madre.

—He de hablar con Jess.

111

Zanjamos el tema y seguimos charlando de otras cosas como si esto no existiera. Cuando se van me entran ganas de bañarme y relajarme y me atrevo a escribir a Patrick, hace demasiados días que tengo ganas de hacerlo y es absurdo privarme de algo tan inocente.

Patrick, llevo días queriendo escribirte. ¿Cómo estás? Le he dado muchas vueltas al tema de la cabaña, me acaba de contar Fiona sobre su nuevo precio, imagino que estarás al corriente. Creo que voy a hacerlo. Voy a lanzarme. ¿Estoy loca? :)

Me quedo embobada mirando la pantalla, deseando que conteste, pero me deja en leído y no contesta. Me molesta, pero imagino que estará ocupado o durmiendo.

Paso la noche dándole vueltas al tema. Por la mañana visto al peque para llevarlo a la escuela; esta semana tengo que dedicarme a ir al banco a informarme sobre el crédito y tratar de cuadrarlo todo. He de hablar con la asistenta social por el tema de Max y Ben, y con Jess. Menudo día de locos me espera. Nos vestimos y me pongo en marcha con un café doble. No puedo evitar mirar el móvil a la espera del mensaje de Patrick, pues sin él sería todo más difícil. Tener un contacto de confianza allí me ayuda a animarme a hacerlo.

> Mel, por aquí todo bien, como siempre. ¿Cómo estáis vosotros? Sí, me he enterado de lo del precio, es tu momento. Lo tengo claro. Sabes que estoy aquí para todo. Cuéntame qué pasa por tu cabecita.

Sonrío y me alegra el día volver a saber de él. Le llamo, paso de más mensajes. Patrick me coge el teléfono tras el primer tono.

—Buenos días, Mel. Ya tenía ganas de oírte.

—Yo también. Hola, Patrick —le digo sin pizca de vergüenza. Que ya somos adultos.

—Entonces, ¿qué? ¿Te atreves a lanzarte?

—Pues me pongo en marcha esta semana para tratar de cerrar todo.

—¿Mucho lío?

—Bueno, he de hablar con mi jefa, el banco, asuntos sociales…

—¿Asuntos sociales? Ostras, ¡claro! Por Max y la custodia. Qué incordio. Ánimo.

—Sí, es lo más duro y lo que más pereza me da.

—Tranquila, todo acabará cuadrando —me dice para animarme, pero no tiene ni idea de cómo es Ben. Aun así me alegro de que trate de darme ánimos.

—Eso espero. ¿Sigo contando contigo para la reforma?

—Claro, lo estoy deseando. He estado dando vueltas al tema y creo que lo mejor sería que en cuanto puedas realizar las arras me ponga a prepararte un poco la cabaña para que os podáis hospedar ahí mientras la reformo. Como una prerreforma antes de nada para poder vivir allí mientras dura la definitiva. Era esa tu idea, ¿no?

—Pues no lo he pensado, la verdad.

—Un hostal sería carísimo, y creo que puedo hacer cuatro ajustes para que Max y tú estéis cómodos desde ya. Ahora que la nieve empieza a fundirse, es otro mundo.

—Sí, aunque sin coche allí no sé cómo hacerlo. La idea de llevar el mío para allá me parece un tostón de conducción. Además, el mío no es 4x4.

—Olvídalo, pues. Véndelo y te ayudo a conseguir uno aquí. Podría prestarte el mío hasta que tengas uno.

—Ostras, Patrick, eres demasiado amable.

—Ya sabes, voy a comisión con Fiona —bromea, y sé que no es verdad.

—Ya, claro… —digo realmente agradecida.

—De verdad me gustaría que te vinieras, esta cabaña es para ti. No me preguntes por qué, es una corazonada. Sé que esto es así y quiero ayudarte al máximo.

—Gracias, pues eso es una gran ayuda, porque el dinero no me dará para un coche en condiciones.

—Cuenta con mi viejo 4x4, yo tengo una camioneta que uso para el día a día. Nos organizamos y listo. Ayudarse es la clave.

—¿Me puedes hacer cuatro números de esa prerreforma y la reforma final?

—Para la prerreforma ni te preocupes, me pongo a ello en cuanto me confirméis tú y Fiona que habéis formalizado la reserva. Y para la reforma oficial hay que mirarlo juntos, Mel, no sé qué quieres, no puedo hacerte un presupuesto a ciegas. Pero tranquila, te ayudaré en todo.

—Estoy por pedirte que seamos socios, Patrick —le

113

suelto en coña y sin pensarlo, pero la loca propuesta cobra todo el sentido y por un instante me doy cuenta de que eso sí sería ideal. Patrick se queda mudo, pensativo.

—Hostia, Mel, qué locura. —Se ríe—. La vida es loca, quién sabe.

—Bueno, Patrick, te dejo, que he de llevar al peque a la escuela, estamos en contacto. Te vuelvo a llamar en cuánto cierre el tema con Fiona.

—Listo, ya tengo ganas de tenerte por aquí.

—La verdad es que yo también tengo ganas de ir. Solo para hacerme una idea, esa prerreforma para instalarnos Max y yo ¿cuánto puede demorarse?

—A la que me confirmes, te cuelo antes de mi próximo cliente y en diez días podría estar lista. Tampoco esperes gran cosa, solo aislar algunos puntos para que no pase el frío, limpieza a fondo y poner cuatro muebles.

—Ostras, claro, los muebles…

No había caído en esos primeros muebles para instalarnos.

—Tranquila, tengo muchos muebles en buen estado en el taller de otras casas, siempre los guardo cuando los clientes no los quieren. Puedo prestártelos, yo no los necesito, son para casos así.

—¿De veras? Patrick, esto me va a costar caro, ¿no? —le digo totalmente en serio.

—Bueno, si estás dispuesta a pagar con alguna cena y buena compañía, no tanto —me dice haciendo ver que va en broma, pero sé que es en serio.

—Suena bien este trato —le contesto traviesa y algo avergonzada.

—Tengo ganas de verte —me repite.

—Pronto —le digo, y un cosquilleo me sorprende.

Nos despedimos tres veces antes de colgar y me siento feliz y esperanzada. Me da fuerzas para poner todo en orden esta semana y lanzarme a esta nueva aventura. Muero de ganas de verle de nuevo, la verdad. Pero no quiero enrollarme con otro tío, deseo y debo estar sola. Hacer terapia, crecer como mujer... No será fácil con Patrick siendo tan tentador.

115

7

$\mathcal{L}$a semana pasa volando, parece mentira lo que da de sí cuando te organizas bien. El banco está a punto de concederme un pequeño avance antes de darme el crédito final cuando le presente el presupuesto de Patrick, pero hasta que no miremos qué y cómo lo quiero no podré tenerlo; no obstante, me han dicho que no hay problema por solicitarlo desde Montana, así que eso no me frena en absoluto. Para empezar, con mis ahorros y una pequeña suma puedo lanzarme a la aventura. En cuanto a Ben, la asistenta se pondrá en contacto con él para cuadrar una vista para ver si nos ponemos de acuerdo con la custodia; si no, necesitaremos un abogado. Tendré que viajar a Tennessee cada vez que tengamos visita, pero por ahora la custodia es mía hasta que salga la definitiva. Con un cuadro de maltrato y alcohol, lo más seguro es que me la concedan a mí y él tenga solo permiso para visitas. Y estando en Montana serán complicadas. Me apena por Max, pero una parte de mí se alegra porque sé que Ben no será una buena influencia como padre si no se rehabilita pronto. A finales de semana llamo a Fiona para formalizar la reserva, y, aunque admito que me da un vértigo increíble hacerlo, me da serenidad saber que la decisión está tomada. ¡Nos vamos a Montana!

Ya estamos a día 2 de abril, y lo tengo todo preparado

para volar hacia Montana en unas horas. Dejar el trabajo y despedirme de mis padres ha sido lo más duro. Aunque vendrán a visitarme pronto, a finales de mes, ya tienen los vuelos. Jake y Flor nos llevarán al aeropuerto en un rato. Reviso las dos maletas enormes que he de embarcar y las dos pequeñas de mano. Una vida no cabe en un par de maletas, desde luego. He dejado dos más grandes para que mis padres me las traigan a finales de mes con ropa de invierno; ahora que ya empieza el buen tiempo he decidido llevarme solo lo que vamos a usar en el día a día, pues con Max no me quedan manos para más maletas. Por suerte, Patrick se ha ofrecido a recogernos en el aeropuerto nada más llegar, y es de agradecer. Suena el timbre mientras mi hijo juega a lanzar las maletas con ruedas de lado a lado.

—¡Ya va! —grito desde la cocina.

—Vamos, vamos, señora de Montana —dice Jake burlándose.

—Buenos días, chicos. Buenos días, pequeño Loni. —Beso la mejilla del pequeño de la casa, que cada día está más grande.

—¡Max, Max! —grita Lonan, y se lanza a jugar con mi hijo.

—Parece mentira que haya llegado el día. —Flor suspira observando la casa casi vacía.

—Quién lo diría… Yo yéndome de Wears Valley.

—Me parece realmente loco —dice Jake—. Pero te irá bien.

—Sí…

—¿Finalmente se lo contaste a Ben?

—Pues no, la verdad. Desde la última vez que le vi, ya sabes… —Hago un guiño porque Flor sabe lo de nuestra noche—. Me llamó un par de veces más o tres y no he vuelto a saber de él. Creo que está fuera del pueblo. No se ha preocupado por ver a Max en este mes y pico, así que he tomado la vía fácil. No le he dicho nada. Ya le llegará una carta del juzgado para nuestra primera vista.

—Es una pena que todo acabe así, por Max —dice Jake.

—Eso no me ayuda —le digo algo molesta.

—Va, dejemos los temas tristes y hablemos de tu viaje —nos corta Flor.

—Pues ya está todo listo. Hay que ir tirando.

—¿Me das la llave de la casa? —me pide Jake—. ¿Qué hago con ella?

—Dásela a Ben si quiere quedarse aquí. Al fin y al cabo aún tiene muchas cosas suyas, también ha sido su casa.

—Casa que llevas pagando tú sola mucho tiempo.

—Ahora, si la quiere, tendrá que pagar él el alquiler.

—He pedido que no me devuelvan la fianza que dimos, así Ben tendrá dos meses para estar aquí y decidir qué quiere hacer. A la casera le ha parecido bien ese trato. Así que ya depende de él. De ese modo también tengo dónde dejar todos los muebles, menos trabajo para mí, no tener que hacer mudanza. Tampoco puedo llevarme todo esto —digo señalando tele, armarios, electrodomésticos…

—Tranquila, que yo me ocupo. En unos días llamaré a Ben y le diré de quedar para darle las llaves y…

—No le digas nada de dónde estamos —le interrumpo—. Ya se lo contaré cuando tengamos la primera vista. Si se presentara en Montana sería fatal para nosotros.

—Sí, tranquila. Solo espero que no se lo tome mal.

—Vamos saliendo, niños, que no llegamos.

Flor se encarga de los peques mientras Jake y yo metemos las maletas en el coche.

No puedo creer que sea el día. Estoy en el aeropuerto fundiéndome en abrazos con Flor y Jake. Max no entiende mucho de qué va esta aventura, pero se le ve sorprendido y feliz. Por fin hemos embarcado las maletas grandes y con el carro puedo apañarme con el peque y las dos maletas de mano. Flor, Jake y mis padres han sido una pieza clave en todo este puzle. Sin su apoyo, no sé si hubiera sido capaz. Estas últimas semanas han estado ayudándome con todos los preparativos y, aunque parece mentira, ¡allá vamos!

El vuelo ha sido tranquilo, por suerte Max ha dormido y ha visto películas sin rechistar. Alucinaba con la ventana, las alas del avión, ha sido una experiencia muy bonita.

Veo a Patrick en la zona de llegadas, esperando entre la multitud. Llevo el carro con todas las maletas y Max camina a mi lado poquito a poco agarrado al carro. Ver a Patrick de nuevo me transporta a la cabaña y a la hoguera, y me hace sentir un poquito en casa. En mi nueva casa. Nos ve y levanta el brazo sonriente.

—¡Mel! Cuánto tiempo, por fin aquí. Hola, Max, pequeño. Tenía ganas de conocerte. —Me da un abrazo sincero y se agacha para saludar a Max. El gesto de dedicarle atención me hace sentir bien. Le pide que le choque la mano y le toca el pelo con cariño—. ¿Cómo ha ido el vuelo, familia?

—Hola, Patrick. Mil gracias por estar aquí. Creo que no soy capaz de avanzar un metro más con tanta maleta sin que se caiga una —bromeo algo apurada pero feliz—. El vuelo superbién, Max se lo ha pasado genial y ha dormido mucho.

—Qué suerte —dice mientras agarra el carro, y yo puedo coger a Max en brazos—. ¿Estáis listos para esta nueva etapa? —pregunta mientras nos dirigimos a su coche.

—Sí, ahora sí. —Sonrío.

—¿Siguiente parada? —pregunta con una sonrisa de oreja a oreja cuando por fin nos montamos en su 4x4 antiguo, que será mío por un tiempo.

—Hay que ir a pagar esa cabaña.

—Después del notario, podemos merendar algo en el restaurante de mi tía e ir para la cabaña, ¿no? Tengo ganas de enseñarte en lo que he estado trabajando.

—Ostras, ¿le has metido mucho curro?

Por las fotos que me ha estado mandando la ha dejado superhabilitada para lo poco que necesitamos por ahora. Tengo ganas de ver el resultado.

—Qué ganas de verla.

—No es gran cosa, pero estaréis cómodos seguro.

—¿El acceso ya no tiene nieve?

—¡Ya no! ¡Fíjate! —dice señalando las montañas.

—¡Guau! ¡Menudo cambio!

Me asombra, con la emoción de estar aquí y encontrarme con él de nuevo no me había fijado en que ya no hay nieve en las calles, el sol brilla radiante y solo hay rastro de blanco en lo alto de las montañas.

—Verás que no hay color con lo que viviste en enero aquí. Es otro mundo, aunque el frío aún resiste —dice mientras baja la ventana, y puedo sentir la brisa fresca y agradable.

—Sí, qué gusto. —Le miro fijamente y le suelto con sinceridad—: Menos mal que estás aquí.

—¿Dónde iba a estar? —Me contesta con una gran sonrisa.

No hace falta respuesta, sé que ha entendido el mensaje. Le sonrío y miro a Max, que observa curioso por la ventana.

Los papeleos ante el notario son sorprendentemente rápidos y disfrutamos de una buena merienda cena con las delicias de la tía de Patrick. Ha llegado el momento de poner rumbo a la cabaña, a mi cabaña. Ya soy propietaria. No puedo creerlo, empieza, ahora sí que sí, mi nueva vida.

El camino de tierra en coche es una maravilla, altos abetos se alzan a ambos lados, los tonos verdes de las copas contrastan con la hierba verde brillante que empieza a asomar en las zonas de pradera y los bordes del camino, las primeras flores de la temporada de primavera que está a punto de estallar asoman tímidamente, mostrando sus colores y formas, pero aún sin su máximo esplendor; calculo que en los siguientes meses el estallido de flores será brutal por el tipo de praderas que puedo ver. Son ya casi las ocho de la tarde y el sol empieza a ponerse entre las montañas. Algunos rayos aún intensos se cuelan entre las hojas y enmarcan el camino en un entorno privilegiado y salvaje.

—Te voy a presentar a tus nuevos vecinos —me sorprende Patrick aparcando delante de la casita que hay antes de llegar a la cabaña—. Si necesitaras algo con urgencia, ellos están más cerca que yo —me dice dejando claro que él es una opción también si necesito ayuda.

Una pareja de ancianos se asoma por la ventana y rápidamente salen a recibirnos como si nos estuvieran esperando.

—¡Por fin habéis llegado! Pasad a tomar un té.

Confirman mis sospechas, Patrick les ha advertido de que pasaríamos a conocerlos. Me mira para comprobar si me apetece y yo asiento.

—Buenas tardes, Gloria. Hola, Jon. Aceptamos ese té. Esta es Mel, vuestra nueva vecina —me presenta, y los saluda con un abrazo—. Conozco a esta gente desde hace años, mi padre era buen amigo de todo el mundo por estas tierras.

—Ay, que en su gloria lo guarde el Señor —dice la señora Gloria recordando al padre de Patrick.

Pasamos y disfrutamos de un té mientras Max juega con los juguetes de los nietos de Gloria y Jon. Son amables y muy hogareños, se nota que su casa, su finca, es su mundo particular y poco salen de ahí. Me desean lo mejor en este nuevo negocio que voy a montar y les entusiasma la idea de tener vecinos cerca de nuevo. Me tranquiliza el hecho de que no les moleste que vayan a pasar más personas por este camino a partir de ahora; podría haber sido el típico matrimonio que no quiere que le molesten, pero estos más bien parecen de los que se apuntarían a cualquier fiesta. Nos despedimos para seguir nuestro camino hasta la cabaña.

Nada más llegar, Patrick detiene el coche a escasos metros de la casa, para que la vea con mejor perspectiva. Ya está oscureciendo, pero puedo ver las luces prendidas en el interior y la chimenea humeando. ¡Qué detalle!

—Parece que ya tenga vida... —le digo feliz y emocionada como una niña pequeña.

—Ya la tiene, Mel. Bienvenida a casa. —Patrick pronuncia esta bienvenida mirándome profundamente a los ojos y siento que una parte de mí se enamora de él. Sin él nada de esto sería siquiera posible de imaginar.

123

Me quedo en silencio ante sus palabras y el poder de su mirada. Tomo las llaves de mi bolsillo y Patrick me hace un gesto para que abra. Tomo aire con Max en brazos y espero unos instantes antes de abrir la puerta. Quiero inmortalizar este momento para la posteridad.

En cuanto entro, no doy crédito a lo que ven mis ojos. Los abro de par en par y me giro de inmediato para mirar a Patrick. La cabaña no tiene nada que ver con la que vi hace unos meses.

—Pero Patrick... —digo sorprendida. Él sonríe orgulloso.

La cabaña está caliente gracias a las brasas del fuego que aún quedan en la chimenea, todo un detalle que haya venido a encenderla antes de recogernos. Las paredes parecen reformadas, pulidas y pintadas. Los muebles son muy bonitos, no los típicos trastos viejos que no pegan entre sí. Está amueblada como si fuera una cabaña de Airbnb sencilla, pero a la que no le falta nada. Sofá marrón clarito, mesa con sillas a juego. Esto no puede ser de segunda mano. Incluso hay una gran alfombra entre el sofá y la chimenea.

Me dirijo a la cocina, que era lo que peor estaba, y me asombra el cambio que ha pegado; obviamente le falta una buena reforma, pero el lavado de cara que le ha dado no es ni medio normal.

—Pero Patrick, ¿cuántas horas le has metido a esto?

—Te dije que esta cabaña era un tema personal.

—Dios, no sé cómo agradecerte esto... —digo sincera y emocionada.

—Ha sido y será un placer seguir reformando tu casa, Mel.

—Mi casa —repito—. Suena bien.

Una parte de mí quiere llorar, otra saltar a los brazos de Patrick, otra bailar con Max, otra salir corriendo. Esto es demasiado.

—Sí, vuestra casa. Sé lo difícil que es todo esto —me dice señalando a Max—. Es importante para mí que no te arrepientas de este cambio de vida.

Suena sincero y logra tocar todas mis fibras sensibles. Me apetece darle un abrazo, pero no es el momento. Max me reclama para que vaya a ver la chimenea, es lo que más le ha llamado la atención.

—¿Dónde está mi habitación? —balbucea Max con bastante claridad.

—Cariño, por ahora dormirás con mamá y arreglaremos tu habitación más adelante —le digo con cariño.

—Bueno, me he tomado la confianza de arreglar un poco el cuarto pequeño con algunos juguetes que Blue ya no usa —me dice, y conociéndole y viendo el resto de la casa seguro que Max ya tiene cuarto oficialmente. Cuando abro la puerta me sorprende la cantidad de detalles que hay en su habitación. Incluso cortinas, cama, mantas, alfombra y muchos juguetes.

—Patrick, yo... De verdad no sé cómo pagarte, agradecerte esto. Me sobrepasa...

Me da la sensación por un momento de que se avergüenza de todo lo que ha hecho. Quizá piensa que es demasiado y que se ha pasado.

—Es solo que nadie había hecho algo así por mí nunca.

Pienso en Ben, que no se ocupaba de la casa ni de nuestras comodidades; siempre ha sido un cero a la izquierda para temas del hogar. Todo lo he hecho yo, no nos ha colgado ni una cortina jamás, ni se ha ocupado de que la casa sea un lugar acogedor, ni siquiera se ha esforzado en pagar una factura de la luz para que no nos faltara calefacción o agua caliente. Esto que ha hecho Patrick aquí es como una recompensa por todos estos años que he estado sola y yo de verdad no sé cómo agradecérselo.

—Mel, no hay para tanto. Es mi trabajo.

—No, no es tu trabajo y lo sabemos. Es algo más —suelto sin poder evitarlo.

—Sea lo que sea, lo he hecho con muchas ganas. Y tu reacción y la de Max son mi recompensa.

—Dime cuánto te debemos por esto, por favor. Me apura deberte tantos favores.

—Mel, escúchame, he hecho todo esto porque he querido. Ni te preocupes por el pago; ya lo meteremos en el presupuesto de la reforma general. De verdad que todos estos muebles los tenía de otra casa que reformé y me los regalaron. Me haces un favor tú a mí teniéndolos aquí y no ocupando espacio en mi taller.

—Mientes que da gusto —le digo bromeando, y le dedico un empujoncito que sin darme cuenta queda como un flirteo en toda regla.

125

—Pues finge que te lo crees y disfrútalo.

—¿Por qué lo haces? —pregunto otra vez.

Max sigue en su nuevo cuarto alucinando con todos sus juguetes mientras nosotros volvemos al salón. Me siento en el sofá e invito a Patrick a sentarse a mi lado.

—Mel, hay preguntas para cuya respuesta quizá no estés preparada. Solo disfrútalo, ¿vale?

Sus palabras me acarician el alma y deseo besarle con todas mis fuerzas. Es más, lo haría si Max no estuviera al lado. Cuando tienes hijos, estos pequeños detalles cambian. Pero, aun así, estoy segura de que él nota que mis sentimientos hacia él van transformándose.

—¿Y ahora? ¿Cuál es el plan? —le pregunto.

—Eso te toca decidirlo a ti. Por mi parte puedo empezar mañana mismo. Puedo traer los planos y diseñamos juntos la nueva distribución. Verás que las cuatro habitaciones de huéspedes ni las he tocado aún. Quizá quieras contar con un arquitecto. Aunque no haría falta.

—No, teniéndote a ti, ¿quién quiere nada más?

Juro que me refería al tema de la reforma, pero por la sonrisa de Patrick creo que mi inconsciente me ha traicionado y ha sido una indirecta muy directa.

—Pues mañana, si te parece bien, vengo a primera hora y nos ponemos.

—Creo que me gustaría pedir información en la escuela de Blue para llevar a Max, así podremos avanzar a tope. Quiero ayudarte.

—¿Quieres ponerte el mono de carpintera?

—Quiero aprender, sí, si no te importa.

—Será interesante —me dice, y ambos nos reímos—. A partir de mañana tengo a Blue toda la semana, así que, si quieres, quedamos a las ocho en la escuela y así te informas y Max prueba.

—Vale, quedamos así.

—Genial.

—Os voy a dejar. Es vuestra primera noche aquí y seguro que necesitáis descansar. Tienes cuatro cosas en la nevera para pasar un par de días. No tengo ni idea de lo que os gusta, espero que os sirva.

—Ostras, no había caído. No he comprado nada. Joder, Patrick, gracias.

Ya me da hasta vergüenza todo lo que le debo a este chico, pero seguir dando gracias y gracias también me parece pesado para él.

—Te dejo el coche, tengo el otro mío aparcado ahí fuera desde ayer. Así no te quedas sin coche. Y no me mires con esos ojos, Mel, ¿vale?

Ya de verdad no sé qué más decir, estoy abrumada. Le acompaño hasta la puerta para despedirle.

—Te queda bien la cabaña —me dice guiñándome un ojo—. Bueno, tú le quedas bien a ella.

—Hasta mañana, Patrick.

—Hasta la vista, Mel.

Me hace un gesto con los dedos en la frente despidiéndose como si fuera un marine que se acaba de alistar.

Le veo montarse en su otro coche —en cuya presencia no había reparado antes— y alejarse por el sendero, y me invade una sensación de soledad extraña. Me gusta tenerle aquí, pues estoy lejos de casa, en esta cabaña que aún no siento como mi hogar…

Max viene corriendo y me pide algo de cenar.

—Vamos, vamos a descubrir qué nos ha comprado Patrick.

Max da saltitos supercontento y solo por verlo así ya vale la pena sufrir todos estos miedos. La compra me sorprende tanto como el resto de la casa, se nota que Patrick es padre: leche, zumos, pescado, verdura, fruta, arroz. Cocino algo por primera vez en la cabaña y nos acurrucamos en el sofá delante de las brasas a comer mientras le cuento a Max que mañana hará nuevos amigos, le hablo de Blue y de la nieve. El cansancio se apodera rápido de nosotros tras el día intenso de hoy y nos dormimos abrazados en nuestra nueva cama.

Me despierto de madrugada, son apenas las seis pero no puedo dormir más, estoy emocionada por mi primer día aquí. Preparo todo para llevar a Max a su nueva escuela, aunque solo sea para conocerla y hacer un primer acercamiento. Y aprovecho que el niño duerme para salir fuera y disfrutar por primera vez del paisaje. Me abrigo con la manta del sofá, que es lo que tengo más a mano, y salgo a contemplar el amanecer, aún no ha salido el sol del todo, pero los pájaros cantan con tal potencia que siento que son ellos los que me han despertado. Yo no había oído tantos pájaros cantando juntos en la vida, es increíble, sin duda este paraje es brutalmente silvestre y virgen. No hay huella humana, solo abetos, fauna y montañas nevadas a lo lejos. Diviso los primeros rayos de sol y tomo aire con calma, siendo consciente de cada respiración. Me siento en paz, en una paz absoluta y en coherencia con todos mis sentidos. Alejarme de Ben es lo mejor que he podido hacer. Aunque si rebusco en mis entrañas aún hay un halo de añoranza por la familia que acabo de romper y por dejar a Max sin su padre, tendré que aprender a vivir con ello. Suspiro con profundidad y calma permitiéndome sentir lo que siento y abrazando este momento, lo sostengo y lo honro. «El primer día del resto de mi vida», me digo. Quiero empezar terapia, la necesito. Luego buscaré en Internet qué opciones tengo por la zona. Hace frío, pero es agradable. Poco a poco la cabaña se va iluminando con los rayos de sol y disfruto de su belleza. Convertiremos esto en un hogar. Lo sé. Atisbo a lo lejos una pareja de pájaros que canta con alegría, parece un cortejo en toda regla. Y ahora que por fin ha salido el sol, puedo disfrutar de la verde pradera que hay delante de casa por primera vez, una extensa y amplia explanada de pasto natural y flores violetas, amarillas y azuladas. Una zona ideal para una mesa con butacas, zona de juegos, un pequeño huerto, gallinas y un invernadero. Lo visualizo todo como si estuviera ya ahí.

Conduzco por primera vez por el camino que lleva de la cabaña al pueblo y me siento tremendamente libre. Llegamos a la escuela antes de lo previsto y aprovecho para contarle a Max que este será su nuevo espacio seguro. Max no está muy convencido, dudo que quiera quedarse hoy, pero lo intentaremos, a su ritmo siempre. No tengo prisa. Ahora toca aprender a vivir a otro ritmo, y este lugar ayuda. Pues ya son las ocho y aquí no hay nadie aún, qué raro. Esto en mi pueblo ya estaría lleno de padres frenéticos con prisa porque entran a trabajar, pero aquí parece que la cosa va con más calma. Poco a poco veo llegar a las profesoras y algunas familias. Veo a Patrick aparcando su coche enfrente de la escuela y le presento a Max a su nueva amiga Blue.

—Buenos días, Blue —le digo lanzándome a darle un abrazo.

—Buenos días, chicos. ¿Cómo habéis dormido?

—Buah…, brutal —me sale sin pensarlo.

—¡Qué bueno! —dice Patrick orgulloso—. Max, colega, chócala —le pide amigablemente a mi hijo.

Max le choca con fuerza y Patrick finge que le ha hecho daño.

—Estás muy fuerte, pequeño. Vamos a conocer la escuela —nos anima a entrar, y Max, tímido, me pide que lo alce en brazos.

Entramos y conozco a las profesoras, que parecen todas adorables y entrañables. Max se pone a jugar con Blue, que le enseña unos juguetes, y mi corazón palpita de alegría, tiene interés y eso es muy bueno. Me recomiendan que hoy no lo deje todo el día porque aún no conoce el espacio y me dicen que sería ideal si me quedara un par de horas con él y mañana un poco más. Me parece una gran idea, quiero que sea lo menos traumático posible. Patrick me dice que aprovechará el día para avanzar un tema que tiene en el taller y que cuando Max esté listo nos pondremos manos a la obra. Y yo le digo que si quiere en dos horas vamos para casa los tres, y que seguro que podemos empezar a mirar planos. Le parece buena idea así que quedamos al cabo de tres horas en la cabaña.

—¿Cómo ha ido esta mañana? —me pregunta Patrick nada más llegar.

—¡Bien! —contesta Max por mí.

—Pues ya ves —le digo con el corazón lleno—. Ha sido genial. Mañana volveremos, ¿a que sí, pequeñajo? —le animo.

—Síííí. Quiero ver a Blue.

—¿Te ha gustado Blue? —le pregunta orgulloso Patrick, y le brillan los ojos al tratarse de su niña.

Max se pone a jugar con sus cosas y nosotros desplegamos los planos en la mesa del comedor. Patrick es muy atento y antes de empezar a proponerme cosas me pregunta qué quiero hacer yo. Qué tengo en mente. La verdad es que no tengo nada demasiado claro y me quiero dejar asesorar por un experto, como lo es él. Lo que tengo claro es que quiero que sea acogedor y que por ahora no quiero hacer ampliaciones. La cocina quisiera renovarla entera, el baño también, y el altillo lo quiero convertir en una sala de estar, biblioteca y sala de juegos para los huéspedes. En las habitaciones quiero calefacción, pero el estilo o los materiales se los dejo elegir a él. Patrick anota todo en los planos y yo le observo detenidamente. Su pelo castaño claro cae sobre sus ojos color miel de un modo casi perfecto, la comisura de sus labios tiene la forma ideal para que su rostro sea de anuncio. Es muy atractivo y su carácter es aún mejor. Me pregunto por qué se separó de la madre de Blue, qué les habrá pasado. Patrick hace una lista de prioridades y me propone empezar por el altillo y las habitaciones para no poner patas arriba las zonas que ahora estamos usando, como la cocina y el baño.

Las siguientes semanas se tornan toda una aventura. Max va a la guardería todo el día, cosa que no me gusta, pero es necesario para avanzar las obras, y Patrick, su ayudante y yo nos ponemos manos a la obra con las habitaciones. Sacamos los tablones de madera, los pulimos y barnizamos de nuevo antes de volverlos a colocar, añadimos aislante térmico y acústico para hacer las habitaciones mucho más equipadas. Yo me encargo de la pintura y ellos del corte y la colocación. Soy una buena alumna. Patrick y yo apenas tenemos tiempo a solas, pues la reforma va a tope y siempre estamos con su ayudante Leo, pero, cada vez que nos cruzamos por la casa o que hacemos alguna cosa juntos, las miradas, las sonrisas y los roces de manos son inevitables. Seamos francos: somos adultos, flirteamos que da gusto, pero ambos sabemos que hay una línea invisible que aún no podemos cruzar. El otro día, mientras lo ayudaba a sujetar unos tablones que él fijaba a la pared, perdí el equilibrio y Patrick con sus reflejos fue rápido y hábil para evitar mi caída. Quedé colgada en sus brazos por unos instantes mientras ambos nos reímos a carcajadas, pude sentir el calor de un abrazo después de tantísimo tiempo y juro que me hubiera quedado ahí durante horas, pero estaba Leo deambulando y nos puso los ojos en blanco, en un gesto más que evidente

131

de que se nota a kilómetros que nos gustamos. A la hora del almuerzo, él y Leo se van al pueblo y yo me quedo en casa.

Pero hoy es diferente. Hoy Patrick viene solo y me extraña.

—Buenos días, forastera —me saluda amigable.

—¿Y Leo? —pregunto mientras una parte de mí desea que hoy no venga y podamos estar solos.

—Lo tengo de baja, ayer se torció el tobillo. ¿Recuerdas, al descargar las maderas?

—Sí, pero no parecía grave.

—Bueno, por la noche se le inflamó que daba miedo, así que ha cogido cinco días de baja. Aunque con mi nueva ayudante —dice señalándome—, no me preocupa demasiado; bajaremos el ritmo por unos días pero seguimos.

—Por supuesto.

—Ya solo nos queda colocar los tablones de la última habitación, que ayer dejamos listos, y empezaremos por el altillo.

—Me hace mucha ilusión.

—Lo sé —me dice, atento como siempre—. Se te nota. Quedará genial, ya verás.

Empezamos con la última habitación mientras charlamos sobre el tipo de huéspedes que suelen venir por la zona. Nos concentramos en el trabajo, pero sin darnos cuenta acabamos hablando de las relaciones y le empiezo a contar por fin mi situación con Ben.

—Perdona si me meto donde no me llaman, pero no entiendo cómo el padre de Max pudo dejarte escapar —me suelta de repente, y me quedo helada. Es un tema delicado para mí, pero que ya tengo ganas de abordar.

—Bueno, es algo complejo… Ben, el padre de Max, tiene un grave problema con el alcohol y nuestra relación nunca fue normal, ni sana ni estable.

—Joder, lo siento. No creí que fueran por ahí los tiros.

—Tranquilo, hace mucho que no lo hablo con nadie. Ya llevo doce días aquí y no he tenido noticias suyas, ni para saber cómo está Max. Lo cierto es que no le dije que veníamos a Montana, puede que ni lo sepa, pero que tampoco llame para ver a su hijo...

—Veo que es más complicado de lo que imaginaba. ¿Cómo es posible que hayas podido traer a Max si él no lo sabe? ¿Cómo está el tema de la custodia?

—Todo es muy reciente. Últimamente hemos vivido episodios algo desagradables, violentos. —Verbalizarlo ante alguien que no conoce a Ben me hace darme cuenta de lo grave que es la situación—. Todo acabó con una orden de alejamiento.

—Ostras, Mel. Lo siento muchísimo. No tenía ni idea.

—La verdad es que tengo que viajar a Tennessee en cuanto me llame la asistenta social para acudir a la vista de la custodia, y estoy muerta de miedo.

—Te has arriesgado mucho con todo este cambio antes de saber nada. Es de admirar.

—Lo sé, pero me estaba ahogando —le contesto con franqueza, y siento que una complicidad especial aparece entre nosotros.

—No me puedo ni imaginar lo que has tenido que pasar.

—Jamás pensé que yo acabaría así. Con una familia rota, un hijo sin padre y lejos de mi hogar por miedo a mi pareja.

—No seas así de dura. Yo, que ya hace más tiempo que me separé, entiendo esa decepción por haber roto la familia, pero te aseguro que, con el paso de los días, lo irás normalizando y no lo verás así. Esto es lo mejor para Max, sin duda. Criarse en un hogar tóxico es lo peor para un niño. Yo me crie en una casa en la que el amor reinaba por encima de todo, mis padres se cuidaban mutuamente, se respetaban y jamás les vi discutir; imagino que lo hacían pero nunca enfrente de mí o de mi hermana, y es algo de lo que estoy muy agradecido.

Oír a Patrick hablar así de su familia me hace entender su forma de ser, su bondad, su paciencia... Al final uno es lo que mama en casa. Y me alegro por él y por Blue, que sé que tiene un padre admirable.

—Pues me alegra oírte decir eso. Mi infancia también fue normal. Mis padres discutían cuando yo estaba pero nada fuera de lugar, discusiones cotidianas sin faltas de respeto.

—Me alegro —contesta sincero—. Y lamento que hayas tenido que vivir ese infierno, espero que nunca te haya puesto la mano encima ni a ti ni a Max.

—Bueno, a Max no. A mí, eso ya es otro tema...

Puedo ver por primera vez en su mirada un atisbo de ira y algo en mi interior me dice que Patrick me protegería ante cualquier cosa.

—Aquí me siento segura —le confieso.

—Que te sientas segura es todo lo que quiero ahora mismo —dice seguro de sí mismo—. Haré lo necesario para que así sea.

—Ya lo has hecho —le digo señalando estas paredes.

—Estoy en ello. —Sonríe y me tiende el pincel para que sigamos manos a la obra.

Seguimos con la reforma, trabajando en equipo y entendiéndonos de maravilla, y cada minuto que pasa me siento mejor y mejor. Se nos hace la hora, hay que acabar superrápido, y Patrick me propone recoger a los niños juntos y hacer algo por la tarde. Obviamente me parece una idea genial. Me pide permiso para ducharse y mi cabeza se lanza a la fantasía. Mientras Patrick está en el baño, imagino su torso desnudo, seguro que tiene un cuerpo bonito, y no puedo evitar sentir deseo. Deseo de entrar en ese lavabo de una patada y lanzarme a sus brazos, pedirle que me haga el amor, que me bese con pasión. Hace demasiado tiempo que anhelo sentir esto con alguien que no sea Ben y ya no puedo evitarlo más. Patrick me gusta, me gusta mucho.

Sale del baño con todo el pelo mojado tirado hacia atrás, con su camiseta negra de tirantes y sus tejanos de recambio. Coge la camisa tejana caqui que tiene apoyada en el sofá, se la pone con una calma increíble y se abrocha los botones uno a uno. Le observo con detenimiento, un mechón de pelo mojado se le escapa y le cuelga por encima de los ojos. Va descalzo, tiene el tejano mal abrochado y yo me quedo prendada de esa imagen. Patrick alza la mirada y, al verme encandilada, se queda quieto mirándome fijamente. Me muerdo el labio inferior en un gesto algo incómodo, pues me ha pillado, y creo que Patrick se lo toma como una señal. Estoy sentada en el sofá, él está de pie muy cerca. Bajo la mirada disimulando todo lo que estoy sintiendo, pero ya es tarde. Patrick da dos pasos y con su mano me acaricia la barbilla subiéndome la cabeza de nuevo hasta que mi mirada vuelve a sus ojos color atardecer. Nos miramos fijamente y en silencio y Patrick se moja los labios. Ninguno de los dos dice nada y yo obviamente no me aparto. Me tiende la mano y me levanta suave. Quedamos los dos cara a cara, a una distancia tan peligrosa que sé que va a besarme y yo lo deseo con locura. A pesar de todo mi lío mental interno. Apoyo mi frente en la suya y acto seguido y sin querer evitarlo me lanzo a besarlo. Lo hago yo, y él, prudente, permite que así sea. El primer contacto con sus labios es eléctrico, siento una sacudida en mi interior que me hace levitar. Patrick me sigue el beso con tal pasión que siento que pierdo el equilibrio. Nos besamos intensamente y su lengua cálida

135

se mezcla con la mía excitándome de un modo que no recordaba. Me encanta cómo besa, sus labios, su lengua. Me aferro aún más a su cuerpo y deseo que me haga el amor, pero es tarde y los niños salen ya de la escuela. Me aparto un poco, separándole con la mano cariñosamente, y veo cómo Patrick abre los ojos, me mira y frunce el ceño.

—¿Mel?

—Te juro que me quedaría aquí besándote por el resto de mis días, pero los niños…

Patrick se relaja al instante y se ríe a carcajadas.

—Creo que es la primera vez que olvido a Blue por unos instantes.

Le sonrío cómplice de nuestro encuentro y vuelvo a besarle, ahora con una confianza y seguridad increíbles. Él me sigue el beso y ambos sabemos que esto es solo el principio de muchos más. Siento que todas mis heridas están sanadas, y una paz más que esperada me abraza el alma. Pero sé que es un sentimiento irreal, debido al momento, y que aún hay mucho que reparar.

Salimos de la cabaña como si nada hubiera pasado, y vamos a buscar a los niños en el 4x4. Pasamos la tarde en la cafetería de su tía y luego un rato en el parque, como si nada hubiera pasado entre nosotros. Mantenemos las distancias, aunque no evitamos las miradas, que se vuelven pícaras y llenas de deseo. Pero logramos comedirlas y aparentar normalidad.

$\mathcal{A}$l llegar a casa estoy en una nube, levitando, cuando suena el teléfono. Ya estamos a mediados de abril y esta llamada iba a llegar tarde o temprano.

—Buenas tardes, ¿hablo con Melissa Joy?

—Sí, soy yo. ¿Quién pregunta?

—Soy Michelle Brian, su nueva asistenta social, encantada. Me acaban de adjudicar su caso.

—Igualmente —miento, y una ola de realidad me abofetea la cara.

—Ya tenemos hora para la vista, pero necesito que nos reunamos antes.

—Verá, es que me he mudado, estoy en Montana.

—¿Sabe usted que eso es ilegal y, que si el padre de Max se entera de la mudanza, puede usted tener muchos problemas?

—¿Perdone? —Me cabreo por un instante—. En primer lugar, el que ha sido denunciado por malos tratos es él, y, en segundo, una compañera suya me dijo que podía viajar sin problema hasta la vista.

—Usted lo ha dicho: viajar, pero no mudarse. Siento si la he ofendido. Yo soy su aliada, Melissa, estoy aquí para ayudarla, disculpe si me he expresado mal.

Su tono sincero me relaja, pero el miedo de una posible denuncia se apodera de mí.

—Bueno, pues no la he entendido, puede llamarme Mel, todo el mundo me llama así.

—Está bien, Mel, antes tenemos que lograr la custodia completa. Si la obtiene, sí será posible que se mude. Espero que siga empadronada en Tennessee, ¿es así?

—Sí, eso sí. Aún estoy empadronada en mi casa con Ben.

—Bien, eso juega a nuestro favor; diremos que está de viaje si sale a la luz esto de Montana. ¿Cuándo podríamos reunirnos?

—Pues la verdad es que no lo sé. ¿Cuándo es la vista?

—En ocho días.

Maldita sea, justo ahora que empiezo a ser feliz de nuevo tengo que volver y remover toda esta mierda. Ver a Ben, luchar...

—¿Ha de estar Max? Es muy pequeño.

—No, Max no tiene que acudir para nada. Solo ustedes dos.

Miro el calendario y recuerdo que en diez días mis padres vienen a Montana. No puede ser. Justo he de ir cuando ellos vienen aquí, y no puedo marear a Max tan seguido, tantos vuelos. ¿Cómo lo voy a hacer?

—¿Y es algo rápido de unas horas o...?

—Todo depende del acuerdo al que lleguemos. Si todo sale bien, sí. Pero si su expareja se niega a la propuesta que le hagamos, podríamos acabar en juicio y eso son días. Aunque no sería ahora, se os daría fecha en unos meses.

—No me lo puedo creer. —Me entran unas ganas de llorar que no puedo aguantarme—. ¿Y si no voy?

—Señora Melissa, si no va, puede perder a su hijo.

Un nudo en el estómago me oprime y quiero colgar lanzando el móvil contra la pared. Pero me controlo.

—Está bien. ¿Podríamos vernos el día antes de la vista?

—Es muy justo, pero, si no hay otra, me adapto.

—Quedamos el lunes a las seis de la tarde en mi despacho. El martes será la vista.

—Allí estaré. ¿Es en la oficina general?

—Sí. Le mando un *email* ahora con toda la información que vamos a necesitar: informe del parte médico de la agresión, denuncia. Todo lo que tenga.

—De acuerdo, señora Michelle. Gracias y adiós.

Cuelgo sin darle opción a despedirse, me doy cuenta de que ella está de mi parte y me siento gilipollas por haberla tratado de ese modo, pero estoy enfadada. Dolida y triste.

Veo que tengo un mensaje de Patrick y, aunque me alegra por unos instantes, no puedo dejar de sentir este ahogo que me agita el pecho.

> Espero que descanses bien, no paro de pensar en ti, en tus labios, en tus besos, en tu cuerpo... Te veo en unas horas.

139

Un mensaje corto pero directo. Aunque deseo contestarle, ahora mismo no estoy de humor, lo dejo en leído sin querer y me acuesto sin cenar. Max ha caído rendido hace rato y yo necesito desconectar. ¿Cómo un día tan increíble puede acabar tan mal?

A la mañana siguiente, cuando dejo a Max en la escuela veo a una mujer bajita, morena y muy guapa dejar a Blue. La cría me saluda y la chica se extraña, pues no me conoce y su hija sí. Sin duda es la ex de Patrick y algo en mí se remueve. Una sensación incómoda y nueva. No pensaba enfrentarme a esto. La chica se acerca y me habla con amabilidad.

—¿Sois nuevos por aquí? —me pregunta con tanta ingenuidad que intuyo que no sabe de mi existencia. De hecho es lo más normal.

—Sí, sí… Llegamos hace muy poquito —le contesto algo cortada.

—Ya veo que Blue se ha hecho amiga de tu hijo —me dice mientras los vemos irse de la mano hacia el patio a jugar.

—Sí, los niños no tienen problemas para eso.

—Encantada, yo soy Karen, la tía de Blue.

Uf, me quito un peso de encima y me siento muy aliviada, no me apetecía nada tener que fingir con esta chica.

—Encantada, soy Mel.

—¿Mel? —Entorna sus ojos.

—Em…, sí…

—¡Vaya! Oigo hablar de ti… desde hace meses. —Me guiña un ojo.

—Pues… yo… —No sé qué decirle ni qué le habrá dicho Patrick a su hermana.

—Tranquila, todo es bueno. —Se ríe y me da un abrazo—. Nos vemos pronto, guapa. Te dejo, que entro a trabajar y ya voy tarde.

Nos despedimos y me pregunto dónde estará Patrick hoy, siempre trae él a Blue. Miro el teléfono por si me ha enviado otro mensaje y reparo en que aún no le he contestado el de ayer. Le mando un escueto:

Buenos días, gracias por ese mensaje, dormí en las nubes…

Me siento imbécil porque le acabo de mentir, me he pasado la noche llorando. Pero no quiero preocuparle.

Tras dejar a Max jugando tranquilo y feliz pongo rumbo a casa y al llegar veo la camioneta de Patrick en la puerta y las luces de dentro encendidas. Me alivia no tener que pasar el día sola.

—Buenos días —me saluda feliz.

Al ver que no le correspondo intuye que algo va mal.

—Hola… —digo tratando de fingir completa normalidad.

—¿Está todo bien? —Se acerca y me acaricia el brazo.
Me gustaría haberle saludado con un beso después de lo
de ayer pero la verdad es que no me apetece.

—¿Estamos solos? —le pregunto.

—Sí, toda la semana.

Me hundo en el sofá y se lo suelto.

—En una semana tengo que viajar a mi pueblo por la
vista de la custodia. Estoy muerta de miedo.

—Guau, ¡eso es ya!

—Mis padres vienen a visitarnos el miércoles, y ya
tienen los billetes. ¿Puedo tener peor suerte?

—Bueno, Mel, mira la parte positiva. —Se sienta a mi
lado—. Te darán la custodia y podrás vivir tranquila.

—¿Y si no?

—Por lo poco que sé, todo apunta a que sí. ¿Tienes
pruebas de todo?

—¿De que no ha pagado una factura en toda nuestra relación y de que es un alcohólico agresivo? Sí, tengo
pruebas… Pero, aun así, ¿y si me dicen que no puedo salir
de Tennessee?

—¿Vas a llevarte a Max?

—¿Qué remedio? Pobrecito, yendo para arriba y para
abajo, es terrible.

—Pensemos, seguro que hay otra manera… —trata
de ayudarme.

—Llamaré a mis padres, a ver si pueden venir antes…

—Claro.

—Mira, voy a llamarles ahora mismo.

—Vale, yo sigo con esto —me dice señalando la última
habitación de huéspedes que queda por acabar.

ɣ

Tras una larga conversación con mi madre acordamos que llamará a la agencia de viajes a ver si le pueden adelantar los vuelos para quedarse aquí con Max y que él no tenga que viajar. Su plan era venir cinco días. Ojalá pudiéramos estar los cinco días juntos, pero lo veo complicado. Miro vuelos para mí, para salir el lunes y volver el martes por la noche. Así solo paso una noche en Tennessee. Allí me quedaré en casa de mis padres.

Me doy una ducha y me preparo algo para almorzar, hoy no tengo ganas de hacer carpintería. Patrick, que me ve los ánimos, me propone pasar la mañana al aire libre, dar un paseo por la zona de la cabaña y descubrir estos paisajes. Le digo que sí, pues es todo lo que necesito. La reforma puede esperar, no viene de un día.

Hace un sol radiante hoy, la pradera frente a la cabaña brilla como nunca, las flores son cada vez más protagonistas. Los altos abetos rodean los claros, enmarcando el paisaje de un modo único. Se nota que ha estallado la primavera por los cantos de los pájaros; tantos y tan distintos que suenan como una sinfonía. Tomamos un camino que parece adentrarse en el bosque.

—Si seguimos esta pista, llegaremos a un mirador que te encantará.

—Vale…

Patrick me roza la mano con la suya y sin esperarlo nuestras manos se entrelazan. Una sensación extraña me incomoda, quisiera soltarme, no estoy en un buen momento ahora mismo, pero no lo hago. Porque otra parte de mí se siente reconfortada.

Paseamos por el sendero en silencio contemplando el paisaje y en escasos veinte minutos llegamos a un claro que acaba en un pequeño precipicio con vistas a las altas montañas aún nevadas.

—¿Cuánto dura la nieve ahí arriba?

—Poco ya... —contesta Patrick.

—Patrick, ¿tú me ayudarías a buscar un buen psicólogo?

—Conozco una muy buena en el pueblo, estudió en el instituto conmigo. Todos hablan maravillas de ella, y yo mismo he ido. Además, está especializada en gestión familiar, divorcios.

—Suena ideal, pues.

—Si quieres, luego te paso su teléfono, o puedo presentaros.

—Gracias. Lo siento si estoy algo absorta hoy, no tengo la cabeza donde debería.

—A mí no me has de pedir disculpas por nada. Soy tu amigo.

Nos sentamos en unas rocas a disfrutar del paisaje y sin quererlo le acabo contando más cosas sobre Ben.

—Te puede parecer estúpido que me viera atrapada en una relación tan tóxica, pero de verdad que no es sencillo.

—No me parece estúpido, me parece injusto.

—Mucha gente dice: a la primera ocasión que te maltrata has de dejarle. Menudo chiste, la cosa no funciona así. Tu pareja, que siempre ha sido adorable, no te da un guantazo de repente. Si fuera así, todo sería más fácil. La cosa va despacio. Todo empieza de un modo muy sutil... y poco a poco te va atrapando, como si de arenas movedizas se tratara...

—Imagino que lo difícil ha sido salir de ahí.

—No te lo puedes imaginar. Ben trató de estrangularme con Max en casa. Yo no podía concebir que algo así pudiera pasar.

—Me da mucha rabia oír todo esto... —dice Patrick. Le ha cambiado la cara.

—La primera vez que Ben me puso la mano encima habían pasado muchas cosas antes —empiezo a contar sin poder detenerme. Necesito compartir, asimilar—. Había sido un tío genial, detallista, cariñoso, nos llevábamos bien. Un día, de repente, se cabreó por algo y me soltó algo así como «cállate la puta boca» alzando la voz y delante de unos amigos. Me quedé de piedra. Nadie jamás me había hablado así, pero para no generar una situación aún más incómoda me callé y bajé la cabeza. Todos nuestros amigos se incomodaron y estoy segura de que ese fue el principio del fin. Debí haberme levantado y haberle dejado claro que en su miserable vida volvería a hablarme de ese modo. Pero no lo hice. Me avergoncé y lo dejé pasar.

—Y me imagino que desde entonces empezó a hablarte de ese modo cada vez que discutíais.

—Exacto. Por cosas insignificantes perdía los nervios y chillaba. En muchas ocasiones le dije que esas no eran formas y él siempre se disculpaba alegando que tenía un carácter de mierda, que le perdonara. Que se mordería la lengua la próxima vez. Pero todo siguió igual.

—Peor, imagino.

—Sí, peor. De ahí pasó a romper cosas, luego a los empujones y acabó con la primera bofetada. Bueno, de acabar nada, ojalá hubiera acabado.

—Creo que es bueno que puedas contarlo, no solo a mí, también a un terapeuta.

—Sí, me estoy haciendo consciente… Solo quiero que entiendas que me fue atrapando poco a poco, me anuló como persona con tanta confusión, tantos cambios; tanto era un monstruo como el novio perfecto, y al principio este era el que predominaba.

—No tienes que excusarte conmigo. Yo no te juzgo.

—Ya… Me siento estúpida por haber permitido eso y haber traído al mundo a Max en una familia así.

—Pero eso ya ha pasado y verás que todo irá bien.

—Sí, eso espero.

Patrick me abraza y realmente me hace bien, noto cómo me aprecia, cómo le gusto y cómo es real el hecho de que él no me juzga.

—Gracias por todo una vez más. Me has facilitado mucho la vida —le confieso emocionada.

—Seguro que no hay para tanto, pero me alegro de hacerte sentir bien. —Patrick me mira fijamente—. No sé cómo seguirá todo esto, pero te puedo asegurar que siempre os trataré bien. A ti y a Max.

Oírle hablar con tanta honestidad me emociona y unas lágrimas ruedan por mis mejillas. Patrick me besa la frente y siento su ternura recorriendo cada poro de mi piel.

—Gracias por respetarme tanto.

—No tienes que dármelas. Sé que no es un buen momento para iniciar una relación. No quiero ser tu puente. Me gustas de verdad. Me gustáis Max y tú y no quisiera ser el chico con el que te enrollaste un par de veces mientras olvidabas a tu ex.

—Eso es imposible. Porque, por encima de todo, eres mi amigo.

—Me gusta escuchar eso.

—Me gustas de veras, Patrick. No estoy preparada en absoluto para iniciar nada serio, pero no quiero que te alejes…

—No lo haré.

Sin poder evitarlo le beso los labios, suavemente. Aunque parezca contradictorio, mis ganas y mi necesidad pueden con mi razón. Patrick me lo devuelve y nos fundimos en un par de besos tiernos y cortos. Él no fuerza y yo tampoco.

—Seré tu amigo hasta que te sientas preparada para algo más —me dice mostrando sosiego y paciencia.

—No me prometas nada —le pido—. No pretendo que me esperes.

145

—Esto no es una promesa, sino lo que siento ahora. Si la cosa cambia, lo sabrás.

—¿En qué momento te diste cuenta de que te gustaba?

—¿Quieres saber la verdad?

—Claro —le digo, y le golpeo riéndome.

—Este cambio de humor me gusta. —Me besa la mejilla—. Pues el primer día, cuando saliste por la puerta del hotel, pensé: «Esta tía está muy buena».

Estallo a reír, su poco romanticismo y su honestidad me dan muy buen rollo.

—Halaaaa, y yo creyendo que eras un caballero.

—Bueno, una cosa es lo que pienso y otra lo que hago.

—Ah, muy bien, muy bien… O sea, que finges.

—Qué va, contigo no.

146

—¿Y ahora qué piensas?

—Que me muero por acostarme contigo. Quieres honestidad, ¿no? —me dice, y me guiña un ojo, sexi y atrevido.

—Pues ¿sabes qué?

—No, dime.

—Que yo también —le confieso—. Desde que saliste de mi ducha.

Patrick abre los ojos de par en par sorprendido y vuelve a reír.

—Eres tremenda. Ojalá todo fuera distinto… Aunque así, despacio, también puede ser interesante.

—Me alegro de que estemos un poco en la misma onda y estés dispuesto a esperar…

—Siempre y cuando me permitas pensar cosas prohibidas de vez en cuando.

Vuelvo a lanzarme a sus labios y esta vez nos besamos como ayer en la cabaña. El tacto húmedo de sus labios me excita, pero sé que aún es pronto.

—Me estás confundiendo, Mel —me dice presa del deseo.

—Lo siento, lo siento —balbuceo excitada y me separo—. Sigamos caminando o esto acabará… mal.

—Mal no creo que acabase —me dice a la vez que me muerde el labio inferior levemente.

Nos levantamos. Aunque esto es un tremendo lío contradictorio, yo tampoco quisiera que por ir deprisa Patrick se convirtiera en una «relación puente», como él la llama. Me gusta mucho, tanto como para liarme de nuevo en una aventura con otro hombre, cosa que hace unos meses no me hubiera creído. Ya hace un año que lo mío con Ben acabó, pero por culpa de haber seguido compartiendo piso y de los últimos acontecimientos —de los que me arrepiento, me digo recordando nuestra última noche de sexo— todo parece más reciente; en realidad ya hace tiempo que tomé la mejor decisión de mi vida.

147

Volvemos a la cabaña a trabajar un poco y pasamos el resto del día entre bromas, miradas e indirectas, pero guardando las distancias para no caer en la inevitable tentación. Al menos no tan pronto.

La semana pasa volando, los avances en la cabaña son increíbles y mis preparativos para la vista han sido intensos. Recopilar pruebas para obtener la custodia completa de Max es fácil, pero también duro; rebuscar en la mierda literalmente de nuestra relación también destapa las cosas buenas, que siempre trato de esconder, y me hace sentir miserable. Pero la decisión está tomada. La verdad es que no me siento con ánimos para enfrentarme a él cara a cara.

Me alegra que mis padres hayan podido adelantar el vuelo unos días y vayan a estar aquí cuando yo esté en Tennessee, así Max no tiene que viajar. Lo único malo es que su regreso es un día antes de que yo vuelva, pero ya he acordado con Patrick que Max se quedará con él y Blue ese día. Solo serán unas horas, puesto que llegaré de madrugada e iré a recoger a mi hijo a su casa. Serán menos de veinticuatro horas, me sabe fatal que me tenga que hacer este favor, pero no me queda otra, mis padres trabajan y mejor no nos lo hemos podido montar con tan poco margen.

9

*R*ecojo a mis padres en el aeropuerto y me doy cuenta de lo mucho que les he echado de menos. Mamá estalla a llorar al vernos y nos confiesa que ha sido un viaje horrible, nunca antes había volado la pobre.

La cabaña les encanta, especialmente a mi padre, ya que a mi madre le da un poco de miedo que vivamos aquí solos. Les he presentado a Patrick y se han quedado más tranquilos de que haya «un hombre en mi vida». Palabras textuales de mi madre, y eso que no saben nada de lo nuestro. Pero imagino que lo intuyen, no es difícil. Tanta gentileza de su parte no es normal si no hay algo más. A mí me da sosiego que ella esté más tranquila y la idea de quedarse solos en la cabaña con Max es toda una aventura. Pasamos tres días juntos maravillosos, haciendo turismo, mientras Patrick avanza con la reforma. Horas y horas charlando y riendo como antaño ante la chimenea, que ya solo ponemos por las noches, cuando refresca, pero seguro que a mi regreso ya no hará falta. El tiempo es cada vez más agradable y menos frío. Hemos jugado a juegos de mesa, como el de las películas, que hace que Max se tronche de risa, hemos dado paseos interminables por el bosque y disfrutado de atardeceres de té y banana bread, receta de mamá, en el porche, con esa luz tan mágica de las últimas horas de sol. Incluso

149

hemos ayudado con cositas de la casa, lo poco que Patrick nos ha permitido. También hemos hecho alguna que otra compra, y por fin he probado el curioso mundo de la canoa. Reconozco que no es mi fuerte.

Ver a mis padres tan integrados en Montana me gusta, lo están disfrutando muchísimo, y los días juntos se me pasan volando. Ha llegado el temible momento, ya no hay marcha atrás. Patrick me acompaña al aeropuerto y nos despedimos con un abrazo largo y sincero. Me desea lo mejor y me asegura que soy fuerte y que saldré victoriosa de todo esto. También me asegura que él está a mi lado, y que le llame cada vez que lo necesite. Que a mi regreso la vida solo irá a mejor. Le creo y me da fuerzas para afrontar este desafío.

—Vuelvo en nada —me despido finalmente—. Gracias, Patrick. —Le abrazo.

—Aquí estaré —me responde aún fundidos en el abrazo, y siento que sus brazos son el único lugar en el que deseo estar ahora mismo.

Llegar a Wears Valley me resulta pesado y lento. Pero ha llegado el momento. Entro en el despacho de la asistenta social algo temblorosa, con toda la documentación que me ha solicitado. Desde que puse la denuncia por malos tratos, la funcionaria que me asignaron hizo la petición ante el tribunal para exigir la custodia para mí. Hace semanas que Ben recibió mi petición y por suerte no se ha puesto en contacto conmigo. No tengo ni idea de si se presentará, o si vendrá solo o con un abogado. Espero que no sea tan cabrón como para presentarse con un abogado y tratar de luchar por la custodia: él sabe que no es capaz de mantener a Max, ni es capaz ni es justo. La vista de mañana es una reunión amistosa para tratar de mediar y decidir. Si nos ponemos de acuerdo, todo será fácil y rápido. Si Ben se niega a aceptar mi solicitud, nos tocará ir ante un juez y que este decida. Sé que ahí tengo las de ganar, pero no me apetece en absoluto alargar esto.

Tras una reunión larga con mi asistenta social, Michelle, me queda un poco más claro qué decir y cómo actuar mañana en la mediación. Realmente es ella quien llevará la voz cantante exponiendo nuestra petición y los motivos de la misma.

—Entonces yo no tengo por qué hablar con Ben, ¿no?

—No, no hace falta. Si se presenta solo, yo me encargo; si viene con un asistente o abogado, lo mismo. Así que tranquila. ¿Queda claro todo? —me pregunta algo preocupada.

—Sí, mis padres están de viaje por Montana con Max y yo me reuniré con ellos esta semana. Ni hablar de que estamos viviendo allí.

—Exacto. Si logramos que Ben acepte nuestra petición de renuncia a su paternidad, podrás hacer con Max lo que te venga en gana.

—Dudo que Ben acepte eso, ni siquiera yo lo deseo.

—Que él renuncie legalmente no significa que lo tenga que hacer físicamente. Se trata de la terminación de la responsabilidad parental, si Ben lo acepta, luego lo ha de firmar un juez. Tampoco es sencillo, pero eso le eximirá de cualquier derecho para con su hijo.

—No te comprendo, Michelle —le digo algo confundida—. Pensaba que legalmente seguiría siendo hijo de los dos pero que yo tendría la custodia absoluta, no que él renunciaría a su paternidad.

—En el caso que tú planteas Ben siempre podrá joderte la vida. Perdona que te hable tan duro, pero él siempre podrá exigir que no te lleves a Max a otro estado. Y estarás atada a sus deseos. Y siendo un tipo inestable, alchólico y peligroso, no te será fácil lidiar con él. Si logramos que renuncie legalmente, en un futuro podrá ejercer de «padre», visitas, salidas, eso nadie lo impide, al igual que un pariente puede pasar tiempo con tu hijo sin ser su tutor legal. Es solo que, a nivel legal, tú tendrás la completa potestad de qué se hace con el niño. ¿Me entiendes? En casos de malos tratos y alcoholismo, es lo mejor. Lo que te propongo es que presentemos una demanda de terminación de responsabilidad parental.

—Entiendo. —Admito que si logramos eso seré totalmente libre—. Pero sé que Ben no aceptará.

—Intentémoslo. ¿Te parece bien?

—Sí —contesto algo aturdida.

No logro dormir en toda la noche dándole vueltas al asunto. Max se quedará sin padre de golpe si Ben acepta nuestra propuesta y pasará a tener mi apellido. ¿Es lo correcto? ¿Puedo decidir así sobre la vida de mi hijo? Una voz interior me dice que no. Pero no tengo fuerzas para seguir dándole vueltas. Michelle tiene mucho *power* con su discurso y yo muy poca energía para afrontar cualquier tema que tenga que ver con Ben. Son las seis de la mañana y tenemos vista en dos horas. Me reúno con Michelle en la cafetería más cercana al tribunal y acabamos de repasarlo todo.

Me tiemblan las piernas a cada paso que doy al entrar en el gran edificio donde se llevará a cabo la mediación. Nos dirigimos a una sala de espera, donde nos toca aguardar unos quince minutos hasta que nos informan de que Ben ya está en la sala y podemos entrar. El nudo de mi estómago es tan grande que siento que seré incapaz hasta de saludar a los allí presentes, me tiembla todo y Michelle se da cuenta.

—Tranquila, Mel, estoy contigo. Todo irá bien. Tú déjame a mí —me dice apoyando su mano en mi hombro.

Le agradezco su calidez, escasa pero necesaria, y entramos en la sala; ella primero, después yo. La imagen de Ben con americana, arreglado y sereno me hace tambalear de los nervios y por poco choco con mis propios pies. Está sentado junto a un hombre trajeado con un maletín. Su abogado, según se presenta. Yo siento que no voy a poder aguantar serena esta reunión. Michelle me mira y me sonríe asintiendo para mostrarme que todo está bien. Nos acomodamos y nos saludamos todos formalmente sin contacto físico. Un simple buenos días y empieza la vista. Michelle expone nuestra petición, que ellos ya conocen, pues Ben la recibió hace semanas, con serenidad y asertividad. La verdad es que es buena en lo suyo, no titubea y hace que nuestra reclamación sea más que coherente y justa. Ben mantiene los ojos clavados en ella todo el rato y apenas cruzamos las miradas. Se le ve alicaído pero sereno. Sé que lleva días sin beber por su aspecto, está guapo, sus facciones se ven relajadas, no tiene ojeras. Le conozco bien y sé que ha hecho los deberes y que no me lo pondrá fácil. Le toca el turno a su abogado, que, muy contundente, pone sobre la mesa unos documentos.

—Mi cliente, ante todo, quiere exponer que admite todas las acusaciones que la señora Melissa Joy ha expuesto en su petición, y por ello se ha apuntado en un centro de desintoxicación en el que está internado desde hace dos meses. Aquí tienen el registro de entrada y alojamiento y los informes de su doctor conforme lleva dos meses sobrio. Su plan de reintegración y recuperación es de seis meses y, hasta que este finalice, mi cliente quiere posponer esta mediación. A día de hoy se siente incapacitado para reclamar la custodia siquiera compartida. Antes

153

quiere recuperarse para poder ofrecer a su hijo una buena calidad de vida.

—Entiendo su petición —dice Michelle—. Pero bien sabrá que, si no llegamos a un acuerdo, acabaremos en un juicio. ¿Es esto lo que desean?

Mierda, no, por favor, no, ¿qué coño está pasando? ¿Ahora se mete en un centro? ¿Ahora, después de tantos años suplicándole? Le pueden dar por el culo. Siento la ira en mi interior y lucho por retenerla, pero no es fácil.

—Entonces, ¿es usted la que no quiere llegar a un acuerdo y quiere vernos en los juzgados?

El abogado juega sucio y le pasa la pelota a Michelle, que me mira para calmarme.

—¿Su petición es ceder la custodia temporalmente a la madre, sin ningún derecho para con el niño durante seis meses? —Michelle reformula la propuesta.

—Cuatro meses para ser justos. Mi cliente ya lleva dos en rehabilitación.

—¿Y pasados estos cuatro meses qué pretende?

—No lo tenemos claro ahora mismo. Pero mi cliente no va a renunciar a su responsabilidad parental bajo ningún concepto. Se siente responsable de su hijo y quiere hacer lo mejor para él.

—Perdone mi osadía, pero lo mejor para su hijo es tener a su padre lejos. —Michelle se vuelve visceral.

—Por el momento —contesta tajante el abogado, y me dan ganas de abofetearle—. Y le rogaría, señora, que moderase su tono —alecciona a Michelle, que sé que, como mujer, se está mordiendo la lengua.

—Está bien, aceptamos. —Toma la decisión por mí y eso me enfurece, pero no logro oponerme, siento que no tengo voz—. Con la condición de que firmemos ahora mismo un acuerdo de custodia absoluta para la madre de seis meses de vigencia hasta la nueva vista. Según el mismo, ella podrá decidir, ejercer y tomar las decisiones que desee sin necesidad de consultar con su cliente.

—Cuatro meses.

—Seis o nos vemos en los juzgados, y le aseguro que su cliente tiene las de perder.

Michelle saca de su cartera toda la documentación con pruebas que le he facilitado donde queda expuesta la incompetencia como padre de Ben, la denuncia de malos tratos, la orden de alejamiento, los testimonios de personas cercanas a ambos, todos los recibos de casa, luz, gas y agua pagados íntegramente por mí en los últimos años... El abogado no tiene más opción que aceptar.

—Seis meses. Nos vemos entonces —replica el abogado.

Michelle rellena unos formularios y tanto Ben como su abogado los firman sin rechistar. Yo no sé muy bien a qué acuerdo hemos llegado, pero firmo. El abogado le pide a Ben que se levante y da por finalizada la vista. Michelle y yo nos quedamos en la sala y a medida que pasan los segundos voy recuperando el aliento.

—Michelle, ni siquiera me has preguntado mi opinión —le digo.

—Ir a juicio ahora mismo es lo que menos necesitas, pues te obligaría a estar en Tennessee manteniendo las visitas pautadas en la custodia actual. Creo que no estabas dispuesta a aceptar eso, ¿verdad?

—No, claro que no. Entonces, ¿podemos estar en Montana sin problema?

—Justamente eso es lo que he logrado. Durante seis meses la custodia es tuya y no necesitas su supervisión. Haz lo que quieras. Pero en medio año hay que reunirse de nuevo y ahí sí que habrá que enfrentarse a la realidad. Tómatelo como un respiro.

—Pero esto solo alarga la espera, la incertidumbre.

155

—Sinceramente, lo mejor que puede pasarte es que Ben no logre rehabilitarse y que podamos demostrarlo.

—Bueno, tampoco es eso lo que quiero... Yo quiero que esté bien, que recupere su vida.

—A veces lo que uno quiere y lo que uno necesita son cosas contradictorias. Te va a hacer falta un buen abogado y suerte para quitarle la custodia definitivamente si presenta los documentos de su rehabilitación.

—Estoy confundida...

—Mel, hay familias que tardan años en solucionar la custodia, así que tómate estos seis meses para ti. Olvídate por un tiempo. Y en unos meses nos reunimos de nuevo y vemos las opciones, ¿vale? Siento muchísimo que estés pasando por esto. Te recomiendo un buen abogado pronto y terapia. Son procesos largos, duros y difíciles. Busca ayuda. Y disfruta de estos seis meses. ¿De acuerdo?

Dos lágrimas tímidas que no he logrado contener ruedan por mis mejillas y noto que Michelle, con quien no he conectado en absoluto, se incomoda. Nos despedimos fríamente y, aunque mi plan era visitar a Flor y a Jake, decido ir para casa de mis padres para estar sola y ordenar mi cabeza. A los pocos minutos de llegar, Patrick me llama y agradezco oír su voz y tener su compañía. Le cuento cómo ha ido todo y me consuela diciendo que seguro que al final todo va a salir bien. ¿Qué me va a decir el pobre? Me cuenta que Max y mis padres están genial en la cabaña y me pide que descanse antes de volver a casa.

No puedo dejar de dar vueltas a la idea de que Ben está en rehabilitación de verdad por primera vez en su puñetera vida. ¿Ahora? ¿En serio? Con la de veces que se lo pedí. Lo cierto es que tenía muy buen aspecto, estaba guapo, sereno y elegante. Si ha cedido en todo momento para concederme la custodia absoluta estos seis meses es porque realmente va en serio con su programa. ¿Dónde estará internado? No tengo mucha idea de cómo funciona esto y una parte de mí tiene ganas de llamarle y preguntarle, saber cuáles son sus intenciones. ¿Qué idea de futuro tiene con Max? ¿Acaso no es ridículo que algo que construimos juntos, desde el amor, lo acabe decidiendo un tercero? Un extraño al que ni Ben, ni mi hijo ni yo le importamos en absoluto. Todo esto es ridículo. Somos adultos, no puedo vivir con esta incertidumbre. Si llegamos a un acuerdo, todo será más sencillo. Estoy segura de que con Ben sobrio puedo mantener una conversación calmada y llegar a un acuerdo.

Tras dar vueltas y vueltas al tema —y, por qué no admitirlo, tener ganas de verle y hablar— decido mandarle un mensaje que reescribo treinta veces antes de enviar.

> Hola, Ben. Creo que todo esto se nos está yendo de las manos y lo más sensato sería llegar a un mutuo acuerdo sin necesidad de abogados ni juicios. ¿En qué nos hemos convertido?

Ben me llama por teléfono y me pide que tomemos algo en una cafetería de las afueras donde nadie nos pueda incordiar ni conocer con facilidad. Quiere llegar a un acuerdo amistoso. Acepto y sin pensarlo demasiado me doy una ducha y pongo rumbo a la cafetería. Mis padres deben de estar a punto de coger su vuelo y Patrick ya debe de estar con Max. A mí me quedan unas cinco horas para mi vuelo y unas cuantas más hasta llegar a Montana, pero antes tengo algo pendiente con mi ex.

—Hola, Mel.

Ben me saluda amablemente, aún lleva la americana puesta que le da ese aire elegante al que estoy tan poco acostumbrada.

—Buenas, Ben. No tengo mucho tiempo. He de ir a por Max.

—¿Cómo está?

—Pensé que no me lo preguntarías.

—No dejo de pensar en él, pero no se me permite hacer llamadas desde el centro.

—Háblame de eso.

—Pero dime cómo está mi hijo antes. ¿Está con tus padres?

—Está bien, como siempre.

—De acuerdo. Me he metido en un programa muy estricto en el que estoy interno en un centro con reglas muy severas. Me ha costado mucho dinero y tengo fe.

—¿Y el dinero? ¿De dónde ha salido? —le pregunto, y parece más un ataque que una duda.

—Me lo han prestado.

—¿Quién? —Abro los ojos de par en par, nada bueno puede salir de ahí.

158

—Mi madre.

—¿Y tu madre desde cuándo tiene ahorros? —Soy dura con él.

—Tiene sus cosas.

—Bueno, prefiero no meterme. Lo importante es que lo estás haciendo.

—Sí… Te juro, Mel, por lo que más quiero, que cumplir esta puta orden de alejamiento, cumplir el programa, es lo más duro que he hecho jamás. Y lo hago por vosotros.

—Lo haces por ti —le remarco duramente.

—Lo hago para que Max tenga un padre decente y tú al fin sientas que no soy una mierda de persona.

—Yo no pienso eso… —le digo algo apenada.

—Sé que sí. Mira hasta dónde hemos llegado, Mel. ¿Tú recuerdas lo que fuimos?

Me pierdo en su mirada, y sí, lo recuerdo todo. Pero sé que meterme en esos recuerdos no nos hará ningún bien.

—No importa eso ya, Ben. Ahora importan el presente y el futuro. Espero que logres rehabilitarte.

Pedimos dos cafés descafeinados y yo no sé cómo sacar el tema de Max y Montana. ¿Hago bien contándoselo?

—Ben, necesito saber cuál es tu plan con Max.

—No entiendo la pregunta... Es mi hijo. Quiero todo con él.

Se me hace un nudo en el estómago.

—Jamás has estado a la altura en ningún papel.

—Lo estuve, pero ya no te acuerdas.

Sí me acuerdo, pero no se lo admito.

—Sea como sea, no estás preparado para tener a Max bajo tu responsabilidad. ¿Por qué no lo reconoces? Acepta que tenga yo la custodia completa y ven a verlo cuando quieras. Pero, por favor, no le hagas esto a nuestro hijo, no pidas la compartida. Deja que se críe en un ambiente estable, a mi lado. Jamás te negaré verle.

—Me has puesto una orden de alejamiento, Mel.

—Sí, y te pondría otra. Casi me matas —le replico duramente y siento que enfurezco.

—Jamás lo haría...

—No vayas por ahí o te juro que me largo y no me ves en tu puta vida.

Me cabrea que no admita todo el daño que me ha producido.

—No, Mel, sé que se me ha ido la mano en más de una ocasión. Por eso estoy haciendo todo lo que hago. Pero, joder, ¿quitarme a Max?

—No te lo quito. Solo es un papel, siempre será tu hijo y, si te comportas, jamás te impediré verlo.

—Yo solo quiero recuperaros. Que seamos una familia normal.

—Ben, para ya. Eso jamás pasará, no volveré contigo nunca. Tenlo claro —le contesto contundentemente.

159

—Pero el otro día... tú y yo... nos acostamos... No me lo quito de la cabeza.

Por primera vez siento que estamos de acuerdo en algo: yo tampoco me lo he logrado sacar de la cabeza. Porque, en el fondo, una parte de mí siempre querrá que esta familia que creamos funcione.

—Eso pasó, somos adultos, mantuvimos relaciones. Nada más.

—Hay mucho más y tú lo sabes.

Ben toca mis heridas más profundas. Claro que hay algo más, hubo algo más y yo no estoy preparada para dejarlo ir. No estoy preparada para olvidar aún todo lo que fuimos, cuando decidimos buscar un hijo, el modo en el que hacíamos el amor con tanta ilusión y esperanza. Ben estaba limpio, era otra persona, muy parecido al que tengo ahora mismo frente a mí. Joder, estoy tan perdida y confundida. Cuando me quedé embarazada, fueron nueve meses increíbles, y luego el nacimiento de Maxy...

¿Cómo podré borrar todo eso?

—Se puede salir, Mel. Mi mentor lo consiguió y lleva cuarenta años sobrio, recuperó su familia, lo ha logrado. Yo también lo haré.

Me quedo en silencio, nadie podría negar que Ben realmente quiere recuperarse. Él no se merecía que su madre fuera una alcohólica, no se merecía las palizas, no se merecía vivir en una casa llena de droga. Ben solo era un niño. ¿Le estoy excusando? ¿Qué cono se supone que haría una buena persona en mi lugar?

«Tengo que irme. Tengo que irme», mi sensata voz interior desata las alarmas. Sé que no debería seguir ahondando en nuestro pasado.

Ben estalla a llorar y es la primera vez que lo veo así. No puede controlarlo, está roto. Lo ha perdido todo. Y yo…, yo solo puedo sentir una pena tan grande y tan profunda que me apetece abrazarlo.

—Ben. Lo lograrás —le animo.

—No lo sé, es todo tan oscuro… Yo no era un mal tipo, pero me he convertido en una mierda. No sé cómo dejar de ser esta puta mierda de persona. No lo sé —confiesa entre lágrimas—. Te juro que odié a mi padre por cómo nos trataba a mi madre y a mí, y odié y odio a mi madre por permitirlo, por abandonarme, por tratarme tan mal. Me juré que yo jamás sería como ellos. Sé lo que se sufre y ahora… Mírame, soy la misma escoria. Acabaré solo, lo perderé todo. Te juro que estoy luchando para que no sea así. No quiero joderte más la vida, Mel, no quiero hacerte daño jamás, no quiero que Max tenga un padre como el mío, como yo. Haré lo que me pidas.

—Dame la custodia de Max. —Aprovecho la gran brecha que acaba de abrirse en su interior.

—Dame una oportunidad, seis meses para rehabilitarme.

Ben no entra en razón y yo soy incapaz de apretarle más. Me importa y lo que más deseo es que logre superar todo esto.

No para de llorar, la camarera nos mira disimuladamente. Yo le dejo el dinero en la mesa y le pido a Ben que salgamos fuera. No me apetece ser el centro de atención y menos con nuestra orden. Su teléfono empieza a sonar y Ben lo atiende.

—Sí, soy yo —dice Ben a su interlocutor, y veo cómo frunce el ceño a la vez que se sorbe las lágrimas—. ¿Cómo? ¿Dónde está? —Pone cada vez peor cara—. Voy enseguida, claro, sí. Gracias.

Veo que la desesperación se apodera de él y empiezo a preocuparme. Cuelga rápido y se lleva las manos a la cabeza.

—¿Todo bien? —le pregunto.

—No, nada está bien. Mi madre acaba de tener una sobredosis. Está en el hospital. Necesito un taxi. Dame un segundo. —Teclea un número.

—Yo te llevo, ¿dónde está?

—En el hospital del condado. Tranquila, no quiero meterte en esto. No va contigo.

—Es la abuela de Max. Va conmigo —le digo, y le pido que se suba al coche.

Las siguientes horas son surrealistas. Llegamos al hospital enseguida y damos vueltas como locos pasillo arriba y pasillo abajo hasta que damos con la planta en la que está ingresada. Nada más verla me doy cuenta de que está realmente mal: está en coma, en la UCI, y no hay mucho que podamos hacer por ahora más que esperar. Ben busca desesperadamente a su médico para que le cuente lo ocurrido. Yo me quedo sentada fuera de la UCI oyendo de fondo la conversación que mantiene con el doctor, que le aconseja que se vaya a casa y le asegura que lo mantendrán informado. Ben, con los ojos vidriosos, se acerca a mí tras casi dos horas en el hospital.

—No se cómo agradecerte esto, Mel.

Estamos frente al cristal de la habitación de su madre, uno al lado del otro, y nos quedamos en silencio contemplando la escena. Una escena triste, muy triste.

—¿Cómo puede ser que siga queriendo a esta mujer? —me pregunta Ben sin apartar la vista del cuerpo inmóvil de su madre.

—Ella te dio la vida…, hay un hilo invisible e irrompible ahí.

—Pues menuda mierda —admite, y estalla a llorar de nuevo. Nunca le había visto tan afectado—. Yo jamás pedí vivir esto. No me merecía esta familia, no merezco nada de esta puta mierda.

Noto cómo se me humedecen los ojos a mí también y le tiendo la mano a Ben, que me la aprieta con fuerza y me la besa como agradecimiento.

—Las relaciones tóxicas son adictivas —le digo, incluyéndome en la sentencia—. Te anulan, te atrapan, te envuelven…

Ben me mira a los ojos con tanto arrepentimiento que no sé ni cómo sostener este momento.

—¿Qué le ha pasado?

—Su novio, el camello, se la ha encontrado tirada en el baño, ha llamado a una ambulancia y parece que se ha pirado.

—¿No está aquí?

No sé nada de las relaciones sentimentales de la madre de Ben, pero, conociéndola, me espero cualquier cosa.

—¡Qué va! Ese, con tal de no meterse en un marrón con la policía y salvar su negocio, no se va a implicar.

—Joder… Pensé que estaba limpia.

—Lo estuvo un tiempo. Hasta que conoció a ese gilipollas.

—Será mejor que te lleve a casa. Aquí no puedes hacer mucho, Ben. —Trato de cambiar de tema.

—Vivo en el centro de desintoxicación cerca de Nashville, pero estoy alojado estos días en el motel de la cafetería de antes —dice—. No tengo putas ganas de volver a ningún sitio.

—Te acerco, vamos, necesitas descansar —le pido tirando de su mano, que aún está entrelazada con la mía.

Ni siquiera me cuestiono qué estoy haciendo. Son mi familia, por más que lo deteste. No puedo dejarle solo ante una situación así. Empiezo a arrepentirme de haberle llamado porque la implicación emocional de la situación comienza a hacer mella en mí. Me siento lejos de Montana y de la vida que estoy iniciando allí, como si no fuera real, como si de un espejismo se tratara.

Durante el camino hacia el motel, Ben no pronuncia palabra y yo tampoco. Al llegar me pide que le acompañe a la habitación, que quiere darme algo para Max y para mí.

Al llegar, me tiende una caja de madera y me pide que la abra cuando esté con Max. Le digo que así lo haré y Ben me abraza con tanta delicadeza y necesidad que soy incapaz de despreciar su gesto. A mí también me sale abrazarle y consolarle, y dejarme consolar y volverme a hundir en nuestra relación turbulenta es algo tan familiar que, aunque por instantes tengo atisbos de lucidez que me dicen: «Huye, Mel, vete», no les hago caso y me quedo inmóvil clavada en el abrazo oscuro, denso y lleno de sentimientos confusos en el que estamos. Ben me besa y yo, una vez más, pierdo la voluntad, la sensatez y el juicio. Y me dejo envolver en la densidad de las emociones que me evoca cuando está sobrio, ese atisbo de esperanza, que no he perdido aún por más que me obligue a hacerlo. Desconecto la razón y me entrego al momento. Ben tira de mí hacia el interior de su habitación y acabamos haciendo el amor. El sexo siempre nos ha salvado los malos momentos. Esa conexión magnética y dura entre los dos es mi perdición. Entre jadeos, sudor y placer sigo sin poder pensar, el cansancio, el *jet lag* y la mezcla de emociones me juegan una mala pasada y acabo tendida a su lado adormilada y rendida.

Entreabro los ojos desorientada, la habitación está oscura. ¿Dónde estoy? Estoy desubicada. Ben, no, no, no. Mierda, mierda, mierda, ¿me he dormido? ¿Qué hora es? El vuelo, ¡maldita sea! Un terror enorme me inunda y prendo la luz con urgencia en busca de mi bolso para ver qué hora es. Me he quedado dormida, no puede ser. Mi vuelo salía a las nueve de la noche, esto no puede estar pasando.

—¿Mel, estás bien? —me dice Ben, ajeno a mi preocupación y a mi realidad.

—¿Qué hora es? —le pregunto a la par que encuentro el teléfono en el fondo de mi bolso.

Quince llamadas perdidas. MIERDA.

—Las 23.05. ¿Te encuentras bien?

—¡Mi vuelo, mi vuelo!

—¿Qué vuelo?

—¡Joder! —grito, y lanzo el móvil contra la pared. ¿Cómo he podido caer en esto otra vez? La he jodido bien.

—Tranquila, Melissa, me estás preocupando. ¿Qué vuelo?

—Tengo que irme, Ben.

—Pero ¿dónde?

Le miro con incredulidad. ¿Cómo puede ser que solo yo me preocupe por Max?

—Tenemos un hijo, ¿recuerdas? ¡Pues con él! —le grito cabreada.

—Está con tus padres, estará bien.

Le fulmino con la mirada llena de ira y culpabilidad y me visto lo más rápido que puedo. La culpa es absolutamente mía, pero se la traspaso porque soy incapaz de admitir lo imbécil que soy.

—Ben, ya hablaremos. Ahora he de ir a por Max.

Salgo por la puerta aún a medio vestir y dejo la maldita caja de madera que Ben me ha dado porque no quiero saber nada más de él. Él me sigue.

—Siempre te vas así... —me dice apoyado en el marco de la puerta—. No soy el único culpable de que esto no sea sano, ¿sabes?

Me detengo antes de irme hacia el coche, le dedico una última mirada y me quedo muda. ¿Soy yo la que lo desestabilizo a él o él a mí? No tengo tiempo para pensar en esto ahora. Patrick estará esperándome y debo avisarle de que no llego. Mis padres estarán ya en Tennessee y mi hijo está solo. Se apodera de mí una clase de terror muy desconocido. Max está a más de seis horas de distancia de mí y de cualquier familiar. Siento que me falta el aliento. Arranco el coche sin contestar a su pregunta y sin despedirme. He metido la pata hasta el fondo, pero bien. No logro comprender en qué momento me dejé enredar ni por qué lo hice. Me siento sucia, vacía y muy triste.

Llamo a Patrick sin pensar qué le diré, pero necesito avisarle y saber cómo está Max. Descuelga al instante.

—¡Hola, Mel! ¡Bienvenida! Que rápido ha llegado el vuelo —susurra para no despertar a los niños, imagino. Cree que ya estoy de vuelta.

—Patrick, no, no, verás... He perdido el vuelo. —Tierra trágame.

—¿Qué dices? ¿Estás bien?

—Sí, sí, bueno...

Quiero decírselo, pero por teléfono no es la manera. Necesito que cuide de Max sin rencores... ¿Me estoy aprovechando de él?

—¿Es por Ben? ¿Te ha hecho algo? Maldita sea, Mel, no tendrías que haber ido sola.

—No, no, no. —No quiero que piense que estoy en peligro—. Estoy bien, es solo que ha tenido un problema... Su madre está en el hospital, lo he acercado y... he perdido el vuelo. ¡Joder, no sé cómo ha ocurrido!

—No entiendo nada, Mel. Tu vuelo salía hace rato, ¿por qué me avisas ahora?

—Emm... —No sé qué decir y eso me delata—. Trato de buscar otro vuelo lo antes posible. Estoy llegando al aeropuerto. ¿Cómo está Max?

—Mel… Si te pasa algo, puedes contármelo. Max duerme, está bien.

—Déjame llegar a casa, por favor…, y te lo cuento.

—Claro…

—Por favor, cuida de Max.

—Claro que lo cuido. No te entiendo, te noto muy nerviosa, Mel. Júrame que Ben no te ha puesto la mano encima.

Noto el temor en su voz y eso aún me hace sentir peor, porque sí, sí me la ha puesto encima, pero no del modo que él se imagina.

—No, Ben, digo Patrick, perdona. Estoy bien.

—Madre mía. Por favor, llámame cuando sepas a qué hora llegas.

—Cuida de Max.

—Eso estoy haciendo, Mel…

—Gracias, gracias.

Cuelgo avergonzada.

He logrado conseguir una plaza en el siguiente vuelo, pero no sale hasta las diez de la mañana del día siguiente. Debo esperar casi doce horas y no pienso moverme del aeropuerto. Reviso las llamadas perdidas y veo que diez eran de mi madre. Miro el reloj. Ya deben de estar en casa hace rato, pero no pienso ir, no puedo contarles esto. Ahora que ya tengo el vuelo me dirijo a la zona de coches de alquiler y devuelvo el vehículo. Al acabar la gestión voy a la sala de espera y me siento en una butaca, necesito dormir.

10

*L*a espera y el largo vuelo han sido horribles e interminables, por suerte ya estoy desembarcando y, según veo en los mensajes que me ha enviado, Patrick va a estar esperándome junto con Max en el aeropuerto a mi llegada. Temo salir por esta puerta y verlo. ¿Qué se supone que debo contarle? Somos amigos, no le debo nada... Pero no quiero mentirle, no es justo.

Al cruzar la puerta busco a Max con urgencia y al verlo en brazos de Patrick muero de vergüenza, necesito cogerlo y dormir un año acurrucada a su lado. Quiero ir a casa, a nuestra cabaña.

—¡Mammiiiii! —me saluda mientras Patrick lo baja para que pueda correr hasta mí.

Me detengo y me agacho para que salte a mis brazos. Menuda sensación. Cierro los ojos y huelo su dulce aroma.

—Mami te ha echado mucho mucho mucho de menos —le susurro.

—Y yo, mami. —Seguimos abrazados cuando veo a Patrick acercarse.

—Mel, estaba muy preocupado —me confiesa, y me tiende la mano para ayudarme a levantarme.

—Lo siento. La he cagado.

—Tranquila, tampoco hay para tanto. Veo que estás bien y eso me tranquiliza. Yo no he podido dormir imaginando cosas horribles. —Nos damos un abrazo largo, sincero, y siento que retomo un poco la cordura.

—¿Qué cosas? —le pregunto mientras nos dirigimos hacia el aparcamiento.

—Da igual, dejémoslo. Estás aquí y estás bien.

—No, no estoy bien —confieso mientras ato a Max en la sillita del coche.

—¿Prefieres que hablemos a solas al llegar?

Agradezco su gesto y asiento con la cabeza.

—¿Te importa si voy detrás? —le pido señalando a Max.

—Claro, te ha echado de menos. Preguntaba por ti.

Suspiro y apoyo mi cara en su pecho.

—No deberías haber ido sola —me dice Patrick, que sé que nota todo lo que está pasando.

—Tienes razón.

Llegamos a la cabaña y Patrick se ofrece a llevar a Max a la escuela para que yo pueda descansar. Se lo agradezco, pues necesito dormir.

—Dormiré un poco y te llamo para contarte, ¿vale?

Me noto distante con él y él lo percibe.

—Vale, Mel, necesitas descansar. Luego me cuentas qué ha pasado con la vista, no entiendo nada.

—Sí… —le digo confundida.

Me despido de Max y, por primera vez en la vida, me doy cuenta de que estoy delegando mucho a mi hijo, cosa que antes era impensable. Ya es más mayor, ya no se extraña. Está creciendo demasiado deprisa. Le envío un mensaje a mamá, que me ha vuelto a llamar y no se lo he cogido, para que esté tranquila y sepa que todo está bien, y me tumbo en la cama sin cambiarme de ropa. No tengo ganas ahora de contarle que perdí el vuelo y todo el drama. Pero sé que no me voy a escapar de la llamada pendiente que tengo con ella.

Me despierto sobre el mediodía, me doy una ducha más que necesaria y me pongo un chándal cómodo. Doy un bocado a lo primero que encuentro, un plátano demasiado maduro para mi gusto, y salgo fuera para que me dé el aire. Está lloviendo un poco pero no lo suficiente como para entrar de nuevo. Llamo a Patrick, que está avanzando cosas en el taller, y le pregunto si quiere que nos veamos.

Paseo hasta el mirador donde he quedado con Patrick y me siento a contemplar la fina lluvia resguardada bajo un gran abeto. Él llega enseguida y yo le saludo con una media sonrisa.

—Gracias una vez más, Patrick.

—Deja de dármelas, que al final me siento hasta mal —me contesta algo tenso.

—La he cagado —le confieso.

—Sí, eso me temo —me contesta, y me sorprende—. No necesito explicaciones, eres adulta y desde luego no eres mi novia.

Siento rencor en su voz por primera vez, pero la calma con que me lo dice apacigua la situación.

—Sé que no te debo explicaciones como pareja, pero sí como amiga. Has cuidado de Max, no eres un cualquiera.

—Como quieras —me contesta.

—Me he vuelto a acostar con Ben. Ha sido un completo error y...

—Que te acuestes con tu ex es cosa tuya, Mel —me corta Patrick—. Pero que te olvides de tu hijo y pierdas el vuelo por un revolcón, eso sí me preocupa. —Su tono suena tranquilo y coherente.

Agacho la mirada sin saber qué decir.

—Ha sido un error. No sé qué más decir.

La vergüenza, la rabia y la pena vuelven a apoderarse de mí.

—Creo que necesitas tu espacio y estar sola. Estos días a tu lado han sido increíbles para mí y de veras tenía ilusión por esto, por nosotros, por construir algo... Pero me he dado cuenta de la gravedad de tu situación, hasta el punto de perder un vuelo y dejar a tu hijo con un desconocido para volver a estar con tu ex, el que te maltrata. Necesitas ayuda urgente, Mel.

Sus palabras me atraviesan el alma.

—No eres un desconocido para nada.

—Pues te has comportado como si lo fuera —me responde como si lo tuviera preparado.

—Mira, lo siento. No estoy preparada para más peleas.

—No estoy peleando. Te estoy diciendo que me preocupas, que busques ayuda. Y que por ahora yo prefiero darte espacio. También lo hago por mí.

—Lo siento si te he hecho daño...

—No se trata de eso. Soy adulto, puedo lidiar con que alguien no me quiera o no desee estar conmigo. Pero anoche me asusté y mucho. No he dormido nada pensando que ese tipo podía haberte hecho daño. Que quizá estabas en el hospital o yo qué sé. No cogías el móvil y era muy extraño, pues yo estaba con tu hijo; me pasé dos horas preguntándome qué te había pasado. Soy imbécil, debí habérmelo imaginado. Pero de verdad lo pasé mal pensando que podías estar en peligro. Temiendo también por Max sin saber qué decirle. No quiero esto en mi vida y parece que tú aún debes hacer mucho trabajo para solucionarlo.

—No me has preguntado por la vista...

—¿Qué importa la vista si tras ella te acuestas con tu agresor, incluso con una orden de alejamiento?

—Patrick, por favor...

—No necesito más explicaciones, Mel. Si lo hiciste voluntariamente, lo respeto, pero no quiero formar parte de esto.

Su tono de voz es duro, pero no me falta al respeto en ningún momento. Y yo no tengo mucho que añadir.

—Siento habérmelo cargado. —Quiero llorar pero la situación es tan tensa que no me salen las lágrimas. La lluvia empieza a apretar y la escena se torna aún más triste—. No quiero dañar nuestra amistad.

—Ahora mismo estoy herido y necesito un tiempo. Incluso para nuestra amistad, porque mis sentimientos hacia ti son reales y estoy muy preocupado por ti y por el pequeño Max. Yo me he implicado en esto. Ahora necesito alejarme. Temo por ti y siento que en cualquier momento harás las maletas y volverás a tu pueblo. Necesito mantenernos a Blue y a mí a salvo de eso. Lo siento. No voy a permitir que un huracán incontrolable arrase mi vida de nuevo.

La pena me inunda y me doy cuenta de lo buen padre que es, no había caído en el hecho de que Blue también está haciendo lazos con nosotros y que, tal y como están las cosas ahora mismo, no es bueno para ella. Tomo la decisión sensata de empezar terapia ya. Mañana mismo. En cuanto a Patrick, no sé qué más decirle.

—Me siento muy mal y no sé qué decir —le confieso bajo la lluvia que me cala los huesos.

—Tranquila, es culpa mía, tendría que haber mantenido las distancias y haber sido solo tu amigo.

—No digas eso… A mí me gustas y…

—No sigas, por favor. Tengo que irme.

—Patrick… —balbuceo, pero me interrumpe.

—No me hagas promesas, por favor —me suplica.

Agacho la mirada, a estas alturas ambos estamos empapados por la lluvia y no tiene sentido seguir aquí fuera sosteniendo este momento.

—Volvamos —me pide—. Pero antes quiero que se-

173

pas que me había ilusionado de veras contigo, con esto. Y ahora mismo me siento un completo gilipollas iluso.

Suspiro profundamente al escuchar sus palabras.

Patrick me ayuda a levantarme y caminamos juntos hacia la cabaña. No pronunciamos palabra, al llegar me pide permiso para entrar y recoger unas herramientas.

—Mi compañero acabará lo poco que queda, yo empiezo ya con otro proyecto y estaré algo liado —se excusa para no tener que volver.

—No tienes que fingir que es un tema laboral. Puedes admitir que no quieres seguir viniendo.

—Eso es lo de menos. Tengo que irme, vamos hablando, Mel.

—No será lo mismo sin ti —le confieso y por un instante siento que estoy siendo manipuladora.

Patrick no añade nada más. Se despide y me tiende la mano antes de irse.

—Espero que todo te salga bien…, de veras —dice antes de soltarme la mano. Siento que le he herido seriamente.

—Y yo.

Veo cómo se aleja hacia su camioneta y me doy cuenta de que me lo he cargado todo. El vacío lo inunda todo y me arrodillo a llorar como una niña pequeña.

Los siguientes días me cuesta mantener la concentración en cosas productivas. Trato de centrarme en diseñar cómo será la decoración de la cabaña, pero no logro que salga nada decente. Estoy distraída, ausente y sin ganas. Todo el tiempo vienen a mi mente imágenes de Ben y su madre, como piezas de un rompecabezas que quiero hacer cuadrar. Me fuerzo para no darle bombo y no pensar más en el asunto. Pero no es fácil. Con el paso de la semana me voy sintiendo un poco mejor, aunque he perdido un poco la ilusión con todo este mal rollo. Ahora que Patrick no está tan presente la cosa se complica. Coincidir con él en la escuela e intercambiar algunas frases me hace sentir un poco mejor día a día. Mañana tengo mi primera sesión con la psicóloga que él me recomendó y la verdad es que tengo mucha esperanza en ella. En poder salir de este lío mental.

Me he comprado un cuaderno donde plasmo todas las ideas que me van viniendo a la mente y me obligo a seguir trabajando. Tengo claro que en el recibidor de la cabaña pondré una mesa de madera antigua, restaurada con muy buen gusto, que he visto en una tienda de segunda mano, donde pondré el ordenador y el pequeño despacho que necesito. No es muy grande pero seguro que unas plantas y la bonita mesa le darán un toque cálido y acogedor que hará que los huéspedes tengan una alegre bienvenida. Se me ocurre que podría poner un libro de firmas para que dejen un mensajito con su experiencia en el refugio. Caigo por primera vez en que no he decidido aún el nombre que le pondré al negocio y, por un instante, me siento tonta por no haber pensado antes en algo tan importante. Empiezo a anotar ideas en mi cuaderno. «La Cabaña Alojamiento», «Refugio la Cabaña». No, demasiado básico, necesito un nombre original… Tiene que ocurrírseme algo mejor. No logro concentrarme.

Ha llegado el día, estoy de pie frente a la consulta de la psicóloga, tomo aire y me atrevo a entrar sin titubear. La consulta es bastante neutra y me transmite una buena sensación. Linda, así se llama la terapeuta, prende dos velas y me pide que me ponga cómoda en la butaca que hay a su lado, me gusta que no sea una silla frente a frente, sentarme a su lado me hace sentir más cercana. Me ofrece una infusión, se presenta y me pide que le cuente qué me ha traído a su consulta. Hablo sin parar durante una hora contándole toda mi historia con Ben, desde el primer día hasta nuestro último encuentro. Ella anota en su cuaderno y pregunta algunas cosas, pero apenas me interrumpe. Al acabar toma un sorbo de su infusión y se aclara la voz para hablar.

—Muchas gracias por contarme todo con tanto detalle y con tanta fluidez. Ante todo quiero agradecerte tu valentía, pues venir aquí es todo un paso para poder tomar una decisión con coherencia. Antes de seguir necesito que me respondas a una pregunta.

—Claro…

—¿Estás segura de que quieres que tu historia con Ben acabe definitivamente?

Su pregunta me hace dudar. ¿Cómo me puede preguntar esto con todo lo que le he contado? ¿Es una trampa? Linda, al ver que dudo, se apresura a tranquilizarme.

—Mel, puedes ser sincera conmigo, yo jamás te juzgaré. Si sientes que tu historia con Ben no ha terminado, o incluso quieres arreglarlo con él, lo importante es admitirlo. Eres dueña de tu vida y nadie puede juzgarte ni decirte si está bien o está mal. Pero yo necesito saber en qué dirección tenemos que trabajar. No quiero que te engañes, ni mucho menos que me engañes a mí. Por eso quiero saber si estás segura de tu decisión de cortar con Ben. Puedo ayudarte, estás aquí para sanar, para darte cuenta de muchas cosas, no para que te obligue a acabar tu relación con Ben. Pues eso, al final, es una decisión que solo puedes tomar tú. Por ello es importante que tengas claro qué quieres. Como terapeuta estoy aquí para acompañarte a retomar el poder de tu vida.

—Lo tengo muy claro. Necesito olvidar a Ben y aprender a vivir con Max sin él.

—De acuerdo. Antes de empezar, necesito que comprendas y repitas conmigo algo que puede resultarte complicado, necesito que digas que eres una mujer maltratada.

Que Linda me hable así me parece un poco duro y trato de aflojar su tono.

—Bueno, yo… A ver, Ben tiene muchos problemas, y yo…

—Mel, es importante saber en qué punto empezamos esta terapia. Tratamos una relación de maltrato que queremos finalizar y sanar, pero para ello necesito que tú seas totalmente consciente de que eres una mujer maltratada y que me lo digas tú misma con estas palabras. ¿Eres capaz?

—Sí…, supongo —dudo.

—Adelante, pues, si estás lista, puedes decírmelo. Si no, no pasa nada, empezaremos por otro punto.

—Necesito ayuda porque soy una mujer maltratada —pronuncio, y el simple hecho de decirlo me hace sentir una víctima.

—¿Qué sientes al respecto?

—Siento pena por mí.

—Pena ¿por qué?

—Porque no me merezco esto —le suelto sin pensar.

—Nadie merece algo así. Lo importante ahora es descubrir por qué has admitido esto en tu vida.

—No tengo ni idea.

—Tranquila, esto es en lo que vamos a trabajar y avanzar. Quiero dejarte un poema para que leas y releas hasta nuestra próxima sesión. Hoy no nos queda mucho más tiempo. Esta primera sesión ha sido importante para conocernos, que me cuentes tu historia y saber en qué punto estamos y hacia dónde vamos. Voy a darte este papelito con el poema de Fritz Perls que quiero que leas siempre que lo necesites. No te pido mucho más, en la próxima sesión vamos a analizar por qué has atraído y tolerado todo lo que me has contado hoy. ¿De acuerdo?

—Genial, gracias —le digo, y cojo el papel doblado por la mitad que me tiende.

—Sería genial verte en cuatro días si es posible. Hasta entonces, solamente dale vueltas al poema, nada más. Seguimos juntas mejor.

Su tono, cercanía y delicadeza me hacen sentir segura y con ganas de seguir, y con intriga sobre todo, pues no entiendo a qué se refiere con eso de por qué yo he tolerado esto. Yo nunca he querido una relación así.

Nos despedimos y al salir de la consulta me siento algo revuelta. Voy directa a recoger a Max, pero antes de entrar en el coche desdoblo el papelito con intriga y lo leo con atención.

Yo soy Yo.

Tú eres Tú.

Yo no estoy en este mundo para cumplir tus expectativas.

Tú no estás en este mundo para cumplir las mías.

Tú eres Tú.

Yo soy Yo.

Si en algún momento o en algún punto nos encontramos, será maravilloso.

Si no, no puede remediarse.

Falto de amor a mí misma

cuando en el intento de complacerte me traiciono.

Falto de amor a ti

cuando intento que seas como yo quiero

en vez de aceptarte como realmente eres.

Tú eres Tú y Yo soy Yo.

Leerlo me conmueve por dentro, pues es tal cual lo que necesito interiorizar para sanar mi espíritu de todo el daño que he vivido junto a Ben. He dejado de ser yo misma para resguardar lo nuestro, y le he pedido muchas veces que deje de ser quien es para ser quien yo necesito. Comprendo que este no es el camino ni la manera. Me gusta este poema y lo guardo en mi cuaderno para no perderlo.

El resto de la semana sigo con las compras de mobiliario para la cabaña y elementos decorativos, con la inercia de seguir adelante pero algo perdida, como si de algún modo este proyecto hubiera perdido el sentido para mí. Me doy el espacio para tomármelo con calma y no sentirme mal, disfruto de las horas que paso junto a Max y el hecho de pasar tanto tiempo los dos a solas me ayuda a comprender que todo el estrés que he estado sufriendo en mi maternidad siempre ha sido por culpa de la vorágine de obligaciones y prisas del día a día, del trabajo, de los *tempos* que nos impone esta sociedad, en la que pasarse una tarde entera en el porche de nuestra cabaña recolectando flores es visto como una pérdida de tiempo poco productiva. Pero por fin tengo este espacio para permitirme hacerlo. Que Patrick no esté viniendo estos días me hace desconectar un poco de la obsesión de acabar rápido para inaugurar lo antes posible y me da este lapso de tiempo en calma, adaptándome a nuestra nueva etapa para reordenar nuestra vida. Por las mañanas arreglo cositas de la cabaña, monto algunos muebles o decoraciones, y el resto del día lo paso con Max, los dos solos, cocinamos cosas que siempre había querido probar pero por falta de tiempo nunca hacía: pan de plátano, galletas, cremas de verduras, tortillas originales, crepes... Hacemos decoraciones para la cabaña con elementos de la naturaleza. Móviles con piñas y troncos, colgadores con maderas que pintamos y decoramos, ramos secos de plantas aromáticas... Pasamos horas paseando por el bosque, cogiendo tesoros de la naturaleza como carcasas de caracol, cuernas de reno de la temporada pasada o frutos silvestres. Fotografiamos huellas que hallamos y luego consultamos en Internet a qué animal pertenecen, también hemos estado recolectando madera para el próximo invierno, observando las maravillosas aves que sobrevuelan nuestra casa a diario y recogiendo sus plumas, que el aire abandona a nuestros pies. Noto el bien que le está haciendo a Max este tipo de vida. La mayoría de las veces paseamos descalzos, sin prisa, por la pradera; jugamos juntos, bailamos... Buscamos insectos y les tomamos fotos para luego dibujarlos. Tendemos la ropa en un tendedero exterior enorme que hemos construido juntos, y el olor a ropa limpia lo impregna todo, y jugamos a escondernos tras las grandes y blancas sábanas de nuestra cama que cabalgan con el viento del jardín trasero, absorbiendo el aroma de la primavera. Me siento, por primera vez en mi vida, una madre presente y llena. Me doy cuenta de que nunca antes me había tomado tiempo para estar con Max en realidad. Siempre lo arrastraba a mis tareas diarias, lo montaba en el coche, lo llevaba para arriba y para abajo, entre horarios, prisas y obligaciones, creyendo que sus llantos, su nerviosismo eran cosas de él, cuando en realidad son consecuencia de la sociedad y la cultura que nos envuelve, que no respeta en absoluto los tiempos naturales de la crianza. Nos obligan a trabajar y dejar a nuestras crías, nos enseñan desde pequeños en la escuela a ser competitivos, a superarnos cada día, a ser más productivos, y eso es todo lo contrario a lo que requiere la maternidad. Que requiere paz, sosiego, abrazos, presencia... Pero aquí es distinto. Al estar tan aislados nos las apañamos para ser más autosostenibles y no depender tanto de salir a comprar ni del sistema, la rueda en la que antes estaba anclada y atrapada. Nos conformamos con menos, pero a su vez eso nos da mucho más de lo que imaginamos. La creatividad es nuestra mejor aliada ahora mismo.

Max lleva muchos días pidiéndome que tengamos gallinas en casa, y yo, tras negarme al principio, ya me he hecho a la idea. Por casualidad, el otro día, nuestros vecinos, con los que de vez en cuando nos cruzamos en nuestros paseos y compartimos ratos agradables, nos preguntaron si queríamos algunos pollitos, ya que sus gallinas habían tenido cría. La luz que emanó de los ojos de mi hijo al proponérnoslo me obligó a decir que sí sin rechistar. Así que esta semana tenemos la tediosa tarea de construir una caseta segura de madera para los pollitos. Es la primera vez en mi vida que voy a construir algo yo sola, he pedido por Internet una casita prefabricada que solo tendré que montar, pero aun así no sé dónde me he metido. Pero debo admitir que me hace gracia y me ilusiona, sé que será bueno para Max y podremos comer huevos de nuestras gallinas felices y libres, eso me gusta. Cada vez tengo más ganas de empezar con el huerto y ser más y más autosuficiente. Pero no tengo mucha idea, así que por ahora leo algunos libros sobre permacultura para poder diseñar bien dónde poner cada cosa. Parece ser de suma importancia la ubicación del gallinero y el huerto para que sea beneficioso. Es todo un mundo apasionante en el que poco a poco voy entrando y me va gustando cada día más.

Con el diseño del negocio de la cabaña estoy un poco perdida y me he desilusionado un poco, pero como no quiero forzar nada y aún quedan algunas obras por finalizar, me doy un respiro de la presión de emprender y me centro en estas pequeñas cosas que tanto disfruto junto con Max.

Hoy toca terapia de nuevo y la verdad es que tengo ganas de ver a Linda y seguir. Al entrar por la puerta me fijo inevitablemente en un cuadro que juraría que el otro día no estaba, en el que luce con un diseño muy fino y bonito la frase: «Dame alas para volar y motivos para quedarme». Me quedo prendada frente a la ilustración unos instantes y siento que es todo lo que necesitaba leer hoy.

181

Qué bonita reflexión. Relaciones que te dan libertad, seguridad, motivos para permanecer... Me gusta. Le hago una foto para no olvidarla y tener el recuerdo.

—Buenos días, Mel. Bonita frase, ¿eh?

—Me encanta, queda genial —le digo valorando el detalle.

—Tenía ganas de llenar este hueco —me dice señalando la pared—. Ya puedes pasar, adelante.

Me pregunta cómo estoy y le cuento un poco cómo me he sentido estos días. No he tenido noticias de Ben y eso también ayuda. Linda me propone que empecemos por analizar las relaciones de dependencia emocional, las relaciones tóxicas y las sanas. Con el fin de comprender, como ya quedamos en la sesión pasada, qué me ha llevado a vivir todo lo vivido con Ben.

—Quiero empezar contándote mi percepción particular de las relaciones sanas y sus pilares para analizar por qué tu relación con Ben no cumplía estos requisitos. Una relación de pareja es un camino de autoconocimiento y maduración muy grande, puesto que dos personas que vienen de infancias y vidas diferentes se juntan para crear un camino común, y eso nunca es sencillo, según las afinidades puede ser más o menos complicado, y siempre conlleva un aprendizaje. Con esto solo quiero decirte que nunca es simple ni perfecto, pero aun así hay ciertas cositas que siempre tienen que estar presentes.

»La admiración es una de ellas, y me encanta comenzar por este punto porque al final el enamoramiento es algo transitorio que sentimos siempre al inicio de una relación y en ciertos momentos a lo largo de la misma, pero no es algo perdurable en el tiempo, a largo plazo, porque es una pasión, no un sentimiento. Las pasiones se van apagando y se quedan en forma de brasas, siempre ha de haber ese calor residual de las llamas del principio, pero pretender que cada día durante años haya esa pasión de los primeros meses es infantil e imposible. Pero la admiración, eso sí debe perdurar. La confianza es el otro gran pilar, confianza ciega en la que no temes ni dudas. Eso no significa que tu pareja nunca te vaya a fallar, ni que no pueda dejarte. Significa que, si eso ocurre, habrá la confianza necesaria para hablarlo y afrontarlo. El respeto es algo vital, otro pilar que a veces se confunde. Hay que respetar incluso las cosas en las que no estamos de acuerdo, porque todos tenemos derecho a ver y vivir la vida del modo que nos dé la gana sin importar que el otro esté de acuerdo o no, y esto siempre se ha de respetar. Aunque lo que hagas no me guste, lo respeto y te doy la libertad para hacerlo. El problema siempre es de uno mismo si no nos gusta o si no lo queremos aceptar. Nunca del otro. Todos tenemos derecho a cometer errores. Por eso la aceptación es muy importante; y, sin duda, sin la comunicación, el otro gran pilar, todo lo anterior no existiría. Estos son para mí los grandes pilares de una sana y bonita relación. Admiración, respeto, aceptación, confianza y comunicación. Esta mezcla deriva del amor real. El que todos anhelamos, luego hay muchos más matices, pero si uno de estos pilares flaquea, la relación está en peligro.

183

—Ostras, mientras te escucho me siento hasta mal, pues junto con Ben, ya sea por mi parte o por la suya, no cumplimos ni uno de estos requisitos. Es obvio que yo no le admiro ni respeto. Tampoco confío en él, y por su parte nunca ha habido comunicación, ni respeto ni nada de esto.

—Por eso vuestra relación nunca ha sido estable. Pero no pasa nada, no todas las relaciones tienen estos pilares y aun así muchas siguen adelante, con conflictos y dificultades. Tampoco pretendo que todas las relaciones sean ideales, si no, no aprenderíamos nada. Pero es importante que entiendas lo primordial de una relación, siempre bajo mi punto de vista, Mel. Puedes no estar de acuerdo y podemos compartirlo.

—No, no…, si tienes toda la razón —le digo.

El modo calmado con el que me habla me hace sentir muy a gusto, me recuerda a un pódcast de autoayuda o similar, solo le falta la música relajante de fondo y tumbarme con los ojos cerrados. Percibo mucha sabiduría en sus palabras y lo agradezco enormemente.

—En una relación sana, yo soy como soy y no me esfuerzo en fingir o cambiar para complacer al otro. No me planteo dejar la relación, acepto los problemas y trabajo para solucionarlos. Nos sentimos respetados mutuamente. Cada uno cuida de sí mismo, lo primero siempre es uno mismo, no el otro o la relación. Debe existir deseo, amistad, valores comunes, un proyecto conjunto, ilusión, compromiso, transparencia y confianza.

—Pero con todo esto aún entiendo menos qué me ocurre con Ben, por qué recaigo si yo en el fondo ya sé que es una relación tóxica que no me hace bien. Nada de lo que estás diciéndome lo teníamos Ben y yo.

—Tienes dependencia emocional de él.

—Pero ¿cómo es posible? Si yo soy una mujer autosuficiente que no dependo de nadie, jamás me ha ayudado en nada del hogar ni económicamente, no puedo depender de él. No tiene sentido.

—No se trata de ese tipo de dependencia, Mel.

—Pues no lo entiendo, necesito entender.

—Tranquila, poco a poco. Tu mente está confundida con la contradicción entre saber que tienes que dejarle y el pánico a perderlo. ¿Me equivoco?

—¿Cómo, cómo? —Me ha descolocado por completo.

—Sabes que debes dejarle definitivamente, pero a la vez te da miedo perderlo para siempre —repite con seguridad, y me tomo unos instantes para interiorizarlo.

—Totalmente. No quiero estar con él, te juro que no quiero. Pero cuando me veo sin él, Max sin padre, me da tanto miedo… Cómo afectará eso a Max, qué carencias le traerá no tener padre, vivir en una familia desestructurada…

—Mel, para. Escúchate, no tiene sentido lo que me estás diciendo. Max siempre tendrá un padre. Ben es su padre. Y Max y tú solos, juntos, no sois una familia desestructurada, olvida ese contexto cultural arcaico. Estamos en el siglo XXI y los tiempos han cambiado: Max y tú sois una familia ahora mismo, aquí en Montana, supercompleta y estructurada. Permítete soltar esa idea, abraza el presente tal cual está ocurriendo. No te martirices con ideas que no son. Lo que de verdad heriría a Max es que su mamá no esté bien y vivir en una casa con malos tratos. Puedes estar tranquila. Max está bien si tú estás bien.

Siento por primera vez en mucho tiempo que alguien me saca un peso de encima al hacerme ver la situación de este modo, y agradezco enormemente que así sea. Porque cuesta acarrear con tanto.

—¿Te resuena lo que te digo, Mel? ¿Seguimos?

—Sí, por favor. Porque aún no entiendo por qué se supone que dependo de él. No tiene sentido para mí. Eso me atormenta.

—Bien, hay una gran diferencia entre elegir a alguien y necesitarlo. Cuando lo eliges, te despiertas todas las mañanas sintiendo que quieres estar con él un día más, seguir sumando juntos, sabes que puede dejarte un día y, si eso ocurre, estarás muy triste, pasarás por un duelo, pero lo aceptarás y lo superarás porque le amas y también quieres lo mejor para el otro. Cuando necesitas, eres incapaz de racionalizar, sientes que sin él todo se acaba, que te ahogas… Cuando hay dependencia emocional no estás

185

eligiendo al otro, lo estás necesitando por tus carencias. Sigues con esa persona porque te sientes incapaz de estar sin él. Ahora veremos qué carencias te llevan a ti a eso. Sin embargo, cuando eliges sabes que eres capaz de estar sin él.

—Creo que le he querido demasiado. Más de lo que debería. —Me doy cuenta, pero Linda me corta enseguida.

—Querer demasiado no es posible, o se ama o no se ama. Pero no puede ser demasiado, pasando por encima de ti misma. Eso no es amor, eso es dependencia. Amar nunca significa sufrir. Tampoco idealices las relaciones sanas como relaciones que siempre van bien, puedes tener días complicados, dificultades, días tristes, pero el sufrimiento de sentir que la vida no tiene sentido, eso desaparece. Eso solo tiene cabida en relaciones de dependencia emocional.

—Sigo sin comprender, Linda… ¿Por qué yo?

—La dependencia emocional siempre implica ser incapaz de dejar al otro. Yo amo mucho a mi marido y quiero seguir a su lado, pero si él deja de quererme o hace algo que yo no quiero perdonar, entonces lo dejaré. Puedo dejarlo. Puedo vivir sin él, pero ahora no quiero hacerlo. El día que esto cambie, tengo un problema. ¿Puedes tú dejar ir a Ben para siempre aquí y ahora?

—Siento que una parte de mí le quiere, deseo ayudarle…

—Si hay dependencia, no hay amor, Mel. Has tardado mucho en pedir ayuda.

—Lo sé… He dejado que fuera demasiado lejos. Pero no diría que dependo de él. Hace un año ya que le he dejado… Solo que a veces recaigo, por los recuerdos, la nostalgia, le echo de menos.

—Déjame que te ayude a ver con claridad lo que es la dependencia emocional. ¿Sientes o has sentido alguna vez que no puedes vivir sin él?

—Sí. Sobre todo teniendo a Max en común.

—Bien, pues eso no es real. Sí puedes vivir sin él, pero la dependencia te está nublando la capacidad de verlo así.

»¿Has sentido o sientes que Ben no hace lo suficiente por ti o por la relación o por Max alguna vez?

—Constantemente, sí, claro.

—Eso es porque pretendes que tus carencias sean cubiertas por él, pero eso no es sano, por tanto él jamás te complacerá, porque él no es el responsable de darte todo lo que no tienes, eso es trabajo tuyo. Y ponerle esa tarea a él es un claro signo de tu dependencia emocional. La infancia nos marca tremendamente, creando patrones, carencias y necesidades que perfilarán las cosas que aceptaremos o no cuando seamos adultos. Si has tenido alguna carencia, se manifestará.

—Pero yo no he tenido una mala infancia ni padres maltratadores.

—No es tan sencillo, ojalá lo fuera. Son microcosas, cosas que ni recuerdas. Por ejemplo, si una madre deja a su bebé llorar desconsoladamente en la cuna día tras día para que este aprenda a dormir solo, esto está creando una carencia en la criatura, que se convertirá en resignación y dejará de llorar. Pero una pequeña huella quedará marcada para siempre. Eso es una carencia inconsciente. De adulto esa persona siempre buscará en sus parejas ese cuidado que le faltó. «Necesito presencia, necesito que me protejan.» Si la madre ofrece la seguridad que el bebé necesita, entonces esta carencia queda cubierta y en la etapa adulta esta persona no demandará esta necesidad. El adulto no es consciente, y la madre, sin duda, no lo hizo con mala intención. Pero todo tiene su repercusión. No pretendo ir a buscar qué te faltó de pequeña para culpabilizar a alguien, eso tampoco es sano. Se trata de entender por qué estás necesitando esto, amarlo y aceptarlo y aprender

187

a ser tú la que llene este hueco que hay en ti, sin poner esta responsabilidad en el otro.

—Ostras, nunca lo había visto así. Mis padres han sido los mejores para mí, pero es cierto que, cuando yo era pequeña, la familia no iba bien de dinero y mi madre trabajaba muchas horas y mi padre doblaba su turno para llegar a final de mes.

—Ahí lo tienes, seguramente eran unos padres amorosos, que se preocupaban por ti y querían darte lo mejor, por ello trabajaban sin parar, pero eso creó en ti unas carencias que ahora debemos buscar y sanar juntas para que no vuelvas a pasar por otra relación igual.

Los ojos se me inundan de lágrimas comprendiendo al fin por qué he soportado este calvario con Ben, como si un rompecabezas acabara de resolverse. Haciéndome consciente de lo mucho que eché de menos a mis padres de pequeña.

—Recuerdo que siempre les decía a mis padres que fuéramos de viaje y ellos nunca podían. Eso me ponía muy triste...

—Exacto, por eso has tenido una relación con un hombre que siempre está en casa, a tu lado. El hecho de que Ben nunca haya trabajado y siempre esté en el sofá sin hacer nada, de algún modo, aunque lo detestes, te da esa seguridad, esa presencia que tu niña interior anhela.

—Dios mío. Cuánto sentido le veo. Es verdad... Siempre he querido que esté a mi lado, incluso habiéndolo dejado; me daba seguridad que siguiera en casa, creía que era por Max...

—Era por ti —me corta.

—Sí...

—Por eso sentías pánico a que se fuera, ese es otro claro signo de la dependencia. Mejor así que sola. Y te acostumbras a tener una relación llena de discusiones e

188

incluso rupturas que luego se reconcilian. Porque, para tu inconsciente, lo importante es que se quede, que esté a tu lado. Da igual de qué modo. Priorizas que no te falte.

—Tal cual… —afirmo.

—Y seguro que has dejado de lado a amigos e incluso a familiares a veces.

—Sí, bueno, a mi gente nunca les ha gustado Ben y muchas veces no íbamos con ellos porque era incómodo para todos.

—Eso es, es bueno que te estés dando cuenta de que dejaste de ser tú misma, e hiciste de tu relación el centro de tu vida. Todos los problemas del mundo giraban en torno a lo vuestro.

—Y eso me ha hecho sufrir mucho.

—La dependencia emocional siempre va ligada a la ansiedad, al dormir mal, a sentir que no tienes ilusión, que te has apagado, que ya no eres quien solías ser; sientes mucha impotencia. Y seguro que has hablado mal de él muchas veces con alguien de tu confianza, hasta tal punto que te das cuenta de que no tiene sentido seguir con él, pero aun así vuelves una y otra vez y acabas por no contar a los demás todo lo que pasa.

No logro articular palabra, escuchar a Linda es como si una vidente me estuviera describiendo a la perfección todo lo que he sentido en estos últimos años. Alucino con la sabiduría de esta mujer, pero, sobre todo, con cómo sin darme cuenta he acabado en una relación tan tóxica que ni siquiera era consciente de todo esto. Por una parte quiero seguir llorando, pero hay un rinconcito en mi interior que se siente fuerte. Como si el puzle por fin encajara y tomara consciencia de lo que está ocurriendo.

—Siempre he pensado que seguía con él por Max —le confieso confusa.

—Tener un hijo dentro de una relación de dependencia

189

y maltrato lo complica todo. Por supuesto también es por Max, pero si tuvieras tus carencias solucionadas o como mínimo aceptadas, podrías tomar la decisión desde otro punto. Desde la determinación y la seguridad y sabiendo con todo tu ser que lo mejor para tu hijo es no vivir dentro de esa relación. Él siempre será su padre, pero no será más tu pareja.

Suspiro y cierro los ojos tratando de asimilar cada una de sus palabras, que me rompen a la vez que me reconstruyen. Recuerdo mi relación con Jake y nada de esto ocurría. «¿Por qué?», me atrevo a preguntarle.

—¿Por qué con relaciones pasadas no me sucedió esto?

—¿Estás segura de que no te ocurrió?

—Claro, mi relación con Jake fue perfecta.

—¿Perfecta? Mel, sé honesta, llegaste al altar con un chico con el que no te querías casar.

—Joder, dicho así... Tienes razón.

—Lo hiciste porque te daba tal seguridad vuestra relación que llenaba esas carencias, no tenías la fuerza para admitir que le querías pero que ya no estabas enamorada. Y seguiste con él hasta el punto de casi casarte.

—Es verdad...

Por primera vez comprendo mi relación con Jake, él siempre fue mi punto de apoyo, mi calma y seguridad, por eso incluso cuando nuestros caminos empezaron a distanciarse yo quería seguir con él, no porque le amara como pareja, sino porque él estaba supliendo mis necesidades. Que son mi responsabilidad, ahora lo entiendo, claro.

—Jake era un buen tipo, por todo lo que me has contado, por eso con él no tenías una relación de maltrato, pero sí de dependencia, pues tampoco eras capaz de ver tus sentimientos reales. Si tu exnovio no se hubiera enamorado de otra chica, probablemente seguiríais juntos, tú no lo hubieras dejado, porque aunque ya no pensabais igual ni teníais proyectos en común, ya te iba bien tener esa estabilidad y seguridad en tu vida.

—Me siento patética, como si no me conociera ni a mí misma.

—No, Mel, no seas tan dura contigo. Estás haciéndote consciente de muchas cosas, por favor, hazlo con cariño, ámate y acéptate. Eso es lo más importante. No te abandones ni te culpes.

—Siento que toda mi vida ha sido una farsa, una farsa de la que no era consciente.

—Nunca nada ha sido una farsa. Ha sido un camino hacia el autoconocimiento y la libertad emocional. Felicidades, tienes treinta y pocos y ya has llegado ahí, hay personas que a los setenta aún no se han dado cuenta.

—Ya...

Me pregunto si mis padres serán felices juntos, de repente todo son dudas en torno al mundo de la pareja.

Doy un paseo rápido por mi historia emocional y comprendo lo que Linda me está explicando. ¿Cómo no he sido capaz de verlo por mí misma? Trato de no culparme, pero ahora parece todo tan evidente y claro. Nos quedamos un rato en silencio y siento cómo Linda me abraza con la mirada y me arropa.

Terminamos la consulta por hoy y siento que estoy algo abrumada, desbordada y emocionada. Necesito un instante para asentar todo y hacerme aún más consciente, comprenderlo todo mejor. Menudo lío. Me voy para la cabaña, necesito un café en el porche y calma antes de recoger a Max.

Me siento en la bonita silla de mimbre que Patrick colocó en el porche y una paz extraña y desconocida se apodera de mí. Ha salido el sol y el verde de la pradera brilla como nunca, las flores en tonos violetas y malva han cobrado todo el protagonismo, cojo un par de ellas y las tiendo encima de la mesa, al lado del café, para saborear su dulce y sutil aroma mientras pierdo la mirada en el horizonte, allá donde los abetos tocan el cielo. Tomo aire y cierro los ojos en un gesto por recuperar la calma interior. Me doy cuenta de que tengo mucho por comprender y sanar. Oigo el canto de los pájaros con tanta fuerza que siento que el sentido del oído prevalece por encima de los otros. Un canto embaucador y sinfónico que me conecta con el aquí y ahora. Este lugar, esta cabaña, este pueblo es mi lugar seguro. Sin necesidad de terceros. He de aprender a descubrir mis carencias y aprender a llenarlas conmigo misma. Tomo mi pequeño cuaderno y un lápiz y empiezo a anotar, como me ha sugerido la terapeuta, todos esos instantes desde mis primeros recuerdos en los que he sentido alguna necesidad no cubierta, con amigos, familia... Y sin darme cuenta empiezo a anotar cosas que no creía recordar. Es increíble el modo en que puedes rescatar momentos de la memoria si le dedicas el tiempo, espacio y cariño necesarios. Me doy cuenta al releer lo que he escrito que son detalles absurdos para mi yo adulta, pero que, como niña, seguro que hicieron mella. Eso explica lo que he descubierto hoy en terapia: yo quería que Ben trabajara y trajera dinero a casa, pero a la vez no me gustaba que cogiera trabajos con jornadas laborales largas. Creía que era por Max, pero era por mí. Quería tenerle cerca siempre, eso me daba seguridad. Seguridad en que no recayera, en que no me engañara con otra. Y todo esto era por mi miedo a quedarme sola. No por él, ni por Max. Y así fui tejiendo la relación, envolviéndome yo misma en ella, sin ser consciente.

Cojo el teléfono y llamo a la escuela de Max para pedir que hoy se quede a comer y hacer la siesta. Normalmente me sentiría culpable por ello, pero hoy sé que lo hago por mí. Que lo necesito y que trabajar en mí hará que Max esté mejor. Llevo años, desde que Max nació, sintiéndome muy necesitada, sintiendo que solo cuido, entrego, cuido, entrego. ¿Y quién se ocupa de mí? ¿Quién me cuida? Esperaba y responsabilizaba a Ben de ello, pero lo cierto es que no me he dedicado ni un día a mí misma. Siempre he sentido que Max era lo más importante de mi vida y ahora, por fin, comprendo que no es así. Lo más importante de mi vida soy yo, porque si me pierdo, no podré cuidar de Max, que es la persona que más quiero. Una paz interna me sosiega y me hace sentir coherente con mi decisión de dejar al niño unas horitas más en la escuela para poder saborear este momento. Y esta coherencia lo llena todo. Me siento tranquila y plena, aun dentro de todo el caos interno que es ahora mismo mi vida. Cinco meses, me quedan unos cinco meses antes de volverme a enfrentar a la custodia. Y pienso vivirlos al máximo.

193

Con el subidón que me proporciona esta paz recobro una energía y una ilusión que tenía abandonadas desde hace años y que me impulsan a crear, y paso de escribir reflexiones sobre mi vida a diseñar, por fin, el proyecto laboral de la cabaña. Ideas que antes no habían surgido, listados de precios, promociones, ideas nuevas de decoración... Todo viene a mi mente como si algo se hubiera desbloqueado. Solo llevo unos días en terapia pero me siento con mucha fuerza y mucha energía. Sin duda, debería haber acudido antes a pedir ayuda. Tengo que agradecerle a Patrick este contacto que me dio.

Patrick, cuando pienso en él anhelo su presencia, sus besos, pero dudo si es porque realmente me gusta o por mis carencias, y, aunque me muero de ganas, guardo las distancias para poder descubrir de dónde nacen estas ilusiones con él, estas ganas. Porque por primera vez no me aterra perder lo que empezamos a construir, por más que me guste. No puedo negar las ganas que tengo de pasar el rato a su lado, pero, por ahora, me prometo que pasaré tiempo conmigo, que es con quien más lo necesito. Aquí, sentada en el porche, con el sol primaveral del mediodía bañándome el cuerpo, me quedo prendada de la imagen de unas abejas recolectando el néctar de las coloridas flores, y sin duda siento que tomar la decisión de mudarme a vivir sola en plena naturaleza da sentido a todo. Hay tanta vida aquí ante mis ojos, tanta sabiduría, tanta conexión, que es imposible sentirse triste o perdido. Todo cobra un sentido, la naturaleza tiene todas las respuestas. Reflexiono sobre cómo ha cambiado el paisaje de la blanca nieve a la colorida primavera y me doy cuenta de que todo es lo mismo, no importa si hay nieve o si brilla el sol cálido que colma los valles: todo sigue siendo lo mismo, todo sigue conectado. Las flores siguen estando en la nieve, solo que en forma de semillas bajo el manto blanco del invierno, esperando a que los rayos de sol penetren en la tierra y con la humedad del suelo brote la vida. Me doy cuenta de que todo es relativo y que, aunque ahora no hay nieve y en invierno no hay flores, la nieve sigue estando en forma de humedad en el suelo, pues en eso se ha convertido. Evocando el recuerdo del valle nevado hace solo unos meses, con los ojos cerrados, puedo sentir que incluso en invierno la nieve está repleta de colores, que estallarán cuando empiece la primavera. Colores en la nieve, colores en la nieve... Exacto. Ese es el nombre de la cabaña. Me gusta, tiene sentido para mí. Leo y releo lo que acabo de anotar en mi cuaderno, y aunque me encantaría llamar a Patrick y pedirle su opinión, no lo hago. La tomo yo misma, no me importa cómo suene para los demás, para mí tiene sentido, pues evoca esta sensación que tengo ahora mismo de que todo está conectado. Aunque seamos inca-

194

paces de verlo, aunque en invierno no veamos las flores, ahí están… Todo son ciclos. Como mi relación con Ben, un ciclo que ha acabado para siempre. Cierro el cuaderno y me tumbo en la hierba con los ojos cerrados, necesito descansar la mente.

Las siguientes semanas, tres para ser exacta, me centro en la terapia y en el diseño final del proyecto de la cabaña para poder fijar una fecha de inauguración. Pronto empieza el mes de junio, Max está haciendo más horas en la escuela para que yo pueda centrarme en todos los preparativos y, si dejo de lado mis creencias, valores y expectativas, amo este momento y agradezco que Max se haya integrado tan bien en este lugar y que sea tan amigo de Blue. Al ir a recogerlo coincido con Patrick en la escuela por primera vez en un mes, y verle me da alegría. Sin él, todo es más complicado, pero a la vez me obliga a aprender sola. A valerme por mí misma y eso me da coraje.

195

—Hola, Mel. ¿Cómo estáis? —Se acerca a saludarme con su característica buena educación, mostrando que no es un tipo rencoroso ni inmaduro.

—Patrick, cuántos días sin verte. Estamos bien, estoy bien —le digo con honestidad.

—Me alegro. —Un resquicio de nostalgia se apodera de su voz y su mirada es clara y sincera—. Me ha comentado mi compañero que la cabaña ya está casi lista. ¿Te importa si me paso esta semana a echar un vistazo final?

Trata de fingir seriedad y profesionalidad.

—Me encantaría —contesto tratando de transmitirle todo lo contrario. Pues para mí sigue siendo mi mejor amigo aquí—. Muy pronto podré devolverte el coche, ya he ido al concesionario a por uno de segunda mano y en unos días llegará.

—Ah, me alegro. Pero no tengas prisa, en verano no uso tanto el 4x4.

—Gracias. ¿Cómo estás tú? —quiero saber de verdad.

—Muy bien, la verdad. Más sereno. Quiero disculparme por el modo en que te traté aquel día, al final tú también tienes tus problemas.

—No te disculpes, tenías toda la razón. Pásate por casa y hablamos un día tranquilamente y miras todos los acabados de la cabaña. ¿Qué te parece?

—Sí, mejor —dice señalando a los peques y dando a entender que mejor lo hablamos a solas, sin ellos delante—. Me voy, que hoy Blue se va con su madre y tengo que ayudarla con unos recados.

—Genial, Patrick, pues ya quedamos.

—Te llamo luego o mañana —me dice, y me dedica esa sonrisa tan suya que hace semanas no veía. Me reafirma la idea que siempre he tenido de que Patrick es un tipo centrado, sensato y maduro. Y me alegra tener un amigo como él.

Al llegar a casa veo que el repartidor nos ha dejado un paquete enorme en la puerta y me temo que sé lo que es. Aún alucino de que lleguen hasta aquí los paquetes, cómo cambian las cosas. Miro a Max, que no ha caído en el detalle, y le señalo el paquete con la boca abierta para mostrar mi sorpresa.

—Cariño, ¿qué será esto tan grande? —Exagero para crear intriga, ya sé lo que es y me hace mucha ilusión.

—¡Regalo! —exclama, y sale corriendo para abrirlo—. No puedo, ayuda mami.

Sonrío y le ayudo a abrir la enorme caja, Max no entiende qué es y solo ve un montón de maderas que no tienen sentido para él.

—Mira, cariño —digo tendiéndole el panfleto con las instrucciones de montaje—. ¿Sabes lo que es?

—¡¡Casita!! —responde ilusionado.

—¡Sí! Una casita para los pollitos... ¡Vamos a tener gallinas!

—¡¡Gallinas, sííí!! —grita, y da saltos—. ¿Gallinas dónde?

Estallo a reír con su manera desordenada de expresarse y le señalo en dirección a los vecinos.

—Nuestros vecinos nos las dan, ¿te acuerdas?

—Sí, sí, gallinas. —Sigue con su entusiasmo.

—Pero primero tenemos que montar esto. Vamos a comer y nos ponemos a ello.

Le acaricio la cabecita y le doy un fuerte abrazo y un beso. Cuánto amor para un ser tan pequeño.

Pasamos la tarde soleada montando o, más bien, tratando de montar el gallinero, que por supuesto se me da fatal y sin la ayuda de otra persona es imposible. Nos hemos escapado a la ferretería a buscar herramientas que me faltan. No logro acabarla ni de broma, pues hay estructuras que necesitan que otro las sostenga para poder fijarlas, admito que me frustro un poco y Max se impacienta, aun así no me rindo y dejo hecho todo lo que puedo. Ya lo acabaremos otro día. Construir cosas con mis manos me hace sentir capaz y orgullosa, y ver la ilusión de Max por crear un proyecto nuevo juntos me da la vida. Le trato de contar que también vamos a hacer un huerto y que veremos crecer nuestra comida en él. No creo que entienda mucho lo que quiero decirle, pero se le ve entusiasmado e ilusionado con tantas novedades. Cuando acuesto al peque me centro en el *email* y la agenda para decidir cuándo inauguraré la cabaña, y dándole vueltas creo que lo ideal es hacerlo cuando vuelva el frío, a mediados de otoño. Octubre es un mes que me gusta mucho y podría ser ideal para inaugurar. Yo creo que estará todo listo, pues ya queda muy poco; esta semana y la siguiente quie-

197

ro ocuparme de comprar todos los textiles, ropa de cama, sábanas, cortinas... Al fin me han concedido el crédito y puedo materializar mis ideas. Me emociona mucho esta fase y la estoy disfrutando. Algo muy importante que no se me puede olvidar es el cartel, quiero hacer un poste de madera con señas que indiquen «cabaña», «gallinero», «huerto». Gracias a mis lecturas e investigaciones sobre permacultura he comprendido que lo ideal es colocar el huerto y el gallinero en la cara sur de la casa, para tener la mayor cantidad de luz solar y calor en los meses más fríos, un poco lejos de la cabaña para que esta no les dé sombra y sobre todo que pueda ser rotatorio. Es decir, que un año las gallinas estarán en un cercado, y al siguiente el huerto, donde estaban las gallinas y las gallinas donde estaba el huerto; así iré mejorando la tierra, con las heces de las gallinas abonaré el huerto del siguiente año. También haré un tercer cercado para las rotaciones, que una vez cada tres años descansará para recuperarse. Además he decidido que no voy a arar la tierra, como suele hacerse en la agricultura convencional, pues eso ya se ha demostrado que destruye y empeora la calidad del suelo, es increíble lo mucho que aprendo con mis lecturas nocturnas. Resulta que el suelo es el encargado de absorber el carbono que hay en la atmósfera, que es perjudicial para nosotros si está en exceso, y gracias a las plantas lo absorbe y almacena. Así, cuando volteamos la tierra con la idea de aflojarla y hacerla más blanda para cultivar, estamos rompiendo esa estructura natural del suelo y devolviendo a la atmósfera el carbono que la tierra estaba absorbiendo, aparte de romper las capas naturales de minerales y nutrientes del subsuelo. En fin, una vez más los humanos pensamos solo en nosotros sin tener en cuenta las consecuencias. Por ello decido que plantaré en bancales de madera, que ya veremos cómo me las apaño para construir, hay varios tablones viejos que quiero reutilizar para crear el huerto, lo quiero repleto de verde, flores, plantas medicinales; sorprenderé a mamá. Espero que en unos dos años esto esté a tope de producción, a nivel familiar, claro, para Max, para mí y para los huéspedes. Ahora que aún está todo por construir me parece una locura imposible, pero poco a poco sé que lo lograré. Cada vez estoy más emocionada con el proyecto y ver la cabaña ya casi rehabilitada del todo —solo quedan los detalles externos y del jardín— hace que al fin se materialice todo lo que tantos meses ha estado solo en mi mente. He recuperado la ilusión perdida estas últimas semanas. Max y yo ya nos hemos acostumbrado a estas montañas, y el verano ayuda, claro, hemos hecho amigos, nos vemos bastante con un par de niños de la escuela y sus papis y con los vecinos. Y con Patrick espero retomar la relación pronto. Pienso en él y me entran ganas de escribirle. Pero espero a que lo haga él, como hemos acordado.

199

11

*H*oy ha tocado terapia de nuevo, tenía muchas ganas de contarle a Linda lo bien que me he sentido estos días. Ya hace más de un mes que hago terapia con ella dos veces por semana, y aunque es un gasto alto, lo hago con mucho gusto. La semana que viene ya empezaremos a vernos solo una vez por semana y en un mes será cada quince días. Eso tiene que ser una buena señal. Hoy hemos abordado el tema de las relaciones. De algún modo siento que Linda quiere prepararme para mi próxima relación, que imagino que tarde o temprano llegará. Al salir de la consulta, como de costumbre, me dirijo al porche de la cabaña para anotar en mi cuaderno todo lo que hemos analizado hoy. Me siento con ganas de escribir. Abro el cuaderno, al que le quedan poquitas páginas libres, y empiezo.

A veces sentimos que amamos a alguien que no nos ama, o que no nos ama como nos gustaría, y eso es imposible. No puedes amar (dentro del contexto de una relación romántica) a alguien que no te ama. Para tener un vínculo sano hay que dar y recibir a partes iguales. Esto no significa que el otro siempre da igual que yo en todo, eso es imposible, puesto que somos personas diferentes, a lo mejor tú das más atención física que el otro, pero el otro da más calma, más sustento... Al final las entregas deben igualarse en cantidad, pero no en forma. Puesto que cada uno es diferente, y eso está bien. Porque nos complementamos y por eso nos unimos. Si yo soy una persona muy física, muy cariñosa, de mucho contacto, está bien que el otro no lo sea tanto, puede que sea más paciente, más comprensivo, y por ahí iremos encontrando el equilibrio de la relación. Jamás volveré a exigir al otro dar lo mismo que yo. Si yo te doy lápices, está bien que tú me des hojas donde escribir. Si ambos damos lápices, ¿dónde vamos a escribir?

Cuando encuentre a esa persona que parece ideal y maravillosa no pretenderé que sea perfecta. Porque no lo es ni lo será jamás ni ha venido a cumplir mis expectativas, ha venido a compartir lo que tiene y a crecer y sumar juntos. He de poner en la balanza lo bueno y lo malo de esa persona y decidir si quiero o no amarla, con lo bueno y lo malo.

Cuando te pasas más días llorando por tu relación de los que pasas sintiéndote feliz y plena es cuando necesitas un cambio. Así era mi relación con Ben.

El principal problema de toda relación tóxica es creer, o esperar, que el otro cambiará. Nadie cambia jamás. Las personas podemos mejorar, empeorar, moldearnos…, pero cambiar, nadie cambia, porque somos el resultado de nuestra infancia, familia y crianza. Un árbol que desde el primer brote, desde esa primera chispa de vida, ha crecido un poco inclinado hacia la derecha, ahora que tiene ya treinta años, que sus raíces se han asentado en la tierra, que ha forjado su estructura vital, no hay quien lo incline a la izquierda; se puede, con ayuda de mucha sujeción, que nunca será buena para el árbol, por supuesto, enderezarlo un poco a mi agrado, pero siempre conteniendo, reprimiendo, forzándolo a ir hacia donde yo quiero que vaya, y eso no es justo ni necesario. Los seres humanos somos como somos, a menos que uno quiera cambiar por uno mismo, jamás para contentar a otro. Eso no ocurrirá o no tendrá buenos resultados, porque a la larga el árbol siempre acaba reventando la estructura que reprime su inclinación natural. No volveré a machacar al otro para que cambie. Cambiaré de relación. Eso siempre será más sencillo y seguro. Cuando me vuelva a emparejar aceptaré al otro tal cual es siempre. Fin.

Después de plasmar mis reflexiones en el papel me doy cuenta de que mis pensamientos hacia Ben han cambiado hace semanas, quiero lo mejor para él pero lejos de nuestras vidas. Ya no pienso en él con pena ni con frustración. Solo con aceptación y calma.

Vuelvo a mis tareas de preparación y me pongo a buscar por Internet algún artesano de la zona que pueda tallar en madera el cartel. Tengo un diseño bastante bonito que he hecho gracias a una web con el logo COLORES EN LA NIEVE. CABAÑA DE MADERA.

Me encanta cómo ha quedado el diseño y me decido por un carpintero que está cerca para hacerle el encargo, en dos semanas estará listo. Ahora que esto está solucionado me centro en crear la página de Instagram, Facebook y la web; Dios mío, me va a llevar muchos días hacer esto, necesito fotos decentes. Patrick vuelve a mi mente, pues él toma fotografías increíbles, le preguntaré si quiere ayudarme con esto, estoy segura de que dirá que sí. Ya no me paso los días esperando que me llame, he aceptado y comprendido que si algún día está preparado lo hará. Y aunque sigo queriendo que lo haga, ya no me despierto mirando el teléfono ni me acuesto deseando que suene. He comprendido que mi vida no puede depender de los demás. Y menos de un hombre.

Estoy algo saturada mentalmente de tanto trabajo de ordenador, así que decido ir a dar un paseo por el bosque, aún quedan tres horas para recoger a Max y quiero desconectar un poco.

Disfruto de un paseo tranquilo, hoy está nublado y el clima es un poco más fresco de lo normal, pero es verano

203

y se agradece sin duda. Recojo algunas flores, ya no quedan muchas en la pradera, ahora se encuentran resguardadas bosque adentro, ocultas entre los abetos donde se protegen del duro sol del verano. Me hago un pequeño ramo y vuelvo para la cabaña con la mente despejada y ganas de cocinar un poco, algo que quiero empezar a hacer más ahora que ya no hay tanto trabajo. Pero al acercarme a casa oigo un fuerte ruido que me paraliza y asusta. ¿Qué ha sido eso? Aquí nunca viene nadie sin avisar. ¿Habrá alguien? El ruido procede de la cabaña, como si alguien hubiera lanzado algo por los aires contra la madera. Miro a mi alrededor y hacia la casa en busca del ruido, paralizada al lado de un gran abeto, sin adentrarme en el jardín, resguardada al cobijo de los árboles, y lo que ven mis ojos me deja sin duda perpleja e inmóvil. Jamás había visto algo igual. Una mamá oso y dos oseznos caminando por el porche de la cabaña, las crías juegan y han lanzado la mesa por los aires. Podría estar asustada pero estoy fascinada, menuda escena. La osa se acerca a uno de ellos tratando de unirse al juego y yo me oculto sin hacer ruido tras el gran abeto para seguir observando sin molestar. Miro alrededor para asegurarme de que no haya más osos cerca, pues desconozco el peligro que supone para mí, pero no estoy asustada. Saco el móvil y le tomo unas fotos que le mando a Patrick enseguida. Recuerdo nuestra conversación de que nunca vería un oso en mi vida. Anda que no.

La belleza del momento me deja prendada, la osa se tumba en la hierba delante de la cabaña y los pequeños juegan y hacen volteretas sobre ella, que parece disfrutar del instante sin prisa. Es enorme y la estampa es increíblemente hermosa, me olvido del mundo, me siento abrazada al árbol para mimetizarme con el entorno y seguir disfrutando del momento. Es la escena más increíble que he visto jamás, formar parte de esto, poder presenciarlo a solas y en primera persona tan de cerca es brutal. Como si hubiera encontrado un tesoro en medio del océano. Me siento bendecida con su presencia, no sé qué les habrá atraído o si vivirán cerca, espero que no, pues no quisiera tener un susto con Max, y agradezco que hayan aparecido ahora mismo que estoy sola. Y aunque podría asustarme y con motivo, sigo conectada al momento como si formara parte de esta familia. Y en cierto modo así es. La osa se levanta enseguida y fija su mirada en el camino de llegada a la cabaña, como si hubiera oído algo. Imperceptible a mi oído, claro, pero algo la mantiene atenta, aunque no lo suficiente como para huir. Creo que llevo media hora contemplando la escena más o menos cuando veo a Patrick acercarse por el camino a pie, con algo en la mano, no logro ver qué es. ¿Dónde está su coche? Veo a la osa, que enfoca todos sus sentidos en él. Lo ha visto. Patrick se da cuenta y se detiene y gira, dándole la espalda y clavando su mirada en el suelo. «Es su cámara.» Trae una enorme cámara con un teleobjetivo digno de alguien que hace safaris. La osa sorprendentemente pasa de él y sigue a sus cosas, lo cierto es que Patrick está aún muy lejos. Al girarse de nuevo me busca, yo le hago un gesto para que me vea y, rápidamente, Patrick me pide con señas que no me mueva ni haga ruido. Se agacha y toma unas fotos de la osa con la cabaña de fondo que, sin verlas, si logran reflejar lo que yo estoy viendo, serán dignas de enmarcar. ¡Qué buena idea ha tenido! Juraría que pasamos media hora más, sentados en extremos opuestos del paisaje, yo contemplando y él fotografiando a la familia de osos. Cuando la mamá osa se levanta al fin y empieza a andar hacia donde yo estoy, un nudo enorme en el estómago me paraliza y miro a Patrick a modo de auxilio. Él me hace un gesto de calma y me pide que aparte la mirada de ella para que no me vea como una amenaza. Así lo hago y siento cómo pasan a escasos metros de mí, no sé si la madre me mira porque tengo la mirada clavada en el suelo, pero juraría que ni se detiene, en menos de cinco minutos se pierden en el espeso bosque que tengo a mis espaldas y puedo relajarme.

—Dios mío, ha sido increíble, Patrick. ¡Qué locura!

—Eres afortunada. —Patrick me toca la cabeza en un gesto amistoso, como le haría a mi hijo, y yo le doy un abrazo que me sale de las entrañas. La emoción del momento, que esté aquí, todo junto crea un cóctel maravilloso. Siento emociones desconocidas.

—Me siento eufórica —le confieso.

—Cruzarse con un animal salvaje en plena naturaleza es el *summum*. Para mí es así —afirma—. Que sepas que tenemos fotón para tu web.

Me pregunto en qué momento Patrick ha empezado a leerme la mente.

—Eres el mejor —le digo mientras me enseña las increíbles fotos que ha sacado—. Justo estaba creando las redes sociales de la cabaña.

—Pues cuenta con las fotos. Ya que estoy aquí, ¿puedo tomar del interior?

—¿Estás listo para ver el resultado final?

—Admito que me da algo de rabia no haber acabado yo la reforma...

—Ya... —le digo, y abro la puerta para invitarlo. Hace más de un mes que no viene, su compañero ha trabajado de lo lindo estas semanas y a Patrick se le ve conmovido con el resultado y la decoración.

—Mel, tía, esto está casi listo. Has cambiado muchas cosas, ¿no?

—Bueno, he comprado algunos muebles y cosas para decorar.

—¡Qué buen gusto!

—¿De verdad te gusta?

—Mucho —dice con sinceridad—. Hemos hecho un buen trabajo.

Me tiende la mano para que se la choque y al hacerlo siento que estamos retomando nuestra amistad y eso me colma de buen rollo.

—Gracias por venir —le digo honestamente—. No sabía cómo actuar con los osos pero me quedé absorta con la imagen.

Patrick estalla a reír.

—Confieso que me he cagado al ver la foto que me has mandado. No tienes experiencia y una osa con crías puede darte un buen susto. Has hecho bien quedándote lejos y quieta.

—Me ha salido solo.

—Buen instinto. La naturaleza te ha hecho un buen regalo hoy.

—Y que lo digas. ¿Has comido?

—No, justo iba a comer cuando me has mandado la foto y he salido pitando por si estabas en apuros. La cámara siempre la llevo en el coche.

—Cazador de almas —le digo dándole un suave codazo. Se me hace difícil mantener las distancias con él después de todo lo vivido—. Vamos a comer, hago unos sándwiches. Voy a dejar a Max en el comedor hoy, porque ya se me hace tarde para recogerlo.

—Genial. Blue está con su madre esta semana.

Nos sentamos a comer en el porche y nos ponemos al día con todo lo ocurrido estas semanas. Patrick vuelve a ser el de siempre y yo agradezco a la vida por tener una cara amiga con la que compartir porche por un día.

—Quiero agradecerte enormemente la recomendación de Linda, he avanzado muchísimo. Veo las cosas muy diferentes.

—Yo también he estado yendo —me confiesa sin ápice de vergüenza.

—¿De veras?

—Sí. Cuando me separé de la madre de Blue me la recomendaron y acudí. Hacía tiempo que no sentía necesidad de ir, pero después de la noche que perdiste el vuelo, sentí que necesitaba charlar. Bueno, han sido solo dos sesiones, pero también me ha ayudado a ver que estaba proyectando en ti mis miedos. Perdóname.

—No vuelvas a disculparte. Somos adultos y humanos, la cagamos, aprendemos y seguimos, ¿no?

—Sí, ojalá sigamos de verdad —dice, y capto la indirecta.

—Por supuesto que seguiremos —contesto.

—Pero poco a poco —me pide.

—Sí, por favor. —Nos reímos juntos como antes—. Oye, ¿no me dices nada del desastre de gallinero que estoy montando?

—No lo he visto. ¿Dónde?

—Ahí detrás, fíjate qué pena. Pero mi becario es muy bajito como para ayudarme —le digo entre risas.

—Oh, ja, ja, ja. —Se echa a reír—. Eso está muy bien. Yo te ayudo a acabarlo este fin de semana si te apetece.

—Sí, por favor, queremos traer gallinas ya. Max está emocionado.

—Pues vengo con Blue, lo acabamos y vamos a por las gallinas. A ella le encantará

—¡Por supuesto! Gracias.

—Ha quedado mejor de lo que esperaba —me dice señalando la casa.

—Ahora me queda mejor la cabaña que antes, ¿no? —bromeo rescatando un comentario que me hizo al mudarme.

—Bueno. Ahora es perfecta. —Me guiña un ojo.

—Te he echado de menos. Pero trabajo por superarlo —le digo refiriéndome implícitamente a Linda, y él lo pilla.

—Estoy seguro de que Linda aprobaría nuestra nostalgia. Ha sido increíble lo que hemos vivido en tan poco tiempo.

—Conectamos...

—Sí, desde el primer instante.

—Desde la primera llamada —le corrijo.

—¿La primera llamada?

—¡Sí! Fuiste encantador y me transmitiste muy buen rollo.

—Oh, eso no lo sabía, qué bueno. —Apoya su mano en mi mano—. Me alegra que estés tan bien. Será un éxito —dice señalando la cabaña con la cabeza.

—¿Tú crees?

—Y si no lo es, no importa. Ahora es tu hogar.

—¡Sí importa! No quiero volver a trabajar para otros, quiero ser mi propia jefa.

—Lo serás, pero pase lo que pase, sé que serás feliz; dejemos de imponernos que todo salga bien. Que salga como salga, ¿no?

—Sí, eso me gusta —respondo refiriéndome también a lo nuestro.

—Y a mí.

Nos quedamos mirándonos en silencio, llenos de ganas, deseo e ilusión. Y lo sostenemos, no cruzamos la línea. Sus ojos color miel son cálidos. Está algo más moreno por el verano, le favorece. Y me doy cuenta de repente de que hace meses que no pienso en Ben, no me pregunto ni siquiera cómo le está yendo, ha venido ahora a mi mente, pero no como antes. No me importa su vida, no sé si es bueno o malo, pero ya no importa para mí, ya no importa para Max. Y eso me hace sentir bien.

Vamos a buscar a los niños juntos. Aunque le tocaba a su ex, Patrick le pide si puede recoger él a Blue hoy y pasamos la tarde juntos en el parque. Luego vamos a hacer la compra. Veo su casa por primera vez, una preciosa casa adosada en el pueblo, y nos invita a cenar si le ayudamos con la cena. Lo que parecía un plan de cuatro se convierte en un plan de dos porque Blue cae rendida en su cama antes de cenar y Max al poco rato.

—Cena para dos, pues —me dice, y coge a Max del sofá para llevarlo a la cama junto a Blue.

—Eso parece. ¿Esta casa la construiste tú mismo? —le pregunto cuando vuelve de la habitación.

—Hasta el último rincón.

—Cómo se nota. Me encanta.

—Compré la parcela al separarme y la construí para Blue y para mí. ¿Cenamos? —me dice sacando del horno las pizzas caseras que acabamos de hacer.

—Qué pintaza, nos han quedado genial —digo, y preparo la mesa.

—He pensado que este fin de semana, si quieres, podemos empezar con el huerto también.

Me ilusiono como una niña.

—Ostras, pues me daba apuro pedírtelo, pero no se me ocurre nadie mejor para preparar los bancales.

—Así traigo materiales que tengo por el taller.

—Genial. Bua, está deliciosa esta masa, buena receta.

—Es de mi tía, pero tus manos han obrado la magia hoy.

—Y las de Blue. —Me quito mérito, pues los peques nos han ayudado.

—Quién me hubiera dicho a mí que acabaría criando una hija solo.

—Lo mismo digo… Nunca me has contado qué pasó entre la madre de Blue y tú.

—Se fue con mi mejor amigo —me suelta, y se ríe.

—No te creo…

—Pues créetelo. Está superado, tranquila.

—Ahora entiendo que Linda te ayudara. —Sonrío y me sabe hasta mal estar hablando de algo tan delicado con buen rollo.

—Bueno, comprendí que no eres imprescindible para nadie.

—Desde luego. Debió de ser duro.

—Pues, si te soy sincero, fue más duro por mi mejor amigo, por Charles. De él no me lo esperaba. Al final, que una pareja pueda dejarte es más común, pero, bueno, él se enamoró de ella y no fue capaz de alejarse.

—¿Blue era muy pequeña?

—Mucho. Y antes de que me preguntes, sí, siguen juntos.

—¿Y volvéis a ser amigos Charles y tú?

—Bueno, nos llevamos bien, charlamos, pero ya no es lo mismo. Aunque si te refieres a si le guardo rencor, en absoluto. Me costó unos meses, un año para ser exactos. Pero luego agradecí que, si ella y Blue tenían que estar con alguien, ese tipo fuera Charles. Es un buen tío. Algún día te lo presentaré.

—Está claro que el hecho de que Blue se críe cuando está con su madre con un tío al que conoces es una tranquilidad como padre. Yo no me puedo ni imaginar que mi ex se junte con alguien que no me guste para Max, pero sé que no podré evitarlo.

—¿Cómo llevas el tema de Ben?

—Pues la verdad es que muy diferente a hace unos meses. He comprendido que, en realidad, mi relación con él tenía más que ver con mis propias necesidades que con él.

—Sí, lo pillo. Es lo bueno de compartir terapeuta.

211

Nos reímos y brindamos a su salud.

—Por Linda. —Alzamos nuestras copas y bebemos—. La verdad es que ya no pienso nunca en él y he entendido esa nostalgia que de vez en cuando me asolaba, pues en el fondo perderle me hacía sentir muy sola. Ahora ya no temo estar sola; es más, me gusta y lo disfruto.

—Es una pasada cuando logras disfrutar de esa soledad.

—Tengo mucho tiempo para hacer cosas para mí, y lo necesitaba.

—Me alegro mucho.

—Ni siquiera he pensado en qué puede pasar cuando tengamos la vista de nuevo para la custodia. No sé nada de él.

—¿Te gustaría saber?

—La verdad es que me es indiferente. Espero que esté bien, eso es todo. Ya no siento que criar a Max lejos de él sea triste.

—No es triste, estoy de acuerdo, vuestra vida aquí es genial. Y, por lo que me cuentas, has avanzado mucho sola. Siento haberme alejado tan drásticamente. Lo necesitaba.

—La verdad es que no me gustó perderte de ese modo, pero me ha ayudado estar sola. No hay mal que por bien no venga, dicen, ¿verdad?

—Eso dicen. Pero debo serte sincero, lo que ocurrió despertó en mí recuerdos oscuros, de cuando pillé a mi ex con Charles, y me asusté. No quería volver a pasar por ahí.

—Siento mucho haberte herido. Traicioné tu confianza como amiga, pero no estaba bien, no estaba en mis cabales.

—Ahora es solo una anécdota. Lo que ocurrió dice más de mis problemas propios que de los tuyos, así que para mí queda como una anécdota.

—Mola verlo así. Gracias.

—Pase lo que pase, quiero seguir siendo tu amigo.

—No es fácil ser solo tu amiga, hago grandes esfuerzos. —Le dedico una mirada pícara y noto que se alegra de mi confesión.

—¡Oh! Para mí es facilísimo, porque desde luego no me gustas nada de nada —bromea.

Seguimos hablando durante horas sobre planes para la cabaña y sus proyectos próximos en la constructora. Las horas pasan volando, como siempre que estamos juntos. Nos sentamos en su sofá y me invita a escuchar una canción que le hace pensar en mí. Pone el tocadiscos y yo me muero de la risa.

—¿Vas a ser siempre un ser tan antiguo? —me burlo cariñosamente.

—Siempre, Mel, siempre.

Pone a sonar un disco de Luke Combs, que conozco y me gusta, y elige la canción «Forever After All» (Para siempre al fin y al cabo). Nos quedamos en silencio escuchándola y cuando va por el segundo estribillo se pone de pie y me pide que baile con él. Me río y dudo, pero lo hago. Nos abrazamos y nos tomamos la mano; bailar bailar, no bailamos, pero en nuestro abrazo balanceamos levemente nuestros cuerpos al unísono. Cierro los ojos y saboreo la canción y su piel con todos mis sentidos puestos en este momento.

213

Dicen que nada dura para siempre,
pero no nos han visto juntos
ni el modo en que la luz de la luna brilla en tus ojos.
Quizá algunas cosas duren para siempre al fin y al cabo...

Me fundo en este momento tan sutil e intenso a la vez, absorbo su aroma, recuerdo el sabor de sus besos, me siento a gusto, a salvo, aquí en Montana. Pero no como antes, no desde mis carencias, ya estoy segura y completa en mi día a día, esto solo suma. Suma mucho. Y lo disfruto sin usar la mente. Me permito vivirlo, aquí y ahora, sin juicios. Fluyo. Fluimos y seguimos abrazados al son de la melodía de un par de canciones más, con los ojos cerrados, moviéndonos muy levemente, con nuestros pechos en contacto sintiendo un fuerte intercambio energético que lo llena todo. Y me doy cuenta de que mi corazón ha sanado. No siento que este momento me completa, ya me sentía así antes de esto. Lo que siento es un gozo muy grande, placer y muy buena energía. Finalmente nos separamos y nos quedamos mirándonos unos instantes en silencio.

—Es tarde —le susurro, pensando en Max y en que mañana tiene cole.

—Me encantaría que os quedarais, pero no quiero joder esto —me susurra él también.

—Estoy segura de que llegará el día. Quizá es un poco pronto —le digo mientras nos separamos, aún tomados de las manos.

—Que sea cuando tenga que ser —me dice, y me acaricia la mejilla. Le sostengo la mano en mi cara y la llevo a mis labios para besarla en un gesto cariñoso—. ¿Quieres que cargue yo a Max hasta el coche?

—Pues creo que es mejor que lo haga yo, así no se despierta.

—Te ayudo con las puertas —me dice.

—Recogemos primero —digo mostrándole que no tengo prisa, que no huyo de este momento. Me gusta y estoy bien.

—Como quieras, pero no hace falta, solo son dos platos.

—Es una excusa para quedarme un ratito más —confieso. Caminamos aún de la mano hasta la mesa y recogemos entre los dos.

Patrick me abre la puerta de la calle y al salir me señala el cielo, hay un cielo estrellado como pocas noches he visto. Un cielo perfecto para enmarcar lo que acabamos de compartir. Sé que me he enamorado de Patrick hace mucho tiempo, pero ahora ya no tengo miedo. Nos despedimos en el coche y logro poner a Max en su sillita sin que se despierte. Patrick me besa la frente y yo le abrazo y le devuelvo el beso, pero en los labios. Lo alargamos y el beso se intensifica bajo el manto de estrellas brillantes que nos rodea. Suspiro al separarnos y sonrío.

—¿De qué te ríes? —me susurra, y me besa otra vez.

—Soy feliz.

Me doy cuenta de que mi cerebro ha cambiado el típico «me hace feliz» por la frase correcta: «soy feliz».

—Y yo —me susurra, y sostiene la puerta para que entre.

—Hasta mañana —digo, aunque no hemos quedado aún.

215

—Hasta mañana —contesta. No necesitamos quedar en nada más.

Paso una de las mejores noches que recuerdo en la cabaña, donde al llegar escribo algunas notas en mi cuaderno sobre mis emociones, mientras inevitablemente escucho a Luke Combs con mis cascos. Aunque me encantaría haber compartido más rato con Patrick hoy, me siento bien aquí sola. Ir despacio me hace sentir segura conmigo misma. Sin duda esta es mi relación más madura.

No soy responsable de lo que ocurre en el mundo. El mundo ya era como es antes de que yo naciera siquiera, no soy nadie para tratar de cambiar al resto. No soy víctima de nadie, excepto de mí misma. No he venido para salvar el mundo, ni para salvar a nadie. He venido para ser feliz. Y comprendo que nada ni nadie puede hacerme feliz, porque ya lo soy. El amor es la medicina que acelera el proceso de curación, pero no el amor de pareja, el amor incondicional por uno mismo. Se trata de amar sin condiciones todo lo que soy, me haya equivocado o no, esté haciéndolo bien o mal. Amarme. No se puede compartir lo que no se tiene, por ello ahora que me siento feliz puedo ser feliz con alguien a mi lado. Ya no cargo con reproches ni culpas. Perdono todo lo que me ha pasado, me perdono a mí misma por lo que he vivido. Me responsabilizo y el rencor y la rabia se desvanecen.

El fin de semana resulta genial, hemos pasado el sábado entero construyendo el gallinero entre risas, música y pícnic con los peques, manteniendo las distancias aparentemente entre nosotros por los niños. El domingo acabamos de recoger las futuras gallinas, que aún son pollitos; son preciosos, de colores varios y nos llevamos también a la mamá para que no estén solos. Nuestras primeras gallinas, me encanta la idea de verlas crecer y envejecer con nosotros y poderle enseñar a Max los valores que aprendí junto a Jake. Y, por supuesto, conocer el origen de nuestros alimentos.

—Papi, quiero vivir aquí —dice Blue, que claramente habla mucho mejor que Max ya. Al oír sus palabras me recorre un sentimiento muy nuevo. Un sentimiento de esperanza por formar en un futuro una nueva familia. No sé si será con Patrick, pero me pregunto si sería así. La estampa de este fin de semana, aunque caótica a ratos, ha sido muy guay. Patrick se agacha y acaricia a Blue antes de responderle.

—Esta es la casa de Mel y Max, cariño, pero podemos venir siempre que nos inviten.

—Siempre que queráis, Blue, nuestra casa es vuestra casa —les respondo a padre e hija—. Sin ti esto no hubiera sido posible. —Le dedico esta vez mis palabras a Patrick.

—Pero quiero vivir con Max —repite Blue, que no es fácil de convencer.

Nos miramos y nos reímos. Lo bueno que tienen los niños es que, igual que pueden ser muy intensos, luego se les olvida de repente. Antes de que Patrick o yo podamos contestarle, Blue ya se ha entretenido con los pollitos de nuevo.

El gallinero ha quedado genial y, mientras los peques miran las aves y juegan con el pienso y unos cubos llenos de paja, nosotros miramos los tablones que usaremos para montar los bancales del huerto.

—¿Tienes idea de huertos? —se interesa Patrick.

—Qué va, será mi primera vez.

—Siempre he querido tener uno, me parece tan interesante.

—¿De veras? —le pregunto intrigada.

—Claro. Mi abuelo tenía uno, tengo recuerdos bonitos de pequeño con él.

—Oye, ¿y por qué no montamos un huerto compartido? Para mí tener ayuda será vital y no sé a quién pedírsela, no veo muchos vecinos interesados por aquí en compartir un huerto.

—Pues no se me había ocurrido, pero sería genial. Tú me prestas un cachito de tierra y yo te presto mis servicios como horticultor novato.

—No sé yo si lograremos cosechar algo —bromeo, y nos reímos. Siempre nos reímos juntos, qué bonita sensación.

—Seguro que sí, y si no, aprenderemos. Yo sé algo.

—¿Te puedo enseñar el diseño que tengo pensado? Lo he dibujado.

—Claro. Estás muy puesta, veo.

—Bueno, compré unos libros por Internet y tengo algunos apuntes. Mi idea es que el huerto dé para el negocio, para los clientes.

—Claro, no lo había pensado. Eso sería genial y un reclamo muy interesante para que la gente quiera probar tu exquisita cocina.

—Nunca he cocinado para ti, no seas pelota.

—Cierto, esperaré a probarla, pero ahora con más motivo. Si quieres que sea un huerto rentable y que produzca para varias personas, hay que ponerse ya; estamos en verano, es hora de hacer el semillero de otoño e invierno.

—Míralo, el que no sabía nada de huertos —digo sorprendida.

—Esto es lo básico, ¿no? Soy un tío rural. Es lo mínimo.

Me lo quedo mirando y me doy cuenta de que nunca me ha hablado sobre su infancia.

—Oye, Patrick, ¿cómo fue tu infancia?

—Esto se pone íntimo. Mi infancia… fue genial. Mi familia está muy unida, ya te lo comenté en una ocasión. Mi hermana y yo siempre nos hemos llevado muy bien. Por cierto, ahora que sacas el tema, mi tía Anita, la del restaurante, prepara una comida todos los agostos para toda la familia y me ha suplicado que este año venga acompañado. Me pregunto si te gustaría ser mi acompañante.

—Claro, siempre y cuando pueda traer a mi pequeño acompañante también.

—Faltaría más. Pues bien, ahí conocerás a mi convencional familia. Son geniales, la verdad. Mi madre, como todas las madres, es la que tiene el carácter mas duro. Pero siempre ha sido muy cariñosa, dejó de trabajar para estar con mi hermana y conmigo, papá se dedicaba al mundo de la leña y la madera, un leñador constructor. Trabajaba especialmente a temporadas, por encargos. Él ya no está con nosotros, pero siempre lo tenemos presente. Fue un bonachón, mi madre aún no ha superado del todo su pérdida. Es difícil. Pero hace su vida, está bien. Ella se llama Claudia y él era Tom.

—Eres tierno.

—¿Yo? ¿Por qué? Eres tú la que me ha preguntado por la familia.

—No sé, me pareces tierno —le repito, y noto que le estoy mirando con cara de boba.

—Me lo tomaré como un cumplido. Hubiera preferido algo así como «eres un tío bueno», pero aceptaré «tierno» —dice, y ambos nos reímos de nuevo.

Empiezan las vacaciones escolares de verano y a partir de ahora tendré a Max conmigo en casa todos los días, por eso estas últimas semanas he dejado todos los preparativos listos, para que en septiembre solo queden cuatro cosas para tener la inauguración lista. Caigo en la cuenta de que la vista por la custodia será el mismo mes que la inauguración y podría joderme los planes, pero trato de ser positiva y de montarlo lo mejor posible. Llamo a Flor, pues hace semanas que no hablamos; es difícil encontrarnos entre la mala cobertura de ambas y lo mucho que pasamos del móvil. Pero hoy lo logramos a la primera.

—Miss Montañas Nevadas, ¿cómo estás? —me saluda con cariño.

—¡Floricienta! Genial, la verdad. Genial.

—Oh, oh… Ese genial suena a «he de contarte algo».

—¿Puedes dejar de leerme la mente? —Me río.

—Vaaalee, recuerdos de Jake y de Lonan. Tenemos ganas de verte, ¿cuándo vienes?

—Pues… Justo te llamaba para que vinierais vosotros. ¿Montamos una escapada? Me encantaría que fuerais los primeros en probar mi casita para huéspedes, como si fuerais mis primeros clientes.

—Ay, sí, qué buena idea. Puedo llevar la cámara y hacer fotos, seguro que te irá bien tener material profesional.

—Sí, claro, aunque ya tengo algunas, me las ha hecho Patrick.

—Oh, el famoso y apuesto Patrick... —se burla con dulzura.

—Ay, tía... Te he de contar.

—Sí, ya, ya... No quiero parecer cotilla, pero cuéntamelo todo.

—No sé, estamos fluyendo, con los niños todo es distinto, va madurando a su ritmo, sin prisas, a fuego lento, y todo se va asentando, cuajando... Un gustazo, tía.

—Imagino que os habéis reconciliado después del incidente con Ben. —Baja el tono para que Jake no la oiga, pues le supliqué que no se lo contara. No me apetece que me juzgue.

—Sí, la verdad es que la terapia me está ayudando mucho.

—¿Aún vas?

—Sí, pero ya no tan seguido.

—Me alegro tanto tanto que hayas podido escapar de todo esto. Y de todo lo que te está ayudando Linda.

Flor y yo estamos en contacto por wasap todas las semanas y es la persona que está más al día de mi vida, igual que mis padres, a los que también llamo un par de veces por semana, aunque solo sea para darnos las buenas noches o los buenos días.

—¿Sabes algo de él? —le pregunto intrigada por si está por el pueblo o si sigue en rehabilitación.

—Sí. Está viviendo en la casa, finalmente se la quedó. Y creo que trabaja en una área de servicio, por lo que me comentó Jake. Yo me crucé con él el otro día en el supermercado, lo vi bien, al menos no llevaba alcohol en la cesta, pero fue seco conmigo, hola y adiós. ¿No te ha llamado? ¿No ha preguntado por Max?

—Creo que Ben tiene problemas mayores que Max, eso ya lo he aceptado y está bien.

—Bueno, esta falta de contacto por su parte te ayudará en la vista, claro.

—Eso espero. Quedan unos meses aún, pero estoy fuerte, no te imaginas cuánto.

—Sí lo imagino, te creo. Sé que estás sanando esas heridas.

—Sí.

—Te echo de menos, te echamos todos de menos. Déjame que cuadre con Jake y nos escapamos a probar esa maravillosa cabaña.

—Vale, porfa, montáoslo. Necesito caras amigas.

—Haz nuevos amigos, Mel, te irá bien.

221

—Sí, si he ido haciéndolos, pero vivimos muy aislados y mi vida social se reduce a ir a la escuela a llevar y a recoger a Max y a la compra, pero despacito.

—*Poc a poc*, como se dice en mi tierra —dice Flor en su catalán natal. Ella también vive muy lejos de todos los suyos, aunque cada año viajan un mes a Barcelona—. Nosotros ahora estamos en un momento delicado.

—¿Jake y tú? —Me extraña, pues su relación siempre ha sido muy estable en todos los sentidos.

—Sí, con Lonan. Está en un momento muy demandante y me cuesta conciliar trabajo, maternidad y pareja. Jake va desbordado con el Santuario de Joan y el hostal.

—Te entiendo perfectamente, pero os tenéis el uno al otro al menos —la animo, pues yo estoy sola y es mucho más duro.

—Desde luego. Te admiro, Mel, yo sola no podría.

—Sí podrías, pero entiendo que estéis agobiados, Lonan es más mayor.

—Yo pensaba que sería más autónomo, y sí lo es, pero me requiere para todo y cuando se va a dormir estamos tan cansados, tanto Jake como yo, que no encontramos el tiempo ni el espacio para la vida de pareja. Pero bueno, nada grave, solo un poco agobiados y presionados con la gestión familiar.

—Tranquila, Flor, todas nos sentimos así. Ánimo, sabes que es una etapa.

Consolarla me hace sentir que no soy la única con problemas.

—Sí, que pase, que pase rápido.

—Yo echo de menos ser yo misma, pensar solo en mí, ir a donde me dé la gana cuando me dé la gana sin que Max me pida brazos, teta o atención, aunque sea un par de horas al día solo. Pero mira dónde me he metido, sola con él en una cabaña en el bosque a miles de kilómetros de mis padres. ¿Estaré loca?

—¡Un poco sí, eh! —se burla, y nos reímos.

—Bueno, Flor, mirad con Jake si podéis venir, que me hace mucha ilusión.

—Cuenta con ello. Nos irá bien, solo necesitamos cuadrar fechas. Ya te decimos.

—Genial. Tengo ganas de veros. Besitos al peque de mi parte y a toda la familia —le digo para despedirme.

—Lo mismo, muchos achuchones a Max, le echamos de menos. Y a tiiii.

Hablar con Flor siempre es un desahogo.

La organización de los días ha cambiado ahora que Max no va a la escuela, me los tomo como mis últimas vacaciones antes de emprender el nuevo negocio y saboreo los días como si en realidad fueran los últimos. Pues sé que una vez empiece con los huéspedes mi tiempo libre será más limitado, aunque tener la libertad de decidir si trabajaré o no una semana o un día concreto me da mucha tranquilidad. Mi idea es trabajar fines de semanas y festivos, y al principio no abrir entre semana, pues quiero empezar despacito y sin sobrecargarme de trabajo. Mudarnos aquí también tiene por objetivo disfrutar de los tiempos naturales de la vida, no el de meterme en un negocio que me genera estrés y me saca tiempo para disfrutar de Max y su crianza.

Ahora las mañanas ya no son café y rumbo a la escuela para después trabajar, ahora preparamos tostadas o crepes, según el ánimo de Max, y disfruto de cafés largos y pausados en el porche de la cabaña en su compañía, él siempre acaba antes y se pone a jugar con las gallinitas, que crecen fuertes y sanas. Yo, mientras, le observo saboreando mi café con manteca de avellanas y leche de coco desde una tranquilidad a la que a veces cuesta acostumbrarse. La mente siempre me propone alternativas más productivas que disfrutar la vida sin más. Pero he aprendido a acallarlas y seguir gozando de estos días lentos. Normalmente después del desayuno salimos a dar un paseo, antes del mediodía, cuando el bosque está más fresco, y hace días que me ronda la idea de adoptar un perrito para que viva con nosotros, para compartir con él estos paseos, este hogar y para sentirnos más seguros. Hay noches en que el bosque suena de un modo distinto y agradecería un perro que nos protegiera. De posibles animales, o de algún extraño... Creo que no tardaré en hacerlo.

Al mediodía, antes de comer, hacemos cositas por casa, ya sea coladas, cosas del hogar o preparar el huerto con Patrick, que suele venir a comer a casa cuando está con Blue. Cocinamos, construimos o acabamos temas pendientes y, después de tumbarnos un buen rato

223

en la hierba, hacemos otro pequeño paseo juntos. Ahora que las tardes son tan largas, aprovechamos las últimas horas, cuando está más fresco, para avanzar con nuestro proyecto de huerto común. La verdad es que nos entendemos superbién trabajando juntos y eso siempre es un gusto. Cuando el sol cae y los peques duermen, nos fundimos en caricias y besos cómplices, llenos de deseo.

En las últimas semanas hemos acabado todos los bancales de madera, ya solo nos falta llenarlos de compost y sembrar algunas hortalizas de otoño. Aunque estemos en verano, toca sembrar lo de otoño, pues las plantas de verano como tomates, pimientos, melones o berenjenas tendríamos que haberlas sembrado al inicio de la primavera, así que ya vamos tarde, pero aún estamos a tiempo para preparar un buen huerto de otoño invierno. No es tan suculento ni de crecimiento tan rápido, pero también nos puede dar grandes cantidades de comida, coliflores, brócoli, lechuga, espinacas, acelgas, alcachofas, kale, patatas, ajo, cebolla, zanahorias... Me pregunto cuán sabrosas serán nuestras verduras... Me muero de ganas de que llegue el momento de plantar y verlas crecer. También vamos a poner fresas, arándanos y frambuesas y, por supuesto, plantas aromáticas como menta, hierbabuena, cilantro, perejil, romero, tomillo, lavanda, orégano, albahaca... Y si nos queda tiempo probaremos con leguminosas. Ya se verá. Desde luego, viviendo aquí sin tener que cumplir con un horario fijo y sin la presión de vivir tan dentro del sistema me he dado cuenta de que todo es relativo, esa falsa seguridad que sentía en mi pueblo, esa obligación de cumplir, de llegar... Todo es mentira, la vida es mucho más sencilla. Lo complicado es la sociedad que nos hemos montado, la cultura, las normas impuestas, muchas veces incluso autoimpuestas, los miedos, las presiones económicas, el creer que necesitaremos más y más, el llegar siempre tarde, como si un reloj pudiera marcar el tiempo. El tiempo lo marca el sol, nuestros ritmos circadianos, el hambre, pero no un reloj. En estos meses he podido observar muchos animales que cohabitan con nosotros en el bosque, como ciervos, renos, algún zorro confiado que se acerca por las tardes a la cabaña, aves, los osos, y ninguno de ellos vive estresado ni sigue un horario. Viven sin más, entregados a la experiencia de existir. Despiertan antes de que salga el sol, dedican su tiempo y empeño a buscar comida, proteger a su familia, descansan, cuán merecido descanso nos debemos los humanos y creemos que no tenemos tiempo para ello. Los animales pasan horas tendidos al sol, conectados con la tierra, sencillamente gozando de su existencia, sin más complicaciones. Hace unos días, un rebaño pequeño de ciervos se paró a comer y rumiar en nuestro jardín durante horas, los observé por la ventana con sigilo, pues no quería asustarlos, y el simple hecho de contemplarlos me transmitió tal paz y sentido vital que decidí aprender un poco más de ellos y creerme menos la farsa de sociedad que nos hemos montado, que nos impone separarnos de nuestros hijos y cumplir horarios inhumanos a cambio de un sueldo injusto. Hay tanta gente viviendo sus vidas por inercia, yo era una de ellas. Desde que vivimos aquí todo es diferente, no sé qué nos deparará el futuro, pero pienso esforzarme en seguir aprendiendo de los animales que nos visitan, lo valoro como un tesoro.

Patrick y yo seguimos con nuestro flirteo y algún que otro beso a escondidas cuando los niños no nos ven, y la verdad es que después de varias semanas así ya tengo ganas de dar un paso más. La terapia con Linda ha pasado a ser una vez cada quince días, y ahora lo que más hago es trabajo personal con mi cuaderno y libros de autoayuda, que, aunque muchos de ellos me parecen basura, hay verdaderos tesoros si sabes elegir el autor. Miguel Ángel Ruiz Macías es uno de mis favoritos, sin duda.

Tuvo lugar el gran día de la comida familiar de Patrick. No conocía mucho a su familia, exceptuando a su tía Anita y a su hermana. Ya iba siendo hora de conocer más gente y empezar a ampliar mi círculo de amistades aquí en Montana. Fue genial y todo el mundo se enamoró de Max, que estuvo muy tranquilo y feliz junto a Blue, correteando por el restaurante y jugando. Me trataron como una más de la familia, sin incomodidades ni preguntas innecesarias; no sé si saben lo nuestro o si creen que hay más de lo que hay, Patrick y yo en todo momento nos comportamos como amigos, con naturalidad, y fue muy cómodo y agradable. Uno de los primos de Patrick lleva el periódico local del pueblo y quedamos en hacer un artículo para promocionar la inauguración del hostal.

Día a día voy acabando de llenar con detalles las habitaciones de los huéspedes, cuando Max me lo permite, y por fin Jake y Flor se han decidido: el 15 de septiembre pasarán una semanita conmigo aquí. Me propongo acabar todo lo que falta antes de esa fecha y me emociona pensar que tendré a gente conocida en casa. Tras casi cinco meses viviendo aquí, hoy la tía Anita ha propuesto llevarse a Blue y a Max con la ayuda de la hermana de Patrick a la feria del estado, que como cada año asegura una buena diversión para los más pequeños. En un principio he dudado, pero hábilmente me he dado cuenta de que lo hacen para darnos un espacio a solas a Patrick y a mí. Max está entusiasmado con la idea y debo admitir que yo también.

Pasar unas horas a solas tras tantas semanas sin escuela ni descanso se agradece enormemente. Cuando el coche pone rumbo a la feria y nos deja solos ante el restaurante de Anita, Patrick me mira y me propone:

—¿Nos metemos en algún lío? —Apoya su brazo en mi hombro y nos reímos.

—No estaría mal —le sigo el rollo. Ya me gustaría volver a esos años de adolescencia cuando no teníamos preocupaciones reales ni muchas obligaciones.

—Sube al coche, te llevo a un sitio. —Su misterio me sorprende. Me dejo llevar sin titubear.

—¿Me vas a decir dónde vamos?

—A cumplir uno de tus sueños.

Abro los ojos de par en par y trato de rebuscar en la memoria qué sueños le he contado a Patrick.

—Pues... no caigo ahora mismo.

—Vamos a pasar el día a Yellowstone.

227

—¡Madre mía!

—¿Te apetece?

—Sí, claro, mucho, pero está muy lejos. No sé a qué hora llegarán los niños.

—Tranquila, cuando regresen de la feria comerán y harán la siesta, ya les conoces. Son las diez de la mañana, tenemos tiempo hasta las seis o las siete.

—Es verdad... —digo, y me relajo ligeramente, no estoy acostumbrada a dejar a Max con nadie aquí en Montana.

—La primera vez que visité Yellowstone fue con mi abuelo, que me llevó a pescar.

—¿Ah, sí?

—Sí, acabé empapado, muerto de frío y sin ningún pez. No me gustó nada.

Ambos nos reímos y me parece tierno que siempre tenga anécdotas tan entrañables con su familia.

—He tenido mucha suerte contigo —digo cambiando de tema.

—¿Soy algo así como tu lotería?

—Qué bobo eres. —Le doy un codazo amistoso—. No, en serio. Estoy muy contenta de haberte conocido.

—Yo también, sobre todo de lo bien que nos entendemos y estamos juntos.

—Al final es todo lo que buscas en una pareja, ¿no? Alguien con quien compartir desde la paz, la comunicación.

—Dicho así no suena muy pasional. —Ríe.

—No hemos tenido tiempo para la pasión tú y yo.

—Quizá cuando los niños se gradúen...

Me echo a reír y admiro que siempre tenga espacio para las bromas. No recuerdo haber visto a Patrick quejarse demasiado y eso es de admirar en una persona.

El trayecto hasta Yellowstone es largo, pero, con la compañía de Patrick, nuestras charlas y la buena música se hace una ruta agradable. Me siento como en una película atravesando el estado de Montana hacia un parque nacional con un apuesto guía al lado. Llegamos a una zona preciosa y veo a lo lejos el humeante y famoso volcán del parque.

—Guau, ¡cuántos colores! —exclamo como una niña pequeña—. ¿Sabías que se creó en una erupción volcánica hace más de seiscientos mil años?

—No tenía ni idea. Se supone que yo soy el guía, señorita.

—Las guías sobre Yellowstone han sido una gran motivación desde que estoy en Montana —le cuento, pues adoro aprender cosas a través de los libros.

—¿Y qué más me puede contar hoy mi guía sexi? —me susurra en el oído antes de dedicarme un suave beso en los labios.

—Mmmm. —Suelto un sutil susurro de placer—. Pues… creo que mide unos sesenta kilómetros de diámetro —susurro con dificultad entre besos—. Le queda genial el volcán, señor Patrick.

—Y yo que creía que era yo quien le sentaba bien a él —dice recordándome sus propios piropos.

Nos reímos y nos fundimos en un beso apasionado. Por un instante vuelvo a ser Mel, Mel a secas. Mel mamá queda en un segundo plano y me permito vivir el momento como si no existiera nada más. Subimos al coche cogidos de la mano y, tras unos minutos, aparcamos cerca de un río precioso y solitario bordeado por un extenso valle verde. Este paraje rebosa vida y belleza, me encanta.

—¿Te atreves? —Patrick me señala el río y yo dudo.

—Uf, ¿estará fría?

—Es el río que hierve, Mel. No creo.

—Ostras, no leí sobre esto en mi guía.

—Vamos.

Patrick me coge de la mano y me empuja hacia la orilla. Nos desnudamos, pues no hay nadie alrededor y este lugar está muy bien escondido, no había ni una señal para llegar, imagino que para resguardarlo de turistas y curiosos y mantener su estado natural. Admito que desnudarme ante Patrick a plena luz del día por primera vez me avergüenza un poco, pero él es un caballero, se da la vuelta y se desviste sin mirarme. Se dirige al agua y, por un instante, la curiosidad me hace buscarlo con la mirada para contemplar su cuerpo. Pero ya está metido en el agua caliente, de espaldas. Me acerco rápidamente y me meto en el agua enseguida, pues aun siendo agosto aquí hace fresquito y de no ser por la temperatura del agua estaríamos pasando un mal rato.

—Dios, está buenísima.

No puedo contener la emoción. La sensación de libertad que me proporciona estar pasando un día a solas con Patrick me emociona y me acerco a su cuerpo sin dudar para lanzarme a sus brazos. Nos fundimos en un abrazo cálido y por primera vez nuestras pieles toman contacto al desnudo. Admito que una repentina excitación me sorprende y me muerdo el labio para reprimirla. Pasamos unos minutos fundidos en este abrazo, y si pudiera expresar lo que siento, sería algo hermoso, pero hay emociones tan profundas que no se pueden poner en palabras. Me entrego a la sensación que me transmite este valioso instante y por primera vez en muchos meses tengo la certeza de que he hecho lo correcto. Hace mucho tiempo que no sentía con tanta seguridad que estoy donde debo estar. El camino hasta aquí, aunque muy bonito, no siempre ha sido fácil, la cabaña y todo el trabajo que conlleva, criar sola y lejos de casa a Max, los cambios, Ben... Pero ahora mismo por fin siento una coherencia brutal en todo lo que estoy haciendo y he hecho. Patrick me besa el cuello con delicadeza y yo temo no poder reprimir el deseo. Nos dejamos llevar entre besos y caricias y terminamos haciendo el amor con tanta ternura que pienso que, si alguien pasara por aquí, ni se daría cuenta. Patrick entra en mi interior con tanto cuidado que me hace sentir segura de estar haciéndolo en un lugar público. Es tan poco probable que aparezca alguien ahora que no supone un freno para nosotros, y, entre jadeos, abrazos, besos y embestidas lentas pero intensas, llego al orgasmo más profundo de toda mi vida. Aquí, a pleno sol, en estas aguas termales tan lejos de todo lo que es conocido para mí, ambos jadeamos extasiados de placer y con una conexión aún más profunda si cabe. Un acto casi espiritual de unión entre dos seres que desde luego se tenían muchas ganas.

—Estoy sin palabras —me susurra aún presa de la pasión.

—Me encanta. Todo, tú, esto... Estar aquí.

—Los mejores planes siempre son los improvisados.

Me besa suave los labios y cierro los ojos para absorber todo su amor.

Nos quedamos en silencio con nuestros cuerpos enredados un buen rato hasta que el hambre nos hace retomar contacto con la realidad y nos empuja a salir del agua para buscar algún sitio donde comer. Salimos del parque y paramos en una localidad muy cercana a Yellowstone donde hay un par de restaurantes, nos decantamos por el más bonito y comemos algo rápido antes de poner rumbo a casa de nuevo. Ha pasado volando el día y siento que algo entre nosotros ha dado un paso más. Me siento segura de este paso que hemos dado y durante todo el viaje no nos soltamos las manos. Charlamos y reímos una vez más, felices de haber podido tener este rato para nosotros. Al llegar al pueblo recogemos a los peques, que lo han pasado en grande, y Patrick nos deja en casa antes de que oscurezca. Ha sido un día muy intenso para ambos y caemos rendidos más pronto de lo habitual en mi cama. Max tarda instantes en dormirse y yo le sigo los pasos.

231

12

—*H*ola Mel, soy Ben. —Su voz al otro lado del teléfono me sorprende, pues no conozco el número desde el que me llama.

—Hola, Ben. ¿Cómo estás? —le pregunto tras meses sin saber nada de él.

—Muy bien. ¿Cómo estáis Max y tú? Me he enterado de que estáis en Montana... No tenía ni idea y me siento estúpido.

—Bien, sí, aquí estamos. Muy bien los dos. ¿Ya saliste del centro?

—Sí, hace semanas ya. No te he llamado porque después de todo lo ocurrido no quería complicar más las cosas.

—¿Cómo te has enterado de lo de Montana?

—Alguien del pueblo. Aunque hubiera preferido que me lo contaras tú.

—No han sido fáciles estos meses —le contesto un poco sin saber qué decir.

—En poco más de un mes tenemos la vista de nuevo —me recuerda.

—Sí, no lo olvido. ¿Has tomado alguna decisión?

—La verdad es que lo que más deseo es dejar de joderos la vida. Por ello quiero que me hagas tu propuesta y trataré de respetarla. Solo quiero pedirte que no me vuelvas a exigir que renuncie a Max, pídeme algo sensato.

—Sí, eso trato de hacer. Ya nos veremos en unas semanas.

Trato de acabar con la conversación, pues dudo que lleguemos ahora al acuerdo final.

—Por favor, ven con Max, quiero pasar un rato con él. Hace demasiado tiempo que no le veo.

—Sí, viajaremos juntos a Tennessee y pasaremos allí unos días con mis padres.

—Gracias.

—Hasta la vista, Ben. Cuídate.

Cuelgo el teléfono y agradezco que su llamada no haya sido para suplicarme que volvamos una vez más. Ya ha pasado demasiado tiempo e imagino que él también estará con alguien. Patrick me mira desde el otro lado del sofá y noto la preocupación en su rostro.

234

—¿Está todo bien? —me pregunta al fin tras escuchar solo mi parte de la conversación.

—Sí, solo quería saber cómo está Max y si lo llevaré a Tennessee para la vista.

—Ah, bueno…

—Patrick, me gustaría pedirte que viajes con nosotros para la vista esta vez.

Intuyo en sus ojos una leve sorpresa y estoy segura de que no se esperaba esta petición.

—Por supuesto, me encantaría conocer Tennessee, y si puedo ayudar en algo…

—De verdad que no te lo pido para cumplir ni por lo que pasó la vez pasada. Es porque realmente me hace ilusión que puedas venir con nosotros.

—Claro que sí. Me organizo con la mamá de Blue y cuenta con ello.

—Gracias. —Se lo digo de veras—. Mañana llegan mis amigos, Jake y Flor, ¿recuerdas?

—Sí. Tengo ganas de conocerles. Fue una gran idea

adelantar la inauguración a la próxima semana para que ellos puedan estar.

—¡Sí! Menos mal que hemos llegado a tiempo, así tampoco coincide con la vista. Estoy segura de que te encantarán Flor y Jake. Voy a preparar su habitación, son mi prueba piloto.

—Te ayudo.

Preparamos la ropa de cama y la habitación queda preciosa. Muero de ganas de que sea mañana y poder enseñarles todo esto a mis amigos. Espero que les guste. En cuanto a Patrick y a mí, desde nuestro viaje a Yellowstone estamos más unidos que nunca y se podría decir que hemos iniciado algo muy parecido a una relación, aunque aún guardamos distancia delante de los niños.

—Les encantará, ni lo dudes —me dice Patrick antes de darme un suave beso en los labios. Debe de notar mis nervios.

235

—Es importante para mí que todo salga bien: la inauguración, los primeros clientes… Ya he puesto la web en marcha, ahora no hay vuelta atrás. Quedan siete días para el gran día.

—Seguro que en unos días llegan las primeras reservas. Ha quedado todo perfecto. Estoy muy orgulloso del curro en equipo que hemos hecho.

Observo la cabaña ya acabada y ahora sí puedo admitirlo: es un sueño hecho realidad. Estamos en septiembre, los días empiezan a acortarse y el tiempo ha empezado a refrescar por las noches, tengo ganas de volver a encender la chimenea. Patrick está sin Blue esta semana y estamos acabando de plantar todo lo que nos falta en el huerto. Lo hemos logrado a tiempo antes del gran día, ahora solo queda esperar a que las plantas empiecen a crecer y den sus frutos.

He invitado a la familia de Patrick, a algunos amigos del cole de Max con sus padres, a Jake y a Flor, a Linda y al alcalde del pueblo. Será una inauguración pequeña, pero tengo mucha ilusión puesta en ella. Que lo haya podido cuadrar con mis amigos es de lo más importante para mí. Ojalá mis padres pudieran venir, pero mamá trabaja y le es imposible montárselo. Nos veremos el mes que viene en Tennessee; así que no pasa nada. Flor tomará fotos del evento, que será una pequeña merienda en el porche, lo hemos llenado de lucecitas y antorchas y ha quedado espectacular. Ahora sí puedo afirmar que empieza una nueva etapa. Espero que sea un éxito.

Recojo a Jake y a Flor en el aeropuerto, han venido sin Lonan, que se ha quedado con los abuelos para poder disfrutar de unos días a solas sin el peque como pareja, cosa que me parece genial, aunque Max tenía muchas ganas de ver a su amiguito. Nos fundimos en abrazos y la emoción es palpable.

236

—¡Vamos a inaugurar esa cabaña! —exclama Jake con alegría.

—¡Ahó! —contesto en referencia a sus raíces nativoamericanas y nos reímos todos juntos como antaño—. No sabéis el subidón que es teneros aquí, chicos. Y que conozcáis a Patrick...

—Eso, eso quería yo —dice Flor entusiasmada.

—Está en la cabaña con los últimos preparativos para el gran día.

—Solo quedan unos días y parece que fue ayer que decidiste mudarte aquí —me recuerda Jake con cariño.

—Y qué lo digas.

—Te hemos traído un regalo muy especial.

Jake me tiende una bolsa y por la forma ya sé lo que es. Lo abro con el cariño que merece y veo un gran atrapasueños hecho a crochet por Joan y confeccionado como los auténticos por el abuelo Lonan, descendiente de los nativos americanos.

—No sabéis la ilusión que me hace poder poner esto en casa...

—Sí, lo sabemos. —Flor me abraza y una lágrima tímida rueda por mi mejilla—. Te va a traer la mejor de las vidas, ya verás. Lonan nos contó la leyenda de la mujer araña, de la cual proceden los primeros atrapasueños.

—Pues esa creo que no me la sé —le digo ya de camino a la cabaña, mientras conduzco por la que ya siento mi tierra. Jake toma la palabra como de costumbre, lo que le gusta hablar a mi querido Jake...

—Cuenta la leyenda que existía una hermosa mujer araña llamada Asibikaashi, cuya misión era mimar y proteger a los niños y adultos de la tribu Ojibwa que habitaba Norteamérica. Esta mujer araña, cuando llegaba la noche, se acercaba a los lechos de los más pequeños de la tribu y comenzaba a tejer una tela de araña que iba colocando con cariño sobre cada pequeño. Esta fina y delicada tela ayudaba a filtrar los malos sueños y las pesadillas mientras los niños dormían. También protegía a toda la tribu de las malas energías. Creo que es todo lo que necesita tu cabaña para empezar con su magnífica labor.

—Me encanta. Gracias, Jake.

Ambos disfrutan del paisaje, Flor va haciendo fotos fugaces desde el asiento del copiloto y Jake observa en silencio las hermosas montañas. Se nota que ambos son amantes de la naturaleza, porque la observan desde un lugar que poca gente lo haría. Llegamos al camino principal de la cabaña y Jake me pide ir a pie. Quiere sentir la energía del valle y los árboles y llegar andando para impregnarse de la vida de este lugar. Él siempre tan especial. Flor se suma y ambos bajan a escasos quinientos metros de la casa para pasear hasta ella. Aparco el coche y los veo llegar tras de mí con una mirada llena de ilusión y esperanza.

237

—Mel, debo decirte que este lugar es mágico. Es maravilloso, estas montañas, los abetos, el ambiente tan fresco y el olor que desprende el bosque... No me lo imaginaba así para nada. Es una locura. —Jake está sorprendido.

—No me imaginabas viviendo aquí, eh. —Le doy un empujón suave y él sonríe.

—Jamás te hubiera puesto aquí sola. Conociéndote. Eres muy valiente.

Me enorgullece que Jake vea esta nueva Mel, nos conocemos de toda la vida y él mejor que nadie sabe el reto que ha supuesto esto para mí.

—Necesito fotografiarlo todo —me dice Flor.

—Claro, estás en tu casa. Dejamos el equipaje y damos un paseo, ¿os parece?

Veo a Patrick aparecer desde el jardín trasero de la cabaña con sus guantes de trabajo y un lápiz encima de la oreja. Algo está tramando. Se acerca con una amplia sonrisa y con su peculiar buena energía y yo me deshago.

—Bienvenidos, chicos, soy Patrick. —Los saluda con tanta calidez que parece que ya los conoce.

—Patrick, qué ganas de conocerte. Mel nos ha hablado muy bien de ti.

Flor no puede ocultar su emoción y le da un abrazo caluroso, muy español, que él le devuelve con la misma energía.

—Tío, felicidades por el trabajo, hemos ido viendo el paso a paso en fotos y debo felicitaros. Qué pasada de cabaña y de reforma. —Jake le da la mano y un abrazo también.

—Gracias, todo ha sido mérito de la valiente Mel. —Patrick se quita importancia.

—Vamos, que os enseñamos todo. Primero el interior y luego ya los exteriores —digo entusiasmada.

Les hacemos un *tour* por las habitaciones para huéspedes, el salón, la cocina y el porche; estoy tan ilusionada que no me cabe en el cuerpo la alegría y se nota en mi cara. A ellos les encanta y sé que son honestos con su asombro, no esperaban algo así.

—Aquí hay todo lujo de detalles, Mel: las cortinas, las flores secas en las mesitas de noche, las lámparas perfectamente escogidas, la ropa de cama, los cuadros... Menudas fotos, por cierto. Las de los osos. Creo que este episodio no me lo has contado —dice Flor señalando las maravillosas fotos que tomó Patrick.

—Creo que hay mucho que debo contarte aún. —Le guiño un ojo señalando a Patrick con la cabeza y Flor me rodea con un brazo por encima del hombro mientras seguimos avanzando por la casa—. Sabía que te gustaría.

Jake y Patrick se centran en los detalles de la madera y la reforma y verlos charlar con tanta naturalidad y tanta confianza me hace darme cuenta de que he tomado el camino correcto. Jake es mi ex y casi nos casamos, pero ahora nuestra relación es tan pura y auténtica que es imposible que alguien dude de ello. Y Patrick, por supuesto, alaba esta relación tan buena que hemos logrado.

Al llegar al huerto descubro en lo que ha estado trabajando Patrick toda la mañana, un cartel de madera tallado a mano por él donde pone en grande «HUERTO COMUNITARIO» con unas amapolas talladas y pintadas a mano. Me encanta, no me lo esperaba y siento que es todo lo que le faltaba a nuestro precioso jardín.

—Creo que ya podemos inaugurar —señala Patrick como si fuera la guinda del pastel.

—Sin duda. Ahora ya está todo —le agradezco con un fugaz abrazo.

—Y oye, ¿los niños cómo se han tomado esto? —nos pregunta Flor refiriéndose a nuestra relación.

239

—Pues es que aún no lo saben. Hace solo un mes que estamos juntos… Bueno, ya me entiendes. Delante de ellos aún no actuamos como pareja… Pero supongo que pronto llegará el momento, ¿no? —le paso la duda a Patrick.

—La verdad es que nunca hemos abordado este tema ahora que lo pienso, y, por mi parte, la naturalidad es lo más importante. A mi hija Blue, que es algo mayor que Max, yo creo que le encantará la idea, aunque no sé si lo entenderá mucho. Está loca con Max.

—Sí, se llevan superbién y creo que criarse tan cerca les va a encantar.

—Tú no les presiones, Flor. —Se ríe Jake, siempre tan respetuoso con las relaciones ajenas.

—Solo quería saber —se excusa Flor, y yo le hago un gesto quitándole importancia.

—Tranquilos, no nos incomoda, lo hablamos todo siempre y, aunque es verdad que no hemos puesto una fecha para comunicárselo a los peques, cada vez nos cuesta más mantener las distancias delante de ellos. Yo creo que será algo orgánico que irá ocurriendo.

—La verdad es que, si lo abordáis así, puede que no tengáis que explicarles nada, los niños lo entienden todo y a estas edades tampoco requieren grandes explicaciones.

—Eso es cierto —le da la razón Patrick—. ¿Preparo unos tés y nos sentamos un rato en el porche?

—Sí, yo prefiero un café con leche de avena si es posible —pide Flor.

—Marchando. Acomodaos, Mel, seguro que tenéis mucho de que hablar —dice Patrick, y se dirige a la cocina a preparar todo.

—Perdona, no quería incomodarte con el tema de los niños —se disculpa Flor.

—Qué va, tía, en absoluto, somos conscientes de que

es algo que está a punto de ocurrir. Nos llevamos tan bien que es inevitable abrazarnos delante de ellos mientras vemos una película, o pasear de la mano los cuatro... A mí me daba miedo por Max, que no sintiera celos, pero es que está fluyendo todo tan tan natural... Es genial, necesitaba recuperar la normalidad.

—Lo has logrado —me dice Jake.

—No ha sido fácil, mucha terapia, trabajo personal, mucha soledad también... Ahora empiezo una nueva era.

—Qué pena que estéis tan lejos, pero qué suerte que hayas encontrado un amigo, un compañero aquí.

—Demasiado rápido ha sido, ¿no?

—Qué va, las personas aparecen cuando tienen que aparecer, y vosotros ya hace más de ocho meses que os conocéis y solo lleváis un mes como pareja. Está bien, Mel, no podemos ser tan exigentes con nosotras mismas, ¿no crees? —dice Flor aludiendo a su relación con Jake, eso sí fue una auténtica locura. Nos reímos.

241

Patrick se une a nosotros con los tés y cafés y seguimos hablando un buen rato. Max ha empezado la escuela de nuevo y hay que ir a buscarle en un ratito. Cuando bajemos al pueblo aprovecharé para recoger unos ramos que he encargado para la inauguración y para enseñarles la zona más urbana de Big Timber. El paseo por el bosque tendrá que esperar a mañana.

Ha llegado el gran día, nada ni nadie puede arruinar este momento, Flor y Jake me han estado ayudando a tope con los preparativos y con Max, en una hora empezarán a llegar los invitados y todo está listo. Inauguramos con todos los fines de semana llenos en octubre y con todos los planes para la vista con Ben bien organizados. En tres semanas viajaremos a Tennessee cinco días entre semana, cosa que no afectará a mis primeras reservas, y sea cual sea el resultado de la vista, sé que todo saldrá bien. Porque he aprendido a aceptar las cosas como vienen y a aprender de ellas. A veces se gana, otras se aprende. Y yo con todas las vivencias de estos últimos años, sin duda, he aprendido mucho. Linda es la primera en llegar y nos fundimos en un sincero y emotivo abrazo, me tiende una caja muy bien envuelta.

—Te mereces este regalo más que nada en el mundo —me dice con su peculiar afecto, y al abrirla me emociona su contenido.

«Dame alas para volar y motivos para quedarme.» Una réplica de su cuadro que tanto me gusta mirar siempre que voy a su consulta. Sonrío y trato de contener las lágrimas. Empezamos bien. Patrick, que rápidamente se da cuenta, coge el cuadro y se prepara para colgarlo en la entrada.

—Muchas gracias, Linda, es un detalle precioso.

—Estoy muy orgullosa de todo lo que has logrado, Mel. Sabía que lo harías.

—Gracias a ti.

—No, a tu valentía. A tu aceptación. A tu superación. Hay algo que nunca te he dicho y te lo cuento ahora fuera de consulta, como amiga que te considero. Yo tardé diez intentos en salir de lo que tú has salido en tres.

—¿Tú también sufriste maltrato? No tenía ni idea…

—La mayoría de las mujeres necesitan varios intentos para salir de ahí, yo necesité diez, tú has sido más valiente. Felicidades. Ahora, Mel, a volar bien alto.

No logro contener las lágrimas de emoción. Nos abrazamos y siento en cada poro de mi piel que ya lo estoy haciendo. Ya estoy volando.

La gente va llegando y disfrutamos en el porche, con todas nuestras gallinas sueltas, de un maravilloso cóctel merienda, con buena música y buena compañía. Todo el mundo trae regalos, ramos y bebidas, y la fiesta se convierte en una reunión de nuevos amigos, de gente que poco a poco se ha convertido en mi segunda familia. Patrick hace un intento de llamar la atención de todo el mundo, parando la música en seco, y temo lo que puede ser capaz de hacer o decir.

—Quiero proponer un brindis —dice alzando la copa—. Por Mel, por atreverse a devolverle la vida a esta cabaña y llenarla de magia y luz. Y para acompañarte en esta aventura hay alguien muy muy especial que hoy quiere conocerte.

Abro los ojos de par en par.

—¿A mí? —le pregunto sonrojada, y todo el mundo se queda a la expectativa.

Justo entonces veo aparecer a Jake con un enorme y preciosos perro y todo el mundo empieza a aplaudir.

—¿Y esto? —les pregunto a los dos, pues no tenía ni idea de que tramaban algo juntos. Max enloquece y quiere tocar al perrito.

—Ya va siendo hora de que esta casa tenga un guardián. Este pequeñín, aunque no lo parezca, solo tiene seis meses, es un cruce de mastín y se llama Abeto. Lo hemos encontrado en un refugio y gracias a la ayuda de Jake hemos podido traerlo a casa.

Abeto ladra y juega con Jake con un palo y tanto Blue como Max corren hacia él para saludarlo. Me llena de ilusión esta sorpresa y no se me ocurre un perro mejor para nuestra familia.

—¡Me encanta, chicos! —les digo emocionada.

—Demasiadas semanas dándole vueltas. —Patrick me guiña un ojo—. Tranquila, Blue y yo ayudaremos con lo que haga falta con el peludo.

—Gracias, cariño —le digo, y sin darnos cuenta nos dedicamos el primer beso en los labios en público. Todos

243

los asistentes, que nos conocen bien a los dos, empiezan a aplaudir y Patrick y yo nos abrazamos.

La inauguración fue genial, todo el mundo quedó supercontento y ahora sí que empieza la aventura. Este fin de semana tengo mis primeros huéspedes y la ilusión y las ganas que siento pueden con todo. He logrado compaginarme con Patrick para que los primeros fines de semana me eche un cable con Max y los huéspedes. Jake y Flor ya han vuelto a Tennessee, tenerlos aquí ha sido todo un regalo y Flor ha tomado unas fotos increíbles para la web y redes sociales. Amigos así valen oro. Los primeros días con nuestro nuevo compañero, Abeto, son intensos pero bellos, se ha hecho a nosotros superrápido y Max está encantado. Por suerte, a las gallinas ni se las mira y podemos seguir teniéndolas sueltas por aquí junto al perrito. Resulta que Patrick y Jake se las apañaron para encontrar una camada de perros que se hubieran criado con gallinas y animales y estuvieran acostumbrados. Una familia que tiene ganado crio la perra y llevó las crías al refugio para encontrarles hogar. Siempre he querido vivir con un perrito y este sin duda será un gran compañero. Es juguetón, cariñoso y un bonachón algo vaguete, cosa que ya me gusta.

El día que jamás creí que llegaría. Visto a Max con un par de prendas de abrigo y le pido a mamá que lo lleve al parque un rato con Lonan y Flor mientras vamos a la vista. Debo admitir que estoy muy nerviosa. Ayer me reuní con Michelle, la asistenta social, y me propuso seguir con la misma petición. Me negué, tras muchas semanas dándole vueltas mi propuesta es firme. Quiero la custodia de

Max pero con vacaciones compartidas con Ben, creo que es lo mejor para todos. Falta ver si su abogado acepta. No he tenido más noticias de Ben y hace tiempo que nadie lo ve por el pueblo. Dicen que ya no vive en la que era nuestra casa y, sintiéndolo mucho, me huele mal. No tengo ni idea de qué pasó con su madre ni cómo acabó su programa. Supongo que hoy al fin lo averiguaré. Solo deseo que estas dudas sobre la custodia terminen y poder vivir tranquila sin temor. Ya no le tengo miedo a Ben, en absoluto. La terapia me ha ayudado a afrontar mis temores y que Patrick esté a mi lado me reconforta. Aunque sé que podría hacerlo sola. No tengo ganas de verle ni saber de él, pero es inevitable teniendo un hijo en común. Llegamos al despacho de la vista donde he quedado con Michelle.

—Todo irá genial. Me voy a tomar un café y ya me espero a que me llames. ¿Nerviosa?

Patrick trata de calmarme.

—Sí, un poco sí. Pero serena a la vez.

—Puedes con todo, Mel. Estaré aquí al lado. Espero a que me llames.

Nos damos un abrazo y Patrick se aleja. Me quedo sola ante la dura realidad y veo mi vida, la que fue mi vida, a punto de deshacerse por fin.

Entramos a la sala de reunión y esta vez llegamos primero, ni rastro de Ben ni del abogado. Esperamos quince minutos, y cuando ya creo que no van a presentarse vemos llegar a Ben solo. Su aspecto no es como la última vez que nos vimos y, efectivamente, intuyo que ha recaído. Admito que me suscita mucha pena, pena por Max, pero a la vez me da fuerzas para lograr mi objetivo de custodia.

—Buenos días, señor —saluda Michelle—. ¿Esperamos a su abogado?

—No hará falta. Buenos días.

Al menos está sobrio, pero no tiene buen aspecto, parece que no haya dormido en dos días. Aunque huele a limpio y se le ve sereno.

—Bien, pues procedamos. Aquí tiene nuestra reformulación de la custodia, Mel no desea que renuncie a su paternidad, pero sí exige ser la única tutora legal con permiso de visitas para usted.

Ben me mira a los ojos directamente por primera vez desde que ha entrado. Y yo le sostengo la mirada, con la pena y el poco cariño que me queda para él.

—Firmaré lo que Mel desee.

Ben sentencia con calma la frase y yo cierro los ojos en un suspiro.

—Gracias, Ben —le digo saltándome las formalidades. Me parece increíble hasta qué punto he dejado de sentir algo por este hombre.

246

—Lo que se le propone son visitas en las fiestas escolares tales como verano y Navidad. Mel viajará con Max cada verano y cada Navidad para que usted pueda pasar tiempo con el niño, y usted podrá solicitar, previo acuerdo, visitar a Max en su casa en Montana siempre que lo desee. Recuerde que siempre deberá avisar antes a la madre, puesto que la orden de alejamiento sigue vigente, por ello las visitas deberán realizarse con un tercero.

—Puedes quitarme la orden, Mel, no os pienso molestar más.

Me quedo muda y no reconozco mucho a Ben, suele ser un tío tozudo, pero lo que muestra ahora con su comportamiento es abatimiento y renuncia.

—Le he dado muchas vueltas a esto y aceptar tu petición sin luchar es mi última muestra de arrepentimiento por todo lo que hemos vivido. Mi única manera de tener tu perdón es aceptando lo que tú decidas. Poniéndotelo fácil. Os quiero y siempre será así, pero he comprendido que no os merezco y que lo mejor para Max es que esté contigo allá donde tú decidas.

Sigo sin aliento, pues no sé muy bien qué decir, las palabras se las lleva el viento pero Ben acaba de firmar la custodia. Sus palabras puede que no valgan nada, pero la ley sí. El papel es lo que manda. Michelle se levanta fría como de costumbre y le agradece a Ben la facilidad en el trato.

—Mel, debemos irnos —dice, y me tiende los papeles firmados. Ben no se levanta.

Tengo la sensación de que es la última vez que voy a verlo en mucho tiempo y todo lo que siento es paz. Me detengo un instante ante él y nuestros ojos se quedan clavados. Con el corazón en la boca le suelto un «gracias» tan sincero como libre.

—Sed felices, Mel. Me gustaría ver a Max antes de que os vayáis.

—Sí, lo había imaginado, le diré a mi madre que te llame mañana para que quedéis. Adiós. Suerte.

Salimos por la puerta y Michelle se despide de mí.

—Has estado de suerte. Disfruta de tu libertad.

Asiento aliviada y me doy cuenta de que para ella solo soy una entre un millón, un número, otra victoria. Nos despedimos fríamente y salgo del despacho temblorosa.

Se acabó. Y, por primera vez en muchos años, me importa un bledo lo que le pase a Ben. Es su vida, no soy responsable de nada. He logrado salir, lo he logrado sola, y Max va a tener la mejor vida posible. Lejos de una relación tóxica y rodeado de naturaleza, calma y amor. He tardado casi dos años en salir de este infierno y aún me queda mucho por reconstruir y sanar. Pero sin duda he aprendido que amar jamás puede ser doloroso, y que quien bien te quiere no te hará llorar.

Al llegar a casa de mis padres mamá nos anima a Patrick y a mí a ir a tomar algo a solas y celebrar que todo ha ido bien. Mientras, ella y papá pueden disfrutar de su nieto y hacer vida de abuelos.

—Creo que nos vendrá bien salir juntos y solos un ratito —le digo a Patrick.

—Yo invito. —Me guiña un ojo.

Decidimos ir a comer a un buen restaurante en Nashville y a tomar una copa a una azotea preciosa desde la que se ve toda la ciudad. Disfrutamos de un atardecer hermoso colmado de buena energía. Miro a mi alrededor y me doy cuenta de que en los últimos años, antes de mudarme a Montana, apenas me había dedicado tiempo. La maternidad ha sido y sigue siendo un viaje increíble y agotador a partes iguales. Cuando vas a ser madre nadie te cuenta lo mucho que va a cambiar tu vida y la vida de pareja. Ya nunca más volveréis a ser dos, al menos no en muchos años. Mi relación amorosa se quebró y pasé por un infierno, pero este infierno me ha enseñado la importancia de quererme a mí misma, de no depender de nadie y de poder compartir junto a otra persona desde el respeto y la libertad. Patrick está absorto observando las luces de la ciudad y yo le observo detenidamente. Me he enamorado de este hombre calmado y bondadoso, pero nunca más mi felicidad dependerá ni de él ni de nadie. A día de hoy, quiero compartir mis días con él, con Blue y Max, y me entrego a la experiencia de la vida, me lleve donde me lleve. Patrick se da cuenta de que le estoy observando y me tiende la mano.

—Lo logramos —me dice.

—¿Qué hemos logrado?

—Construir algo juntos. —Sonríe.

—No sé dónde nos llevará esta aventura... —empiezo, pero rápidamente me interrumpe.

—No importa dónde nos lleve, importa esto, este instante. El modo en que te brillan los ojos, cómo las comisuras de tus labios se tuercen cuando me ves y sonríes con esa energía que me alegra el día. Lo sexi que eres, lo buena madre, lo inteligente, lo que me pones, cómo te ríes de mis estupideces. Cómo me escuchas… Te juro que no creí que encontraría a nadie con quien compartir mi vida de nuevo. Me había resignado a vivir mi vida con Blue a solas. Esto, cada día que pasa y seguimos juntos, es un regalo.

—Un regalo que pienso aprovechar —le digo emocionada.

—La vida no siempre es fácil y no tengo ni idea de cuánto durará esto, pero pienso disfrutar de cada instante. Y pienso ser un buen tío para que nunca te arrepientas. Y hacerte el amor como dos adolescentes ciegos siempre que podamos y también ser el hombre que te colme de paz cuando necesitas calma. Quiero serlo todo a tu lado, Mel.

—Pase lo que pase, Patrick, ya no me arrepiento de nada. Ni de lo bueno ni de lo malo, porque todo lo que he pasado, incluso mi vida con Ben, me ha traído a esta azotea, a tu lado. Y eso ya vale la pena.

—Gracias. —Patrick se emociona y puedo ver cómo se contiene—. Haremos que funcione.

—Ya lo hemos hecho —le respondo, y ambos asentimos con la cabeza. Con el alma en llamas y con el corazón a salvo.

249

Nota de la autora

Cuando mi editora me propuso retomar la serie El día que… lo primero que me vino a la mente fue: ¿qué enseñanza de mi vida quiero transmitir a través de esta historia y estos personajes? Pues el propósito de esta serie de novelas es contar romances que encierran valores y lecciones que de un modo u otro han llegado a mi vida y que deseo transmitirte a través de sus páginas. Fue entonces cuando sentí una llamada, una voz en mi interior que gritó desesperada: «Has de ayudar a la gente a comprender que existe el amor sano». Y vino a mi mente toda una vorágine de recuerdos oscuros, dolorosos y ya perdonados de mi pasado. La época en la que yo sufrí violencia doméstica. No me gusta llamarla violencia de género, porque en muchas relaciones el maltrato puede ser entre personas del mismo género.

Hace ya varios años que logré salir de esas relaciones tóxicas, pues no fue solo una, porque cuando no sanas del todo empalmas unas con otras. Nadie habla de cómo cuando eres la víctima después puedes convertirte en el agresor, y empezar a tratar a otros como te trataron a ti. Por ello es importante visibilizar cómo ocurre, cómo empieza, cómo atrapa… y cómo se sale.

En esta historia muchos de los relatos de agresiones son reales y autobiográficos, aunque no exactos. Mucho de lo que Mel siente, piensa o cómo actúa forma parte de mi pasado. Normalmente no confieso los trocitos que hay en mí de mis novelas y personajes, pero esta vez siento que es importante hacerlo. Para que otras mujeres u hombres comprendan que no es ficción, que estas cosas pasan y que, aunque creas que a ti no te va a pasar, como me pasaba a mí, de repente un día te ves envuelto en un huracán que lo arrasa todo y te coloca en el centro de una relación tóxica. De la que no es posible salir con facilidad, en la que todo el mundo cree saber cómo actuar, menos tú.

Desde aquí solo pretendo emplazar a cualquiera que se sienta reflejado en esta historia, por poco que sea, bien por los gritos, por los objetos lanzados al aire, por los insultos o por los golpes, a buscar ayuda profesional. Porque, sin ayuda, no siempre es posible salir. Porque las relaciones tóxicas tienen como denominador común la dependencia emocional, que anula nuestro juicio y nuestra capacidad de decisión. Anula nuestra libertad, y eso solo lo sabe alguien que ha estado ahí, en la boca del huracán que lo engulle todo. Pero, como todo en la vida, esto también pasará.

A día de hoy he podido conocer el amor sano, las relaciones basadas en el respeto, la verdad y la libertad. Y os aseguro que existen. Que quien bien te quiere no te hará llorar. Y que las relaciones tóxicas no siempre empiezan con los enamoramientos, muchas veces vienen desde la cuna. A menudo hace falta rebuscar en la infancia, en las carencias que todos tenemos y en cómo de manera inconsciente tratamos de taparlas y sanarlas en la etapa adulta.

Las personas no suelen cambiar. Pueden mejorar, pueden empeorar, pero la esencia de cada uno es la que es. Alguien tímido puede ganar confianza, alguien agresivo puede aprender a calmarse, pero en el interior de su ser, esa vergüenza o esa ira siguen ahí. Todos somos quienes hemos venido a ser, tú eliges con quién quieres compartir y de qué modo. Tú tienes el poder de cambiar tu realidad, pero no la de otros.

A todos los que os ha erizado la piel esta historia o estas palabras, os abrazo. Se puede salir. Se sale. Y como todo en la vida, esto también PASARÁ.

@dulcineastudios
#noveladulcinea, #eldiaque
dulcineastudios, Mundo Mel #noveladulcinea
Mundo Mel #noveladulcinea
dulcineastudios

253

ESTE LIBRO UTILIZA EL TIPO ALDUS, QUE TOMA SU NOMBRE

DEL VANGUARDISTA IMPRESOR DEL RENACIMIENTO

ITALIANO, ALDUS MANUTIUS. HERMANN ZAPF

DISEÑÓ EL TIPO ALDUS PARA LA IMPRENTA

STEMPEL EN 1954, COMO UNA RÉPLICA

MÁS LIGERA Y ELEGANTE DEL

POPULAR TIPO

PALATINO

EL DÍA QUE DESCUBRAS COLORES EN LA NIEVE

SE ACABÓ DE IMPRIMIR

UN DÍA DE PRIMAVERA DE 2023,

EN LOS TALLERES GRÁFICOS DE LIBERDÚPLEX, S. L. U.

CRTA. BV-2249, KM 7,4. POL. IND. TORRENTFONDO

SANT LLORENÇ D'HORTONS (BARCELONA)

Lee los libros
1, 2 y 3 de la serie
EL DÍA QUE...

«Te transporta a lugares increíbles y te hace sentir cosas que nunca creerías poder sentir a través de un libro.»
Raquel Gámiz

«No tengo palabras para describir lo que me ha hecho sentir este libro, desde el principio hasta el final, cómo te hace ver la vida de otra manera.»
Cristina Pérez

«Cuántas emociones en un libro. He llorado, he reído, me he enfadado... En fin, cuántos mensajes en los que pensar. Indudablemente, será una historia que recordaré siempre.»
Lector de Amazon

«Te quita la venda de los ojos y te hace replantearte muchas cosas. Una de las mejores novelas que he leído este año.»
Lecturofilia